ミネルヴァ日本評伝選

京極為兼

忘られぬべき雲の上かは

今谷　明著

ミネルヴァ書房

刊行の趣意

「学問は歴史に極まり候ことに候」とは、先哲荻生徂徠のことばである。

歴史のなかにこそ人間の智恵は宿されている。人間の愚かさもそこにはあらわだ。この歴史を探り、歴史に学んでこそ、人間はようやくみずからの正体を知り、いくらかは賢くなることができる。新しい勇気を得て未来に向かうことができる。徂徠はそう言いたかったのだろう。

「ミネルヴァ日本評伝選」は、私たちの直接の先人について、この人間知を学びなおそうという試みである。日本列島の過去に生きた人々の言行を、深く、くわしく探って、そこに現代への批判を聴きとろうとする試みである。日本人ばかりではない。列島の歴史にかかわった多くの異国の人々の声にも耳を傾けよう。

先人たちの書き残した文章をそのひだにまで立ち入って読み、彼らの旅した跡をたどりなおし、彼らのなしとげた事業を広い文脈のなかで注意深く観察しなおす——そのとき、はじめて先人たちはいまの私たちのかたわらによみがえってくる。彼らのなまの声で歴史の智恵を、また人間であることのよろこびと苦しみを、私たちに伝えてくれもするだろう。

この「評伝選」のつらなりのなかから、列島の歴史はおのずからその複雑さと奥ゆきの深さをもって浮かび上がってくるはずだ。これを読むとき、私たちのなかに新たな自信と勇気が湧いてきて、その矜持と勇気をもって「グローバリゼーション」の世紀に立ち向かってゆくことができる——そのような「ミネルヴァ日本評伝選」にしたいと、私たちは願っている。

平成十五年（二〇〇三）九月

上横手雅敬
芳賀　徹

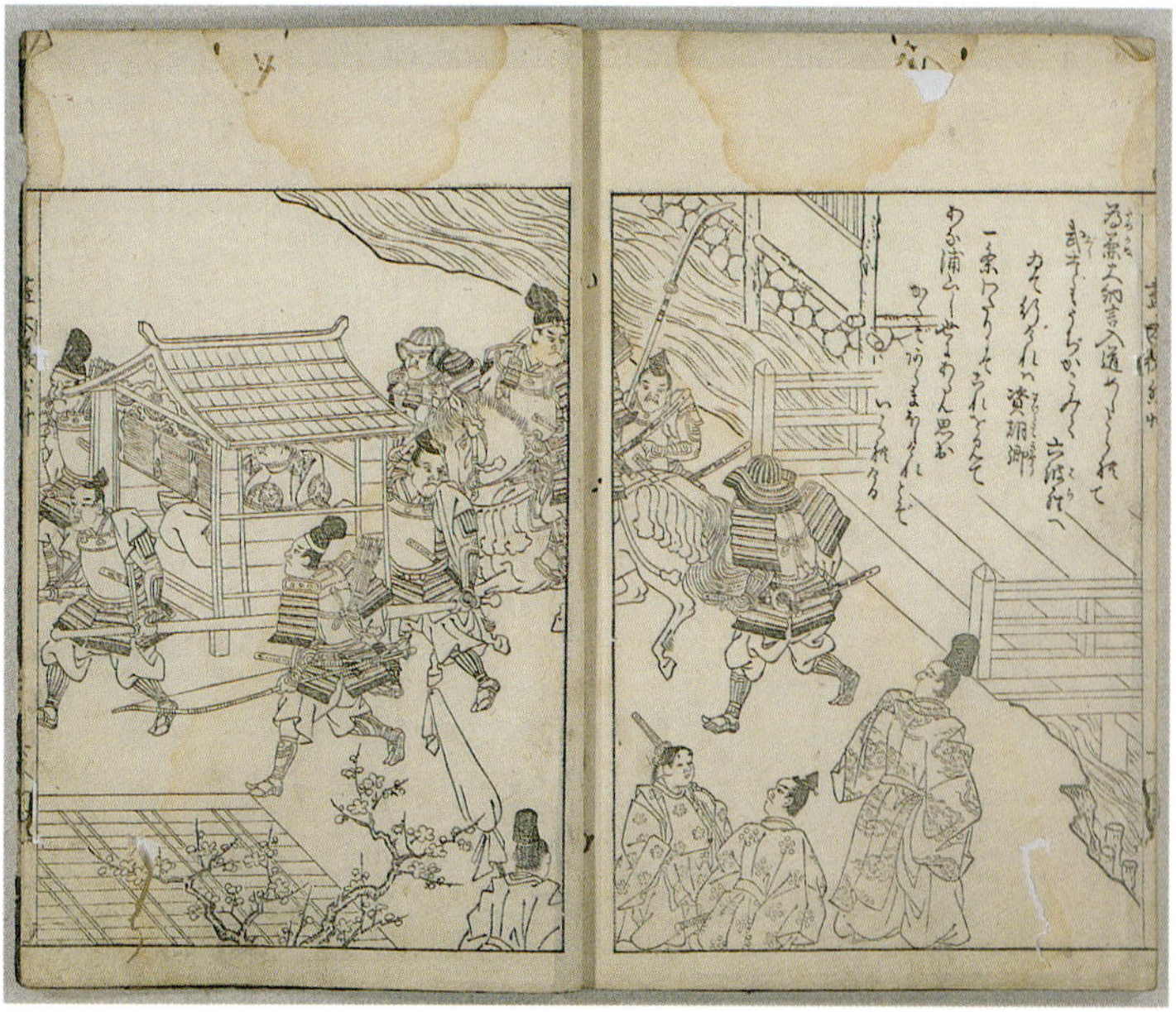

西川祐信筆『絵本従然草』第153段「為兼大納言入道召し捕られて」

（神奈川県立金沢文庫所蔵）

厭離庵（為兼勉学の地）　石段の左側に定家塚がある

境内の様子　屋根の見える建物は
大正十二年に建てられた「時雨亭」

参道入口に立つ標石

はしがき

沈み果つる入り日のきはに現れぬ
　霞める山のなほ奥の峰

京極為兼《ためかね》の代表作として知られ、勅撰集『風雅和歌集』に収められている歌である。私が為兼の名を知ったのも、この歌を通じてであり、ここで、私と為兼の出会いについて追憶を辿ることをお許し願いたい。右の歌が載せられていた本を、中学校の図書室で読んだ記憶のみがあるのだが、それが何の本であったのか、和歌か古典文学の概説書か事典の類であったと思うのだが、思い出せない。ただ横書きであったことは憶えているので、やはり事典の類であったかと思われる。為兼歌の近くに、高橋連老《むらじおゆ》の「淡雪のほどろほどろに降りしけば　寧楽《なら》の都し思ほゆるかも」の歌が引かれていたことも、不思議に憶えている。恐らく叙景歌の解説としてこの二首が解説されていたのだろう。

ともかく、中学生の私は為兼の方の歌に電気を受けたような衝撃をおぼえ、以後この歌が私の愛唱歌の一つとなったのである。その一、二年前から、和歌にはかなり興味を抱いて、名歌といわれる作品に目を通してはいた。しかし私の歌好きはかなり偏向していて、万葉と古今は好きではなく、専ら新古今調に親しんでいた。なぜ新古今なのか、今となっては思い返しても判らないが、小学生の頃から源平合戦など平安末期の時代に興味があって、自然新古今ということになったのであろうか。ともかく、西行とか慈円とか、叙景歌に魅かれるものがあって、「三夕の歌」などはまっ先に暗誦したと思う。中でもやはり西行の歌が好きで、「古畑《ひ》のそばの立つ木に」や「雲かゝる遠山畑の」「道の辺の清水流るゝ」等は判りやすくて、気に入っていた。要するに判った気になって満足していたのだろう。

そのような中で、為兼の右の歌に出会った訳だが、新古今の叙景歌が優美ではあったが軟弱な感じなのに対し、為兼歌の調子の鋭さにまず引かれたのである。それと、日没寸前の峠道から眺める山波《やまなみ》の遠望という点で、経験があったからだ。一体私は当時京都市内の北方に居住していて、京都北山の峠道のここかしこで、為兼歌を思わせる情景に幾度か見覚えがあった。さらに、北山から丹波高原にかけては、高山もない替り、山なみが連亘《れんこう》して、恰かも海波のようにみえることがあり、それも、夕暮の、日没まぢかが最もよく見渡せる時期である。

だから、近代の日本画家も、そのような情景をしばしば画題にとり上げている。金鈴社《きんれいしゃ》の同人で、大正期に活躍した結城素明《そめい》の「山銜夕輝《さんがんせっき》」や、川合玉堂《ぎょくどう》の「峰《みね》の夕《ゆうべ》」などは、黄昏時《たそがれどき》の山景の美しさを、それぞれの画法によって表現したものであろう。公卿の身で、為兼がこのような情景を歌で描写した点に、私は何かモダンを先取りした観をおぼえるのである。私はその後、学生時代に山歩きの趣味を覚え、丹波から美濃方面にかけて、峠道を好んで歩いたものだが、為兼歌の美しさ、的確さを、いく度か確認させられたことである。

為兼の右の歌は、高校の古文の教科書にも掲載されていた。しかし、為兼の名は歴史の教科書には出てこないので、為兼の生涯について知識は無かったと思う。だから、私と為兼の出会いは、あくまで〝奥の峰〟の歌を通じて中学から高校の一時期に限られる。彼が佐渡へ配流の身となったことの史実はどこで知ったのであろう。今となっては全く憶い出せないのである。ただ、土岐善麿《ぜんまろ》という近代の歌人が、為兼の伝記を著しているということは早くから知っていた。善麿の詠歌は、高校の現代文の教科書か参考書で見た記憶がある。

その後、四十余年という永い歳月が経った。私は歴史学を専攻することになり、それも日本中世史が分野であったから、為兼に再接近する機会はいくらもあったのだが、縁がなかった。元来、室町の政治史を専攻とする私が為兼伝を執筆する必然性は全く無いのである。どうしてそうなったのか、その事情を以下に記してみる。私は十年程前から、義満の宮廷改革のことを調べたのを機縁に、天皇制や王権の問題に興味を持ち続けてきた。数年前、小学館の幹部のお声掛かりで、同社発行の教育誌『創造の世界』(季刊)に、「王権の日本史」と題する天皇制度史を連載する仕義となり、その十何回目かで、鎌倉後期の皇統の分裂事情を概説する「両統の迭立《てつりつ》」なる原稿を執筆した。そこで、何十年ぶりかで京極為兼に再会することになったのである。

拙稿「両統の迭立」でとり上げた為兼は、歌人としての彼ではなく、伏見天皇の権臣としての、政治家為兼であった。

そういう次第で、為兼に関する政治の諸研究に目を通すうちに、土岐善麿の『京極為兼』も閲読し、さらに国文学の諸大家、お歴々《れき〱》による為兼研究をも通覧する機を得た。その過程で痛感させられたのは、為兼が鎌倉後期の、すでに宮廷政治史にとどまらず、時代史全般に亘っての重要人物であったということである。加うるに、為兼の生涯の一転機となった佐渡配流の背景について、諸家の解釈にはない新しい見解の成立する余地があることに気付かされた。それは、既存の諸研究について一部史料の読み誤りと見られるものがあるほか、為兼と同時代の公卿である三条実躬《さねみ》の日記『実躬卿記』が公刊され、また為兼佐渡配流に至る緊迫した政治情勢を物語る『春日若宮神主祐春記』（『興福寺略年代記』と並ぶ重要史料）が、従来は使われていなかったこと等の事情による。またそれに関連して、安田次郎氏の研究があらわれ、為兼失脚の事情が明らかになった。

以上の理由によって、為兼の生涯の重大な部分について、従来は誤って解釈されていたと考えられるので、鎌倉時代史に門外漢の学者ではあるけれども、新しい為兼伝が書かれる必要がある、と思考するに至ったのである。

私は右のような経過を辿って、為兼の人物像についてしだいに興味を持つようになってきた。三年程前に、草思社のPR誌（月刊『草思』）に一年間の連載を求められ、題材に窮して中世の人物列伝を執筆したが、その六人の一人に為兼も取り上げた。同誌は三万部も発行されているので、かなりの方々の目にとまったらしいが、一般には為兼よりは他の人物（例えば広義門院《こうぎもんいん》、願阿弥《がんあみ》、雪村友梅《せっそんゆうばい》等）に関心が集まった中で、ある出版社の編集者から、私の執筆した「京極為兼（上・下）」が面白かったと感想を漏らされた。しかしそれは、たかだか四十枚程度の短篇であって、為兼の評伝と称すべき程のものではない。私は為兼の佐渡配流の理由について、学界に一つの問題提起をなしたつもりで、一応ケリをつけたという満足感があった。

ところが今回、上横手雅敬先生から、ミネルヴァ書房の日本評伝選の編集委員になるよう慫慂《しょうよう》があり、余儀なくお引き請けしたものの、委員の手前、何か一冊引き受けざるを得ず、結局、「京極為兼」で執筆しようということになった。但し、昔から和歌が好きであると言ったところで、所詮は下手の横好き、素人の物真似であり、私は歌論や和歌の評釈は出来ない。ただ、歴史学畑の人間として、従来とは異った視点で、為兼像を描く、といったことが可能であるに過ぎない。また、私のオリジナルな研究の結果を若干示すことで、「為兼卿」の名誉を何がしかでも回復できることがあったとすれば、著者にとってはこの上ない喜びである。従って、為兼の歌と歌論については、従来の国文学の大家、お歴々の業績を殆んどそのまま使わせて頂くことになるかと思う。この点もあらかじめお断わりしておきたい。

京極為兼――忘られぬべき雲の上かは　目次

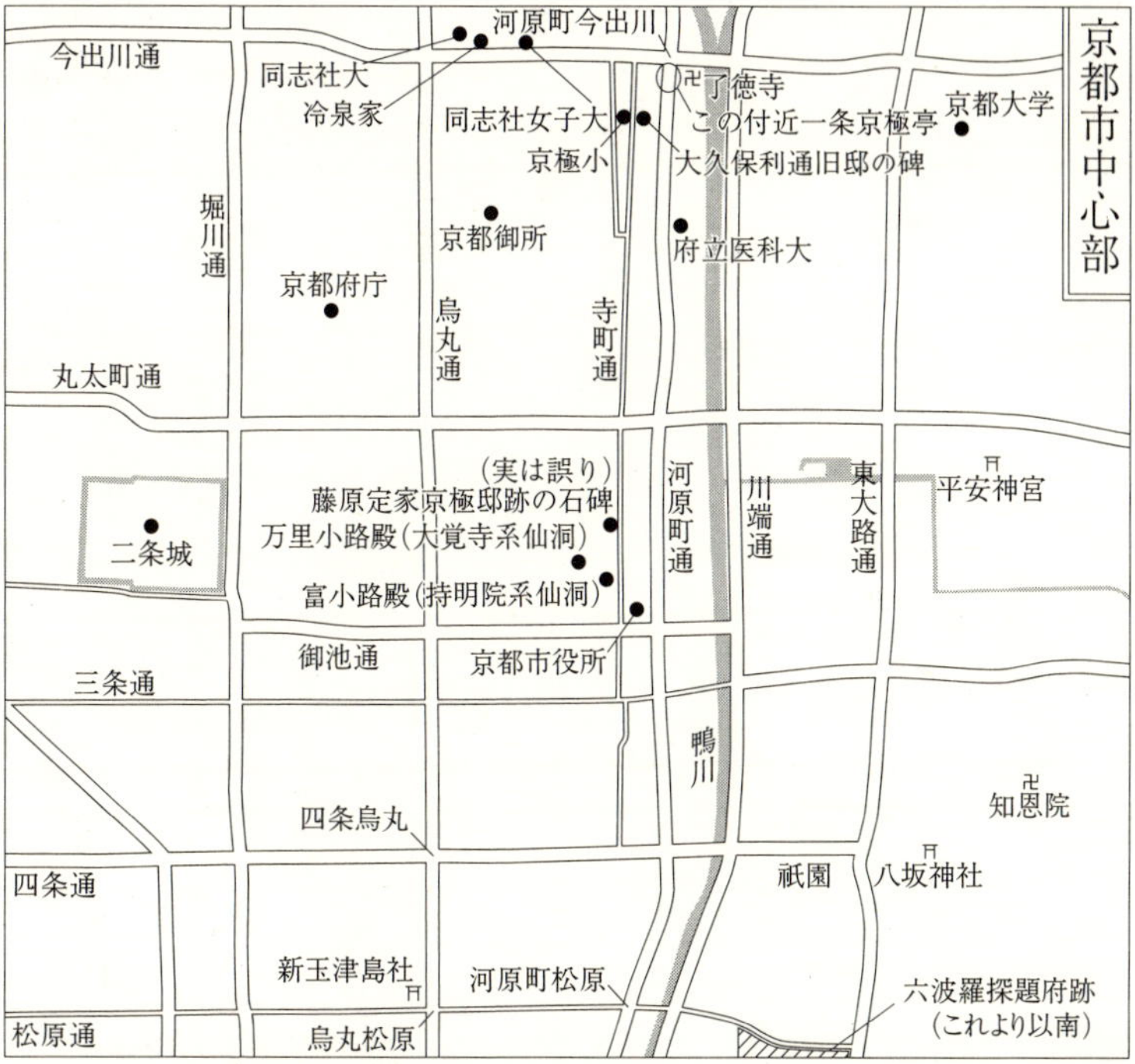
京都市中心部
河原町今出川
今出川通
同志社大
冷泉家
了徳寺
この付近一条京極亭
京都大学
同志社女子大
京極小
大久保利通旧邸の碑
堀川通
京都御所
府立医科大
京都府庁
烏丸通
寺町通
丸太町通
（実は誤り）
藤原定家京極邸跡の石碑
万里小路殿（大覚寺系仙洞）
富小路殿（持明院系仙洞）
二条城
河原町通
川端通
東大路通
平安神宮
御池通
京都市役所
三条通
鴨川
知恩院
四条烏丸
四条通
祇園
八坂神社
新玉津島社
河原町松原
六波羅探題府跡
（これより以南）
松原通
烏丸松原

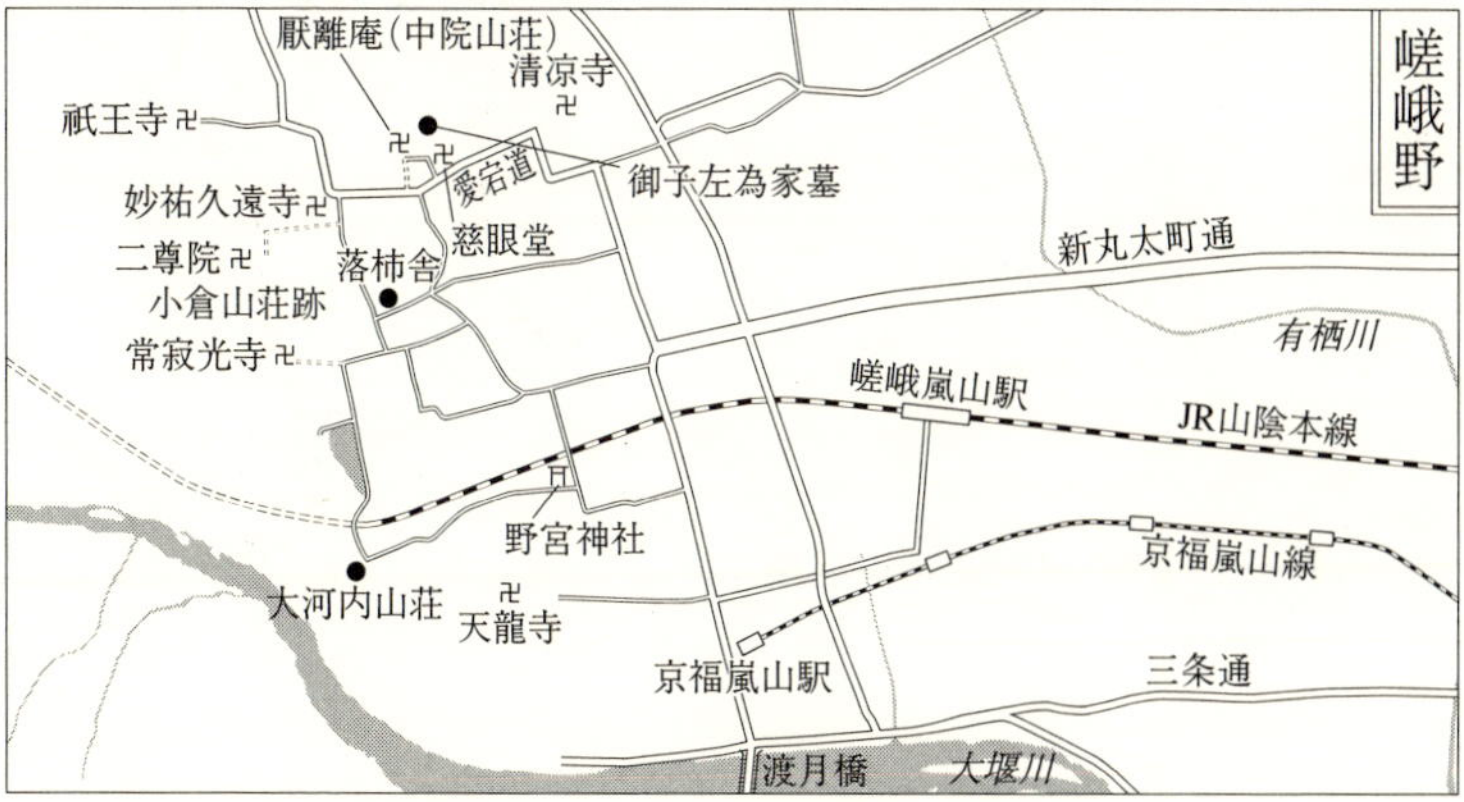
嵯峨野
厭離庵（中院山荘）
清凉寺
祇王寺
御子左為家墓
愛宕道
妙祐久遠寺
慈眼堂
二尊院
落柿舎
小倉山荘跡
新丸太町通
有栖川
常寂光寺
嵯峨嵐山駅
JR山陰本線
野宮神社
京福嵐山線
大河内山荘
天龍寺
京福嵐山駅
三条通
渡月橋
大堰川

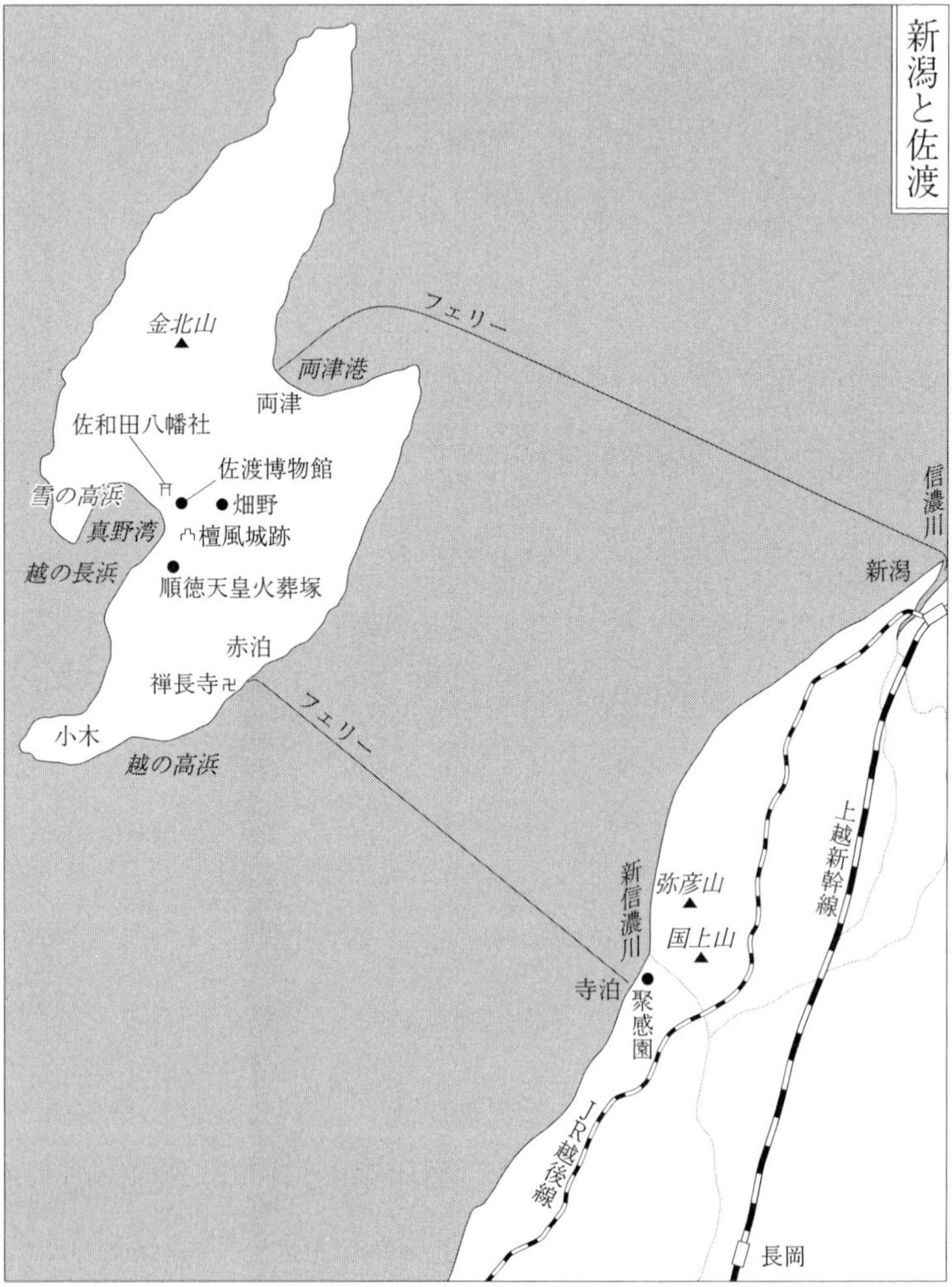

新潟と佐渡
フェリー
金北山
両津港
両津
佐和田八幡社
佐渡博物館
雪の高浜
畑野
真野湾
檀風城跡
越の長浜
順徳天皇火葬塚
赤泊
禅長寺
フェリー
小木
越の高浜
信濃川
新潟
上越新幹線
新信濃川
弥彦山
国上山
寺泊
聚感園
JR越後線
長岡

第一章　和歌の家

1　厭離庵《おんりあん》

定家の邸趾を尋ねて

今年の春（二〇〇二年）は桜が早かった。四月に入ると、散った花すら見掛けなくなった。下旬のある日、仕事を京大で済ませた私は、昼下がりの時刻、加茂大橋を東から西へ渡っていた。橋から望む京都北山のたたずまいは美しい。うす青い山波が幾重にも積み重なって望まれる。ふと私は、為兼のあの「奥の峰」の歌は、私が想像したような峠から眺めて詠んだものではなく、京都の鴨川畔から北方を見て詠じたものではあるまいか、という気がしてきた。政治家として多忙であった為兼に、田舎の峠道をそう度々歩く機会があったとは考えられないからである。

京極為兼邸付近（現上京区出町）

ともかくその日の午後、私は定家卿の「一条京極」の邸宅趾をたずねて、出町（河原町今出川）の一帯を歩き回ることにしていたのである。一条京極邸は、定家の曽孫である為兼の出生地と考えられているからだ。学芸書林刊の『京都の歴史Ⅱ』（京都市編）の別添地図によれば、定家の京極邸は、出町の近辺、今出川以南、寺町より鴨川畔に当る辺に示されている。しかし、『京都府の歴史散歩（上・中・下）』や、案内記の類には京極邸の現在地を明示しているものは皆無である。大体、定家卿のことを「京極黄門」と称するのは、晩年彼が一条京極に住んだためで（黄門は、定家の極官《ごっかん》、中納言の唐名）、定家の別称ともなっているのに、その邸については何故か注目されていない。

一条京極邸周辺の現況

一条京極邸は、南に梅忠神社、北に毘沙門堂が近く、のち京極家を毘沙門堂家ともいい、同堂は下《しも》出雲《いずも》寺《じ》の跡のことであるといい（石田吉貞『藤原定家の研究』）、『童蒙抄』なる書に「しもいづも寺は一条京極のすこし西にあり」とある点からしても、現在の寺町今出川付近であることは疑われない。実は私は四歳から九歳頃まで、現同志社女子大学構内に当る常磐《ときわ》井《い》殿《どの》町に住んでいたので、この近辺は毎日のように学校に通った通学路でもあり、曽遊《そうゆう》の地である。そのような次第で、懐かしさも一入《ひとしお》で近辺を徘徊したものの、定家卿宅の痕跡を示す何物も目に入れることは出来なかった。

それでも、出町東南にある真宗の了徳寺や、その南方の御車《みくるま》会館（公立共済施設宿泊所）周辺は、何となく中世の面影をとどめている様にも見え、街路を撮影しておいたが、気休めのようなものでもある。了徳寺の土塀と瓦葺きの門は、私の幼時の頃から変らない。しかし周りはすっかり変ってしまった。その了徳寺も維持が大変なのか、荒れ寺の感じである。御車会館のやや南は、京都府立病院で、私の亡父が結核に罹《かか》り、入院していた折、私は小学生か幼稚園児であったが、母に頼まれて、父の食事を届けに家から毎夕のように、御苑の中を通って病院にかよった。

藤原定家京極邸跡の石碑
（中京区寺町二条）

寺町通を南下すると、右手に京極小学校があり、私の入学した小学校でもあり、湯川秀樹博士の卒業された学校でもある。この学校の乾《いぬい》角が、御苑の石薬師門、また寺町通を隔てて東側の路地《ろじ》を入ると、大久保利通の寓居跡の石碑がある。石薬師門に立てば、往時茫々として、懐旧の念しきりであったが、ともかく一帯に史跡らしいものはこの大久保邸趾のみといってよく、私は空しく引き上げることにした。この後、二

新玉津島社　藤原俊成邸趾（現室町松原付近）

条寺町上ル西側に、戦前京都市が建てた定家邸の石碑があることを知ったが、これは石田博士が綿密に考証された如く、近世に入っての『百人一首一夕話』『山城名勝志』以下の俗説に拠ったもので「根本的に誤つてゐる」（石田前掲書）。

新玉津島社を尋ぬ

翌日、私は烏丸松原の新玉津島《にいたまつしま》社へ向った。ここは『上杉本洛中洛外図』にも描かれている名社で、戦国時代にはすでに当地にあったことが知られる。また江戸初期、北村季吟《きぎん》がここを俊成卿の邸趾と決めてしまったため、そう信じられている〝歌の聖地〟であるけれども、石田博士の考証によるまでもなく季吟の説は誤りである。薩摩守忠度《ただのり》が、平家都落ちのさい撰集《せんしゅう》の望みを懐いて、引き返して俊成に歌集を捧《ささ》げたことは〝平家物語〟にも見えて有名な故事ではあるが、

忠度四塚《しちよう》の辺より帰りて、彼《か》の俊成卿の五条京極の宿所の前にひかへて

（『長門本平家物語』）

とある様に、俊成邸は五条京極（現在の河原町松原の付近）が正しく、この新玉津島の地ではない。と

もかく、定家もこの五条京極邸に生れ、幼時をすごしたのである。

新玉津島社は、京都銀行本店の南側、松原通を烏丸より少し西に入った南側にあった。「北村季吟旧蹟」の石碑も並んで立つ。しかし社頭に車一台駐《とま》ればふさがってしまうほどの小祠で、私が訪れた時もあいにく軽トラック一台が塞ぎ、撮影のしようもなかった。そこでその女性運転手に頼み込んで暫く後方に移動してもらったが、私が撮《と》ろうと松原通の北側にカメラを構えた途端、また別の乗用車が来て、社頭を塞いだ。再び拝み倒して鳥居の前を開《あ》けてもらい、漸《ようや》くにして社前の景観を撮ることを得た。社の入口が、民家よりも狭いということが以上によりお判りいただけよう。

歌の聖蹟として特別視されていることは、室町期の将軍義教《よしのり》の治下に、勅撰の議を議《くじ》で決することになり、この社頭で神議《くじ》を取らせたことでも知られる。私は新玉津島社から室町通りを北上して四条烏丸のバスターミナルに向った。ともかく昨日と今日と、訪れた遺跡は京都市の観光・文化財当局から見放されている。看板も説明板も何もない。期待はしていなかったけれど、為兼卿の趾を尋ねる旅を始めた私にとって、少々拍子抜けの出《で》だしとなった。

定家の持仏堂

バス停より大覚寺行きの市バスに乗車。三十分程で嵯峨釈迦堂（清凉寺）前で下車する。ここは平安前期の入宋僧奝然《ちょうねん》ゆかりの寺で、奝然が中国の温州で彫らせたガンダーラ式の如来立像（国宝）で知られる所。門前を回って寺の西側に出ると、清滝方面へ向う愛宕道《あたごみち》が正面の小倉《おぐら》山に向って延びている。今日の探訪地の厭離庵は、この愛宕道から細い辻子《づし》を右へ折れた所にある。その庵への入り口に当る愛宕道北側に、定家持仏堂と伝える慈眼堂（中院観音）があり、

現在の中院と愛宕道

中院観音（定家・為家の持仏を伝える）

平安末と推定されている仏像を安置している。

　私が堂前でカメラを構えていると、自転車で通りがかった地元の人と覚しき老人が、「ここは大事な所ですよ。値打ちのある仏像です」と頻りに推賞する。案ずるに小堂に興味を示すらしく見えた私に感心されたものと見える。あとでも判明するが、この一帯の史跡は、地元（旧地名は「中院《ちゅういん》」、今は「二尊院門前」という）の人々が熱心に保護の手を加えているらしい。この厭離庵付近は、かつて定家の小倉山荘があり、諸説あるが定家の子為家（為兼の祖父）の別邸も当地に位置し（山荘と為家邸が同一かは不明）、幼い頃の為兼や姉の為子もよく訪れ、一時は生活していたと伝えられるのである。よって為兼にとっても重要な遺跡ということになる。

　私は件《くだん》の自転車老人に、「この辺が中院ですか」と尋ねた。老人は「そうです。中院というのは、何人か上皇が居られる時、まん中の上皇を呼んだ語《ことば》らしいですな」と蘊蓄《うんちく》を語る。私が「中院《ちゅういん》と読むのが正しいのですか？『なかのいん』ではないでしょうか」と尋ねると、老人は「いや、『ちゅういん』です。『なかのいん』とは読まない」と断定された。「有難う存じました」私は礼を申して、老人と別れたが、中院の地名は、老人がいうような、「まん中の上皇」とは関係がなさそうである。石田博士が夙《つと》に、

中院は二尊院と釈迦堂との中間をいふ。今は中院町　（石田『藤原定家の研究』）

といわれるように、二尊院と清涼寺の中間にあるので中院と呼んだものであろう。中院の地名は定家の『明月記』正治二年二月条にすでに見えており、その頃上皇は後鳥羽上皇一人で、中院と呼ぶべき人もなく、あの老人の説はどうも当てはまらない。

為家の墓所　さて、持仏堂の傍の細い道を北へ抜けると、為家の墓所がある。もう五十年ちかく前に著わされた石田吉貞博士の『藤原定家の研究』によれば、石田博士が探訪された折の様子を次のように記されている。

この為家の墓は厭離庵の東側畑中にあり、墓とはいっても墓石は無く、ただ一本の木が植ゑられてあるのみであるが、これは実は墓ではなくて為家の住んでゐた中院山荘の跡を記念する為のもので

あり、それがいつしか為家の墓と誤伝されるに到ったものではないかと思ふ。

さて私が訪ねた時は、すでに石田博士の示された畑のような地はなく、片方が広場（あとで聞くと公園の由）で右手がこんもり茂った小さな林になっており、小道の入口に「中院入道前大納言藤原為家卿之墓」と石碑が立てられていた。木々の間をくぐるように墓所に達すると、「ただ一本の木」ら

為家墓の入口

御子左為家墓（嵯峨中院）

しい若木はあったが、石柱と石欄で墓所らしく囲いがしてあり、小ぶりの自然石が埋められていた。これもどうやら地元の顕彰会の人々の手になるかと思われた。

厭離庵への道

墓所（石田博士は墓ではないというが）の撮影を終えて、入口へ出て来たが、厭離庵の場所がわからない。墓の東側の民家の婦人に尋ねると、

厭離《えんり》庵どすか。この細い道をすぐどす。あの向うが庵どすえ。でもなあ、庵主はんが御病気やよってに、今は閉められておりまして、中には入れまへん。お気の毒ですが……。

と答えられる。私は暫らくその老婦人と問答をくり返した。この為家墓所について尋ねると、

厭離《えんり》庵も落ちぶれはって、この墓所一帯は地元の中院町が管理させてもろてます。税金（固定資産税）がかかるよってに、公園ということにさせてもろてます。

ということであった。石田博士訪問の頃畑地であった一帯も、地区の所有となり、墓所の管理も地元が責任をもっているという。和歌の宗家、冷泉家は関係していないらしい。話題は阿仏尼のことになった。老婦人は、

あの為家の後妻さん（阿仏のこと）は、何どすか、皇后に縁のあるお方どすらしいので、為家はんより偉うおしたそうどすなあ……。

と言うので、私は、「阿仏尼は、通称を『安嘉門院四条』と言うてますので、まあ皇后のお付きの女官という程の身分でしょう」と申し上げたが、老婦人はどうやら阿仏尼に思い入れがあるらしい様子であった。先程の自転車の老人といい、この老婦人といい、地元の人々が遺跡保存に力を入れ、私共観光客に啓蒙して下さるのは、有難く、奇特なことである。

厭離庵は頼綱の別業

さてその冷泉家だが、この山荘が荒廃し、江戸中期に復興されたときは、やはり冷泉家が中心になったようで、〝厭離庵〟の号は霊元上皇が自ら撰ばれたもの。代々庵主は白隠《はくいん》の弟子に当る尼僧が当っていたらしい（平凡社地名地誌大系『京都市の地名』）。現在は臨済宗天竜寺派である。故石田博士や村山修一氏（『藤原定家』）によると、厭離庵の地は定家の山荘（小倉山荘）ではなく、幕府御家人宇都宮頼綱（為家夫人の父）の別業であって、頼綱から婿《むこ》の為家に譲られたものである。従って為家が阿仏尼と同棲したり、為兼・為子の姉弟が住んでいたのは間違いないが、定家の別荘ではない。

定家が頼綱に頼まれて百人一首を撰んだりしたのは、現在の二尊院の南方、まさに小倉山の東麓に当る地であったらしい。ただ、定家は撰んだ百首をば、宇都宮の山荘の障子に記したと伝えるので、ここも百人一首の遺跡にはちがいない。近代の日本画家、下村観山《しもむらかんざん》の名作に『小倉山』があり、水干《すいかん》

下村観山「小倉山」　右隻（横浜美術館所蔵）

姿の定家が山間の紅葉の間に座している姿が描かれているが、観山はその辺の事情をよく調べて描いたと思われる。

　私は丁寧に教えて頂いた老婦人に篤く礼を述べ、細道を西へ、厭離庵の門前まで来た。扉は堅く閉ざされ、拝観謝絶の貼札がしてある。門前は幽邃《ゆうすい》無比《むひ》というべき竹藪で、まことに山荘の雰囲気をよく伝えている。定家の墓と伝えられる塚もこの庵内にあり、後日を期すしかなさそうである。さて愛宕道へ戻り、小倉山麓につき当ると、右へ鳥居本を経て清滝、化野《あだしの》へ向う道、正面は妙祐久遠寺《みょうゆうくおんじ》と二尊院の門前。久遠寺は日蓮宗不受不施派の寺院で、家康に弾圧され、宗論に敗れて耳を削《そ》がれ鼻を削《けず》られた僧侶達が開いたといい、俗に〝耳そぎ鼻欠け寺〟と言う。今はこの故実も案内書には出ていないが、私は学生時代に、友人がここに下宿していて何度か通《かよ》ったことがあり、その話を知っていた。

新緑の嵐山

　定家の山荘（時雨亭《しぐれてい》）は、二尊院の南方にあったというのが石田博士らの説であるが、為兼にはあまり関係無さそうなので、今回は割愛し、散策がてら嵐山に向う。四月下旬というのに、周辺は目にしみる若葉である。大堰川から渡月橋を隔てて嵐山を眺めると、その青葉の華やかさに一驚せざるを得なかった。

和辻哲郎は大正末から昭和初年の九年間、京大に赴任して京都に居住した（邸は若王子《にゃくおうじ》。現梅原猛氏の宅）が、東京へ帰ってから、街路樹の緑が余りに陰鬱なので、京都の緑をしきりに懐《なつ》かしがって、随筆「京の四季」（『和辻哲郎随筆集』岩波文庫）にそのことを叙している。ことに、ある西欧の画家を

厭離庵（為兼勉学の地，普段は非公開）

定家塚（厭離庵境内）

新緑の嵐山に案内したところ、画家は山の緑の余りに多彩、豊富なのに驚歎していたと書いている。盆地の湿気と、秩父古生層の地質と、豊富な水がそのような結果を生むらしい。山の緑がまるで金波・銀波を積み重ねたようなウロコ模様をなし、決して緑一色の山肌ではないのである。私は中年まで三十五年間も京都にすごしたのだが、そのことに気付いたのは、和辻さんと同じように、二十年前に東京に移ってからであった。鎌倉の寺を回ったとき、何か暗い感じがして、寺巡りの気分にならなかったのだが、要するに関東ローム層の上に生える樹木の色が暗すぎる感じなのである。――閑話休題。

為兼はじめ新古今時代の人々は、若葉の美しさを余り詠んでいないが、それは私と同じで東国の地に住んでみなければ、京都の青葉の鮮やかさが判らないからであろう。それでも『風雅和歌集』に収められる為兼の歌に、次のようなものがある。

夏浅きみどりの木立庭遠み
　雨降りしむる夕ぐれの宿

2　御子左家《みこひだり》の成立

為兼の先祖

為兼の先祖は藤原道長の六男長家《ながいえ》である。いま参考までに道長以来の父祖の名と官位を概略系図に示すと次のようになる。

同系図のように、忠家まで二代は大納言に昇っているが、俊忠以降権中納言か非参議止まりで為兼に至って異例に大納言に返り咲いた格好となっている（為家も大納言に任じているが、これはわずか半年間のみ）。いわば零落一途を辿った公卿の家といって差支えない。要するに道長との血縁が薄れていくごとに官位は下降を辿った訳で、止むを得ない面があるとは言え、元来が長家の母の出自に問題があったからでもあった。

道長の諸子の内、二男頼宗と六男長家の母はかつて安和の変で左遷された左大臣源高明《たかあきら》の女であって、そのような母の出自の低さから、長家は大臣などの栄達の道を止ざされていた訳であった。頼宗の裔《えい》からは中御門・持明院等の諸家が生じ、長家からは御子左・二条・京極・冷泉等の諸家が派生している。ともに大納言・近衛中将を極官《ごっかん》（生涯の最高官）とする中流公卿（羽林《うりん》家）にランクされていた。

家名の由来

ただし、大納言・参議等は、弁官局・外記局とともに太政官三局を構成する議政局のメンバーたる議政官であるから、元来国政の一翼を担う幹部の家であったことは間違いない。ややもすれば、為兼ら御子左の家を和歌の家とみなし、為兼の如き政治に深入りしたのは異例と目する国文学の研究者が多いけれど、公卿の制度からみるときは、御子左家は議政官の家であるから、一定程度政治にたずさわるのはさのみ奇異なことではないのである。この点はのちに再三確認することになると思うが、まずここで強調しておきたい。

なお御子左というのは、父祖長家が左大臣兼明親王（醍醐天皇皇子）の旧宅大宮三条坊門の邸に住んだから、この名が生じた。歌道への造詣は、家祖長家以来と言われる（村山前掲書）が、忠家・俊忠の二代は『金葉集』『詞花集』『千載集』等に詠歌が収められてはいるけれど、歌壇での実力は見るべきものはなかった。しかし俊忠は、『金葉集』の撰者源俊頼や、俊頼と並ぶ歌壇の指導者であった藤原基俊らと交流し、自邸にしばしば歌会《うたえ》を催した。基俊は前述の頼宗の孫に当り、俊忠とは曽祖母が共通し、同じ境遇にあったといえる。摂関家の門葉で、官界に志を得ぬ人々が歌道に精進するといった現象が、白河・鳥羽院政期にみられたことは興味深い。従って、俊忠の頃までは、御子左家は、歌道を好んではいたが、

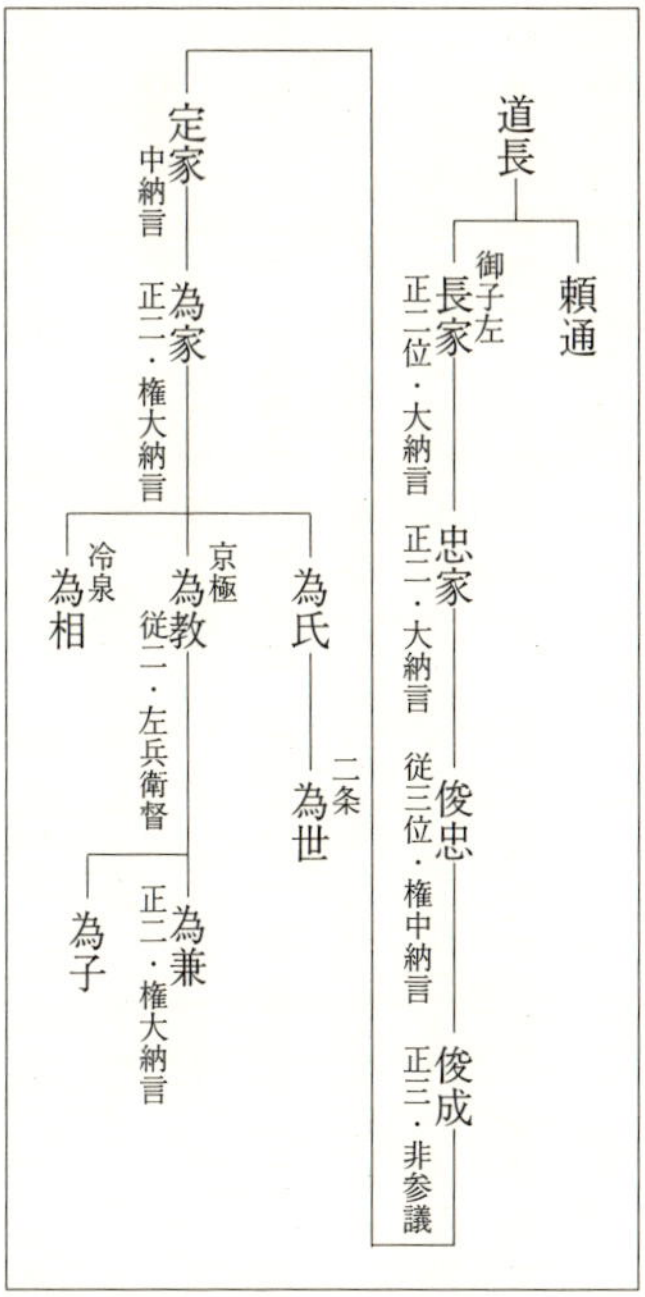

歌壇を領導するようないわゆる〝和歌の家〟では決してなかったのである。

俊成の登場

ところが、俊忠の子に俊成《しゅんぜい》（正しくは「としなり」だが、「ていか」と同様に音読される）が出現するに及び、その作風と実力によって俄然歌壇に擡頭し、子の定家と父子の活躍により、押しも押されもせぬ『新古今』歌壇の指導者の地位に昇るのである。俊成は永久二年（一一一四）の生れ、彼は三男で、かつ十歳で父俊忠に死別し、作歌を始めたのは十八、九歳の頃といわれ、歌人としては全く出遅れていたが、天成の才は忽ち発揮され、数年にして歌壇にその名を知られるようになった。二十四歳の頃基俊に入門して歌学を習ったが、本人は俊頼に私淑《ししゅく》していたという。彼の有名な初恋の歌、

しるしあれと祝《いは》ひぞ初《そ》むる玉箒《たまはゝき》
　取る手ばかりの契《ちぎ》りなれども

は人口に膾炙《かいしゃ》し、後世、この歌を神泉苑に捧げれば恋が成就するとの俗説を生じた。彼は晩学ではあったが、九十歳という異例の長寿が幸いして、永く歌壇の長老・重鎮に収まることを得た。幽玄の極致として知られる、

夕されば野辺の秋風身にしみて

鶉《うずら》鳴くなり深草の里

の歌は、優艶・閑寂な新古今調の幕明けとして、御子左家の歌名を一世に揚げることになった。文治四年（一一八八）に後白河上皇が勅撰した『千載集』の撰者に指定され、御子左家から初めて勅撰集の撰者を出した。

定家と新古今集

子女の多かった俊成の末子に近い子である定家は、応保二年（一一六二）出生。慈円・西行ら新古今を代表する歌人と交わり、自ら「余情妖艶」と称する歌風を確立し、後鳥羽上皇に認められ、元久二年（一二〇五）完成する『新古今集』の撰者に列せられた。

旅人の袖吹きかへす秋風に
　夕日寂しき山のかけ橋

定家はまた古代から中世へ移る激動期の世相を活写した日記『明月記』の記主として歴史家には珍重され、研究書も多い。はや源平争乱期（治承・寿永の内乱）の頃、

紅旗征戎《せいじゅう》、吾が事に非《あら》ず

とうそぶいて、世俗の政治を白眼視する態度を取ったが、子の為家の立身出世には懸念したようで、建仁・建暦の頃（一二〇一〜〇八）上皇が蹴鞠に耽って政務を顧みないことを憂慮し、かたがた為家の行末《ゆくすえ》を案じて、次のように日記に述懐している。

為家近日《きんじつ》、日夜《にちや》蹴鞠と云々。両主（後鳥羽と将軍頼家）好鞠《こうきく》の日、悉《なまじひ》に近臣たり。（中略）楚王細腰《さいえう》（美人）を好むの日、宮中餓死人の如し。（為家が）一巻の書を見ず。（『明月記』建暦二年五月十六日条）

楚の霊王が美姫を侍《はべ》らせて政治を顧みなかった故事を引き、上皇の〝弊政〟を批判している。このように、定家は歌才を上皇に認められて歌壇に君臨していたが、心底は上皇を敬慕も評価もしておらず、逆に極めて批判的であった。上皇の度《たび》重なる熊野詣をさして、「国家の衰弊また此《この》事にあり」（『明月記』建暦二年九月条）とか、水無瀬離宮の造営について「海内の財力を尽《つく》す」とか「国家の費《つひえ》、只此事に在《あ》る歟《か》」（同記建保五年二月条）とか、日記の中では筆を極めて非難している。以上は上皇の政治に対する彼の不満にすぎないが、批判のほこ先は、上皇の歌論にも向った。

秋とだに吹きあへぬ風に色変る
　生田の森の露の下草

なる定家の詠草を、上皇が最勝四天王院の障子絵に採択せず、その憤懣《ふんまん》が昂《こう》じて、定家は上皇に対する悪口を言い歩いたというから穏《おだ》やかではない。それが上皇の耳に達し『後鳥羽院御口伝《ごくでん》』に記録されるに至った。従って、かような定家と上皇との間が破綻するのは目に見えていた。

承久二年（一二二〇）二月、内裏歌会で定家に召《めし》があり、亡母の忌日で辞退したのに、枉《まげ》て参内せよとの仰に、

道の辺《べ》の野原の柳下萌《も》えぬ
　あはれ嘆きの煙競《くら》べに　（煙比《くら》べは十炷香《じっしゅこう》、すなわち香合《こうあわせ》。暗に官位昇進争いをさす）

と詠み、「数輩に超越せられ此《かく》の如き歎」（『順徳院御記』）つまり自らの不遇を歌に託したものと解され、上皇の逆鱗にあい、閉門を命ぜられた。

和歌は王権の文学

承久三年（一二二一）三月七日の南都春日社での歌会には、参議飛鳥井雅経《まさつね》が歌壇を代表して詠歌を捧げた。

春日野のおどろが道は分け初《そ》めて
　古きに返《かへ》る御世に逢ひつゝ、

この雅経の歌は、明らかに有名な上皇の「奥山のおどろが下も踏分けて」の歌を踏まえているもので、雅経は上皇の討幕の挙を予知していたことは明白である。いずれにせよ、和歌というものが、王権を寿祝するあるいは祝《ことほ》ぐ文芸であって、人麻呂の「大君は神にしませば」以来、この伝統が引き継がれていることを物語っている。

はたして、この直後に承久の乱が突発して、自然定家の蟄居《ちっきょ》も沙汰止みとなったが、彼が上皇の討幕の挙にどのような感懐を抱いていたか、興味は尽きない。しかし他の公家の日記と同様、『明月記』も承久三年分が欠失していて、定家の述懐は残念ながら知ることが出来ない。いずれにせよ、御子左家にとっては、当主の閉門後程なく承久の乱が勃発したことは、不幸中の幸であった。上皇自身が配流の身となって、定家の閉門が帳消しとなった上、西園寺公経《きんつね》との所縁によって、御子左一門はむしろ栄達に向うのである。

3　三川分流

西園寺家と縁組

定家は若年の頃六条秀能《ひでよし》（顕季《あきすえ》の裔）の女と結婚したが、彼女と別れて建久五年（一一九四）頃大納言西園寺実宗《さねむね》の女（公経の姉）を後妻とした。村山修一氏は「当時大納言であった実宗の女が、公卿の列にさえ入りえない御子左家にとついできたことは、何か理由のあったことであろうが、」（定家は当時左少将、父俊成は非参議）とこの結婚を、御子左家にとって大変な幸福であったと述べられている。二十数年の後、承久の乱が起って、西園寺氏が摂関をも凌ぐ有力公家にのしあがり、陰に陽に御子左家はその庇護を受けることになったのである（西園寺公経は頼朝と縁があり、承久の乱でも一貫して鎌倉方の立場で行動し、乱後幕府から公武を仲介する〝関東申次《もうしつぎ》〟の役に指名された）。為家はこの実宗の女との間に生れた。定家と秀能女の間には、光家という長男がいたが、歌の見込みがなく、彼を廃嫡して為家を嗣としていた。しかし建保元年（一二一三）の頃、定家は、

兄（光家）先《ま》づ父命に逆《さから》ひ（中略）弟（為家）又同前。（中略）不孝不善の者二人、憖《なまじひ》に成人し視聴に触《ふ》る。心府摧《ひし》ぐが如し。悲《かなし》い哉《かな》。（『明月記』同年五月廿二日条）

と、兄弟揃ってうつけ者だと悲観している。先述のように、為家がこの頃は和歌を顧みず、蹴鞠に熱中していたからであろう。しかし、実宗女は先妻と異って資性秀れた女性であったといわれ、後に歌壇の長となる為家のほか、後堀河院民部卿典侍の如き閨秀《けいしゅう》歌人を生んでおり、また為家も決して無才ではなく、承久の乱の後、歌名を挙げることになる。

西園寺公経の庇護

さて定家は、後妻の縁ともう一つ、西園寺家と関係を結んだ。それは、定家の娘の一人が、公経の嫡子、公相《きんすけ》の妾となって実顕（参議）を生んだことである。このような西園寺家との二重の後《うし》ろ盾《だて》によって、定家自身は七十一歳の老年にして中納言に昇り、子の為家は二十歳で左中将（定家が左中将になったのは四十一歳）、三十九歳で中納言と異数の出世をとげ

藤原為家　伝土佐行光筆
（冷泉家時雨亭文庫所蔵）

ていく。定家が非参議クラスの中流公卿でありながら、邸宅が京都に三カ所程もあり、小倉山に別荘を有し、さらに諸国に荘園を幾つか保有していたというのは、西園寺家の庇護なしには考えられないことである。「煙くらべ」の歌によって後鳥羽上皇から勅勘を蒙ったことも、上皇が隠岐に配流された乱後の今となってみれば、定家の骨のある公卿としての〝向うきず〟になった観がある。いずれにせよ、これらのことは、息為家の歌壇での活躍にプラスとなっていくのである。

為家、家道をつぐ

為家は乱前、順徳上皇に寵遇されていたため、順徳の佐渡配流行に随行しなかったとして一部から非難された。乱の二年後、為家は出家しようとして慈円に諫止されることがあり、これを順徳院に殉じようとする為家の誠意の表われとして評価する研究家もある（久松潜一『中世和歌史論』）。ともかく、為家は承久役後、蹴鞠を忘れたかのように歌学の研鑽に励み、『為家卿千首』（一二二三）『洞院摂関家百首』『新撰六帖題和歌』『宝治百首』等、目立った業績を揚げ、歌道師範として認められていく。加えて彼は父定家が狷介《けんかい》、不羈《ふき》であったのとは異なり、温和な性格で社交性もあり、彼の異数の出世も、あながち西園寺家のバックアップとのみ言い切れない面がある。彼は早くに関東御家人の宇都宮頼綱の女と結婚し、頼綱の嵯峨中院の別荘を譲り受けた。この別荘の障子（ふすま）に百人一首の揮毫を定家が頼綱に依頼され、いわゆる『小倉百人一首』の出現となるのは周知のことである。

ライバルの出現

ところが、順風満帆とみえた為家の前途も、十三世紀中葉の頃、重大なライバルが登場して、和歌師範宗家としての為家の地位を脅かすに至った。「中世和歌史上きっての秀才」（久保田淳『中世和歌史の研究』）とうたわれる葉室光俊《はむろみつとし》（真観《しんかん》）を中心とする〝反御子左派〟の旗上げである。光俊は、承久役直前の院近臣で、後鳥羽討幕の挙を再三に亘って諫止したものの容れられず、ついに討幕院宣を書下《かきくだ》し、罪を一身にかぶって刑死した葉室光親の嫡子である。光親の冤罪は、北条泰時が「後悔丹府を悩ます」（『吾妻鏡』）とくやんだ程の幕府の失態であり、泰時の同情は光親の遺族の上に注がれたようで、刑死者の子にもかかわらず、光俊自身右大弁に昇っている（安井久善『藤原光俊の研究』）。しかし、葉室家の家督は弟の定嗣が継ぎ、光俊は和歌の道に光明を見出したようで「其後世を遁《のが》れて松尾に住み侍りし頃」（源承『愚管抄』）とあるように、一旦は洛西に隠栖《いんせい》したが寛元四年（一二四六）末には御子左家を排除した「春日若宮歌合」を実施し、師範家への叛逆は鮮明となった。

それでも西園寺家の強大な力を背景とする為家の師範としての地位は容易にはゆるがず、建長三年（一二五一）後嵯峨上皇の勅で編まれた『続後撰和歌集』は為家ひとり撰者となり、面目を施した。しかし為家の安堵も束の間《つかのま》、正元元年（一二五九）にやはり後嵯峨院の勅で為家に撰進の命が下った『続古今和歌集』は弘長二年（一二六二）に至って反御子左派の光俊（真観）らが撰者に追加され、為家は面目を失うとともに、大きな失意を味わわされることになった。光俊が九条基家や近衛家良ら摂関家に取り入って猛烈に運動するとともに、光俊自身が将軍宗尊《むねたか》親王の和歌師範となって鎌倉まで下向する等の効果があったためとされている。

為家の失意と隠栖

こうして失意の為家は歌壇の第一線からも宮廷社会からも退き、嵯峨中院に隠栖して、後妻阿仏尼（安嘉門院四条）とひっそりと歳月を送る身となった。為家にとっては、嫡子為氏、次男為教（ともに母は宇都宮氏）が歌才に恵まれず、殆んど勅撰集にも入らないことも悩みの種で、失意を深めたに相違ない。さてここで、為家の後妻、阿仏尼の紹介をする段となった。一体、為家の名は知らなくとも、阿仏尼の名は高校の文学史のテキストにも登場するのでポピュラーである。彼女が『十六夜《いざよい》日記』という紀行文を残したことにより、天下にその名を知られているからだ。ただし、本書で彼女をことさら取上げるのは、そのためではない。青少年期の為兼に、歌道の上でかなり大きな影響を残した人物と考えられるからである。

阿仏尼の出自

『十六夜日記』は、秦の始皇帝が焚書抗儒《ふんしょこうじゅ》を行ったという中国の故事を踏まえ、儒者が壁中に塗り込めた書に自著を見立て、

昔壁の中より求め出でたりけむ書の名をば

で始まる名文を冒頭に掲げた。戦前すでに中等学校の教科書に採られ、旧制高校の受験勉強にも読まれていたという（福田秀一「阿仏尼と為相」）。しかし「紀行文としては平板単調」（福田「十六夜日記」吉川弘文館『国史大辞典』）といい、国文学者の評価はさのみ高くはない。彼女の子を思う母性愛の発露が、古来感動を呼んできたのではあるまいか。彼女の出自は『尊卑分脈』に、

度繁（佐渡守）
├ 繁親
└ 女子（安嘉門院四条　法名阿仏　権中納言為相卿母　歌人）

とあって、桓武平氏度繁《のりしげ》の女とされているが、彼女が自ら初恋のことを記した『うたゝねの記』では「後の親とか頼むべき理《ことわり》も浅からぬ人」と度繁のことを書いているので、彼女は実子でなく、度繁の養女であったことが明らかである。簗瀬一雄氏が、

> 下級貴族の家に、あまり歓迎される存在としてではなくて、誕生したらしい

阿仏尼　高槻重起筆（冷泉家時雨亭文庫所蔵）

と推測（簗瀬『校註阿仏尼全集』）されるのは、なかなか穿《うが》った見方で、或いは真相をついているかと思われる。自ら父母のことを記さなかったのは、そこに憚る事情があったからと思われるからだ。

安嘉門院に出仕

以上のように生年も、実父母も不明の彼女ではあるが、生れは貞応元年（一二二二）前後と推定されており、十代の半ば頃、少女の身で安嘉門院邦子内親王（後高倉上皇の皇女）の持明院殿に女房として出仕した。邦子が独身の皇女でありながら女院号を宣下されたのは、承久三年（一二二一）弟の後堀河天皇の践祚《せんそ》に伴って准母《じゅんぼ》に指名されたからである。

准母は一般に天皇の実母の身分に問題があるときの代理母の制だと言われているが、近年の研究では、新しい皇統を立ち上げるさい、その象徴的意味あいで、ことさら准母が置かれるのであるとされる（栗山圭子「准母立后制にみる中世前期の王家」『日本史研究』四六五号）。後堀河天皇の場合は、実母としてすでに北白河院があり、まさにこの後者の意図で姉邦子が准母に宣下されたと解される。

阿仏尼が十四、五歳の文暦二年（一二三四）、安嘉門院は出家した。弟の後堀河上皇の崩去に伴うものであろう。恐らく阿仏尼（以下四条と略す）が出仕したのは、女院が仏門に入ってからではないだろうか。『うたゝねの記』によると、彼女は「北山の麓」の或る貴人に仕えていたとあり、北山の麓とは、今出川新町にあった持明院殿をさし、貴人とは安嘉門院を指すという。彼女が後年「安嘉門院右衛門佐」あるいは「安嘉門院四条」と称され、他に貴人に出仕した形跡がないのであってみれば、さる貴人とは持明院殿に居住していた安嘉門院のことであるのは間違いない。

阿仏尼の失恋と出家

四条は、持明院殿に出仕中、北の方（奥方）のあるさる貴人と熱烈な恋をし、一年程で破局をつげた。恐らく彼女の初恋で、その失意が相当な痛手であったことは、「何に譬《たと》へても、飽かず悲し」とか、「言ひ知らぬ涙のみむせ返り」と述懐していることからもうかがえる。この恋の相手の男性とは、玉井幸助氏によれば、源顕定ではないかと推測されている（同著『日記文学の研究』）が、福田秀一氏はそれには否定的である。ただ、『続古今集』に「早う物申しわたりける人の、おのがさま〴〵年経て後、世を背くと聞きて申しつかはしける」との彼女の詞書があり、『続古今集』の成立する文永二年（一二六五）以前に出家した人物であろうとされている。

四条の失恋の歌、

はかなしな短き夜半の草枕
　結ぶともなきうたゝねの夢

はさすがに格調高く、見る人に哀れをさそう。四条は失恋の痛手に堪えかね、ある雨の夜に濡れ鼠で山中を彷徨し、とある尼寺で救出され、そこで出家素懐をとげた。その後、養父の平度繁も見兼ねて彼女の気をまぎらすべく任地の遠江へ呼びつけ、彼女は田舎へ下向した。

ところで四条には、幼児より世話になっていた乳母と思われる後見の老女がいた。その老女が重病で危篤との報が遠江に伝わり、急遽上洛してみると、件《くだん》の老女は四条との対面で安心したのか本復し、四条自身もこれで失恋の迷夢から醒める、というのが回想記『うたゝねの記』の物語るところである。研究者によると、世上著名な『十六夜日記』よりもこの失恋の次第を綴った『うたゝねの記』の方が、文学的価値は遙かに高いという。

為家に入門

その後四条は、尼寺として著名な南都の法華寺に寄住し、その後洛西の法華山寺《ほっけさんじ》（峰の堂）に至って慶政《けいせい》上人に帰依した。建長四年（一二五二）四条三十一歳の頃、後嵯峨院大納言典侍という高貴な女官が、法華寺時代の四条の知友を介して『源氏物語』の書写を依頼してきた。この女官が実は御子左家の女であった（岩佐美代子「後嵯峨院大納言典侍考」）。尼寺の尼僧などで一生を送る気が毛頭ない彼女は、蒼皇《そうこう》として大納言典侍の許《もと》へ参上した。こうして為家女と知遇を得た四条は、翌建長五年、為家に入門し、やがて為家の秘書的な地位につくことになる。

彼女が三十二歳の頃と推測されるが、京極為兼が、為家の孫（すなわち為教の息）として誕生したのはこの翌年、建長六年（一二五四）のことである。彼女自身の言葉によれば、

歌の道を助け仕へしこと、廿年余り三年ばかりにもやなりにけむ（『阿仏仮名諷誦』）

という境遇であったのだ。

為家の妾となる

情熱的で恋に生きる四条は、また歌道にも造詣深く、為家は弟子としての彼女を評価し、それはやがて四条への愛に変った。為家自身、歌の詞書に

暁の時雨に濡れて女の許より帰りて、朝につかはしける
（『玉葉集』恋二）

等と、彼女との逢いびきを語っている。「女の許」とは今出川の持明院御所のことであろう。こうして弘長三年（一二六三）には、四条との間に為相《ためすけ》が誕生した。光俊（真観）らが『続古今』の撰者に追加された翌年である。為家は歌壇に於る自らの地位の傾きを自覚し、その失望もあって余計に四条への愛に溺れることになったようである。このような状況を周囲から見れば、若い四条が〝色仕掛け〟で歌壇の総帥、為家に「取り入った」とも受け取られたことであろう。

嵯峨山荘の日々

四条は嵯峨の小林という所に移住していたが、為家も宇都宮頼綱から譲られた嵯峨の中院山荘（今の厭離庵）に隠栖し、ここに為家と四条は自然同棲するようになった。為家の本妻である頼綱女にとっては面白くない事態であったと思われるが、当時このようなことは或いは珍しくなかったものか、宇都宮家から抗議や不都合が持ち込まれた様子はない。一年おいて四条は為守（暁日房）をも生んだ。

嵯峨の山荘では、四条は「女あるじ」（飛鳥井雅有『嵯峨のかよひ』）と称され、為家は訪れてきた飛鳥井雅有を前に、四条に『源氏物語』を朗読させたり、一同で連歌を楽しんだりしている。この嵯峨隠栖中に為家にとって起った一大事件と

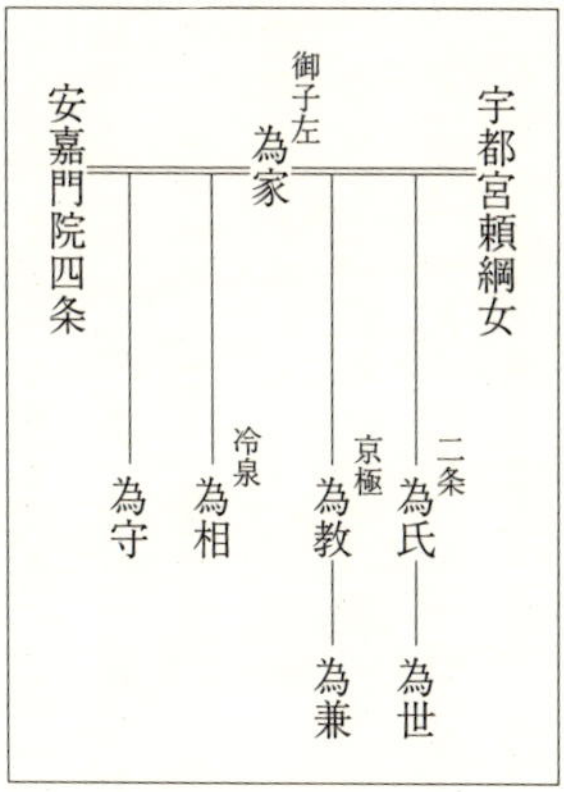

いえば、ライバル葉室光俊の失脚であろう。文永三年（一二六六）七月、在鎌倉の将軍宗尊親王は、異図（謀反・陰謀）ありとして幕府に疑われ、押込め（廃立）の上、京都に送還されるに至ったのである。宗尊の異図とは、彼自身のことではなく、側近に親王を利用して幕府を動かそうとする者がいたためとされている。

ともかく、宗尊は勅勘の身となり、彼の和歌師範であった光俊も院参停止を命ぜられ、二度と歌壇に立てないほどの打撃を蒙るのである。これによって、為家は居ながらにして歌壇上の勢威を取り戻した形になり、嫡子の為氏は文永四年（一二六七）二月、権大納言に昇り、やがて『続拾遺集』の撰者にもなっている。当時は為家も、一方で四条への愛に溺れながら、和歌の道ではこの為氏に期待をかけていたと思われる。御子左家で任大納言は（父も一時的に任官しているが）久方振りのことであり、為氏が歌道師範家御子左の嫡流と見做されていたことは疑いない。

父子相克と阿仏の策動

しかし、為氏と為家との間も、やがて四条のことが一つの契機となって険悪となる。その事情は、為家の次男で歌人であった源承の回想によれば、次のようである。文永八年（一二七一）のある日、亀山天皇の和歌御会に為家が為氏を伴って列席したところ、

大納言（為氏）、連歌の数も歌の数もおとらじ（父為家に）とや思へるやらん。（『源承和歌口伝』）

とあるように、為氏には父為家を下にみて、ないがしろにする気配がみえた。怒った為家は、「父子

の礼、さ様にはなき事なり」と憤慨し、持明院殿で行なわれた西園寺実氏（太政大臣）の和歌会で、子為氏の無礼についてしきりに述懐した。これを傍で聞いていた四条が「自ら名望あらん事を思ひて」すなわち野心を起して、歌道の嫡流を為氏から奪ってわが子為相・為守らに伝えることを思い立ったという。源承は為氏（二条家）と為相（冷泉家）の対立には二条家側に立っているから、四条に対しては終始批判的であり、彼の『和歌口伝』はそのまま鵜呑みには出来ない。しかし状況証拠や後の成り行き等から判断して四条が反為氏・反二条家の立場で動いていることは誤りない。

ともかく四条は、

　にはかに持明院の北林に移りて、嵯峨の旧屋に（の）和歌文書以下はこびわたす。

とある如く、為家所持相伝の和歌重書類を、四条の本拠の持明院殿に移しかえた。さらに四条は為家に迫《せま》って、

　亜相（為氏）心狭《せば》くて一ツ腹の弟（為教）をだにも道にへだてたり。まして腹々（異腹）ならん末々に目見《めみ》する事あるまじ。たゞいずれにも志《こころざし》あらむに、此道を許さるべき由申出でて

と、庶弟の為守や為相など和歌の志ある子供に隔《へだ》てなく歌道の相伝を許されるべきであると主張した。

四条は、この頃嵯峨に尋ねてくる為兼・為子の姉弟を可愛がって添削してやり、また為相・為守に対しても熱心に和歌を教導した。以上の四条の行状について、肝心の為家は「そらねぶり（空眠）して彼（四条）の中すまゝにて侍りける」とあり、四条の振舞に見て見ぬふりをしていた。

為家、勅撰撰者となる

為家は亀山天皇から子供達の歌道について下問をうけることもあったが、その時は、

「亜相（為氏）は幼くより目に身ありて稽古《けいこ》なし」（外のことが気になって、歌の稽古を疎《ろく》にやっていない）と申し上げていたが、天皇が、

左程に稽古なかりけるには、御師範に挙申《あげまう》されける御心得なき由

つまり、熟達していない者を和歌師範に推す訳にいかないが、と却って心配した。ともかく、『続拾遺集』の撰者は為氏に指名され、

先人（為家）泣く〳〵喜び畏《かしこま》りて今は思ふ事なしとて侍りし

と、為家は渋々ながら面目を施したことになっている。

阿仏尼、関東へ出訴

以上、御子左家が宗家二条と冷泉家に二分する事情（為兼の活躍により京極家が抬頭する事情は次章以降に詳述）は概観したが、以後阿仏尼の最期までの推

移を駆け足で見ておきたい。蒙古が襲来する報で、日本中が騒然となっていた文永九、十年（一二七二、七三）頃、為家は一旦は嫡子為氏に譲与していた播磨細川庄（神戸市の北方、現三木市細川中・中里付近）地頭職を悔返《くいかえ》して（取り戻して）、「為氏不孝《ふきょう》」によると唱《とな》えて為相に譲与した。同年四月、為家が日吉社に百日参籠《さんろう》を試みているのは、この処分につき思い悩んだ結果であろうと村山修一氏は推測されている。相伝の和歌・文書は為相に配分したものの、『明月記』はすべて為氏に譲っており、為家は為氏にも配慮はしていた。建治元年（一二七五）五月、為家は七十八歳で死去した。このとき為氏は五十四歳（四条もほぼ同年齢）、為兼は二十二歳、為相は十三歳であった。

為氏は亀山上皇・後宇多天皇の信認厚かったため、細川庄を為相に渡そうとせず、困惑した四条は朝廷、六波羅探題に訴え出た。しかしいっかな所領の返還は実現せず、業を煮やした四条は、老齢を押して関東に下向し、幕府に訴え出ようとした。それは弘安二年（一二七九）のことで、この東下りが『十六夜日記』を生んだ。しかし折悪く、関東には文永恩賞を求める御家人の訴訟が殺到しており、国難のさなかに公家の一家領の問題を取上げる余裕は幕府になく、この裁判は空しく打捨てられた。四条は弘安六年（一二八三）四月没するが、鎌倉で客死したとも、京都に戻って死んだとも学者の説は一定していない。墓地も、京都大通寺、鎌倉光明寺の二カ所あり、それぞれが本家を主張している有様である。

第二章　登　龍

1　生い立ち

出生と家庭

京極為兼は、建長六年（一二五四）に、京極為教の嫡男として京都の邸に出生した。父為教は、のち弘安二年（一二七九）五月に逝去したとき、「毘沙門堂兵衛督と号す」（『公卿補任』）と記録されているから、ずっと一条京極の定家晩年居住の家にすんでいた筈で、為兼もこの京極邸で生まれたものと思われる。もっとも、当時は妻問い婚（招婿婚）から擬制婿取婚への過渡期にあった頃で、母の実家で出生した可能性も捨て切れず、その場合は母の実家、三善雅衡《まさひら》の邸ということになる。三善氏は西園寺家累代の家司《けいし》であって、承久三年（一二二一）五月、承久の変が勃発して西園寺公経が宮中弓場殿《ゆばどの》に拘禁されたとき、急を鎌倉に告げ報じた三善長衡《ながひら》の後裔に当る。生れた月日は伝わっていない。

父為教は彼が六歳の正元元年（一二五九）に従三位右兵衛督に任ぜられているが、それ以前の詳しい官歴は正嘉二年（一二五八）十一月に蔵人頭（『職事補任』）、正元元年（一二五九）従三位に昇った以外は判らない。『公卿補任』に「元右中将蔵人頭」とあるから、為兼出生の頃は右中将あたりの官にあったかと思われる。年齢は二十六歳であった。為教の出生は安貞元年（一二二七）である（『明月記』同年閏三月条）。従って『公卿補任』正元元年条に為教二十一歳とあるのは誤りで、同じ『公卿補任』の弘安二年条、為教五十四歳（一本に五十一歳）とある。異本説が正しいことになる。なお為教の年齢の考証は、再々引用する石田吉貞博士の「京極為兼」（久松潜一編、日本歌人講座4『中世の歌人Ⅱ』）に詳しい。石田博士の右論文は、現在のところ為兼の年譜に関する最も詳細で信頼できる研究であり、以下本書でもとくに断わらぬ限り、博士の研究に拠るものであることを記しておく。

歌才のなかった父為教

為教は、先述のように為家と宇都宮氏との間に生れた為氏・源承・為教三子の末っ子であり、「兄為氏にも増して凡庸な歌人であったらしい」（石田前掲論文）とある下手な歌詠みであったから、官界での栄達は望むべくもなかった。それでも三十歳で蔵人頭に任官しているのをみれば、父為家の〝七光り〟によるものではあるまいか。建治元年（一二七五）五月、祖父為家が病没したとき、父為教は四十八歳、為兼は二十二歳であった。有力な庇護者を失って、為教・為兼父子にとっては苦難の前途がはじまることになる。

その頃、叔父（為教の兄）為氏は勅撰『続拾遺集』の編纂に当っていたが、弟為教とは不仲であった。それは阿仏尼（四条）の一件があって、為教父子が必ずしも為氏側につかず、剰《あまつさ》え、子息の為兼と為子らが嵯峨の中院山荘に出入りし、四条から和歌の教授を受ける等のことがあったから、当然であろう。父を亡った、為教の行状について、後年、為氏の子為世は次のように記している。

抑《そもそ》も弘安（一二七七～七九）の頃、亡父（為氏）入道相国亭（西園寺実氏）に向い、退帰の時、為教卿車下に追《お》い来《きた》り、先非を悔《くや》み、向後は別心あるべからざるの由、比叡山を指して誓言に及び畢《をはん》ぬ。

（『延慶《えんぎょう》両卿《りょうけい》訴陳状』、この史料については本書第五章で詳述）

このように為教が低姿勢に出たのは、兄為氏が勅撰集の選者という権力を握っているため背に腹は換えられず、何とか自分の歌を採択してもらいたく、この挙に及んだものであろう。醜態とも言えよう。しかし為教の〝悪あがき〟は続く。『続拾遺集』にたった七首しか採られなかった為教は面目を失い、状を和歌所の人々にめぐらして不満を訴え、さらに亀山上皇に申状《もうしじょう》を上《たてまつ》って善処を嘆願した。しかし亀山上皇はその翌日、為氏を仙洞に召して、

昨日為教卿の申状、尾籠《びろう》過分歟《か》。

と不快をあらわにし、「先《ま》づ然るべからざる事なり」「過分の事多し」「自由の申状なり」（『延慶両卿訴

陳状』）と全面的に為教の言い分を却下した。失望と憤懣《ふんまん》とで胸ふさがった為教は、程なく病の床に臥し、

限りある命を人に急がれて
　見ぬ世の後《あと》を兼ねて知りぬる

と怨みの歌を残し、父為家没の四年後の弘安二年に世を去った。

母三善氏の家系

このように見てくると、父為教の行実にはどうも取り柄がなく、歌も下手とあれば、後年の為兼の活躍がどうして可能となったか、不思議という外ない。そこで、母三善氏の周辺も少し見ておきたい。

修理太夫
三善雅衡 ─┬─ 女（為兼母）
　　　　　└─ 四条、右京太夫
　　　　　　　康衡 ── 女（後深草院妃）

石田博士によると、『玉葉集』に雅衡の子康衡の詠歌があり、為兼母の兄弟の康衡は四位の右京太夫で、娘の一人は後深草上皇の後宮に入っており、のち深性《じんしょう》法親王を生んでいることが知られる。

さすれば母方も相当の歌詠みの家であり、また西園寺家累代の家司であるという家柄も考えれば、為兼のバックは父より寧ろ母方にあったのではないかということになろう。元来、御子左家にとっては、前章でも触れたように、定家以来、西園寺氏とは切っても切れぬ縁があった。老齢にせよ定家が中納言に昇り得たのも、為家・為氏らが大納言になっているのも、窮極は西園寺氏の権勢が背景にあったからと見られる。祖父・父を失った為兼にとって、この西園寺氏との縁が、唯一の望みとなったことは想像に難くない。

少年期の官歴

さて、それでは父為教が、はかない奔走をくり返して醜態をさらしている頃、為兼はどのような日々を送っていたのであろうか。とにかく、少年時代までは彼は祖父為家の庇護を受けて、順調な官歴を辿っていた。のちに宿命のライバルとなる二条為世（為氏の嫡子）は彼の四歳上だが、その昇進を比較してみる。

為世		為兼	
二歳	叙爵	三歳	叙爵
六歳	従五位上	五歳	従五位上
八歳	侍従	六歳	侍従
十歳	右少将	十五歳	右少将

これによると、叙爵から侍従までのスピードはわずか三年で、為世の六年の半分であり、祖父はむしろ為兼の方を可愛がっていたかと見られる。ところが為家が嵯峨に隠栖する頃から為世が為兼を追い

越してしまい、右少将任官は為世十歳、為兼十五歳、中将任官は為世十三歳、為兼は二十五歳と決定的に遅れてしまう。もはやこうなった上は、為兼は官界での栄進を諦めるほかはなくなった。為家の隠栖が、明らかに為兼の出世に不利に働いたことが知られる。

祖父に歌を学ぶ

為兼自らの回想を証言として後年（延慶三、一三一〇年）述べた文書には、次のように記されている（第五章第三節参照）。

文永七年より、連々《れん〱》祖父《（為家）》入道に同宿し、和歌の事を伝授せしむ

（『延慶両卿訴陳状』）

また論敵の二条為世も、この事情を

彼卿《（為兼）》自称の如《ごと》くんば、文永七年より建治に至り、学ぶ所の年限、雲泥《（為世と比べて）》と謂ふべし。祖父在世の時は、関東下向の為《ため》と称し、亡父に属し懇望せしむるの間、三代集に於ては形の如く聴《ゆる》さしむと雖《いへど》も、子細あり。

（同右）

と述べている。為兼は十七歳の頃から、嵯峨の中院山荘に通って、姉為子と共に祖父から歌道の習練を受けたのである。また父為教に頼んで古今伝授を受けたことを「関東下向のため」と言っているから、為兼は京都での出世を諦め、関東に下向して鎌倉で生業を立てる算段をしていたようにも受け取

れる。恐らく父為教は、子為兼の行末を案じ、また自らが教えるよりも祖父に学ばせるに如《し》かじと考え、為兼姉弟を許《もと》に派遣したのであろう。一方、祖父為家の方は、始めのうちは徒然をまぎらす程度の心づもりであったかと思われるが、姉弟の学習態度が熱心なことと、二人の歌才を見抜き、この姉弟に自らの蘊蓄《うんちく》を傾けることで、未だ幼い為相・為守の後ろ盾《うしだて》とする期待もあったのではなかろうか。文永七年より建治まで、つまり為家が病死するまで教授を惜しまなかったということは、為家の側にも、為兼姉弟に期するものがあったと思われる。恐らく、御子左家の和歌の伝統を、この姉弟に托するようになったのではないかと私は為家の心事を想像するのである。また十七、八歳ともなれば、為兼にも父為教の不甲斐なさと、叔父為氏から侮辱されている悔《くや》しさは身にしみていただろうから、必死の思いで歌の道に没入したのではなかろうか。

嵯峨山荘に同宿す

現在伊達家に伝来する定家自筆の『古今集』には、為兼自筆の奥書があり、文中次のように記す箇所がある。

去る文永九年秋比《ごろ》、藤大納言典侍（為子）相共《あひとも》に、三代集を戸部禅門（為家）より伝授の時、数ケ月連々同宿し、重々不審の事等問答の時

これによっても、姉弟の研鑽ぶりはうかがえよう。文永十一年（一二七四）は元軍が対馬・壱岐・博多に来寇し、朝野が大騒動の年であったが、為兼姉弟は歌道の精進に余念がなかった。すでに為家は

病の床に臥し、阿仏尼（四条）や為子は看病にも力を割かねばならなかった。この冬、前天台座主の道玄大僧正が、幾人かの歌人と共に中院山荘を訪れ、折から雪の中ということで、即席の歌会が催された。この時為家も詠んだが、

岡雪といへる事を詠み侍りしを筆執ること叶はず侍りて、為兼少将に侍りしとき、書かせて出《いだ》し侍りし。

（『玉葉集』）

とあるように、為兼が祖父の詠歌を代筆したことが見えている。この時期は、姉弟とも、中院山荘に半ば居続けていたことが推測される。為家は、この半年のち、建治元年（一二七五）五月に七十九歳の高齢で卒した。

初めて和歌会に列す

建治二年、為兼二十三歳のとき、八月に亀山上皇の嵯峨亀山殿の仙洞（院の御所）で和歌御会《ぎょえ》が行なわれ、為兼も父為教、姉為子と共に列席を許された。ただし、為兼は為世と共に、歌仙（歌詠み）には入らず、陪席を許されただけであったようである（『勘仲記』『吉続記』）。それでも、上皇、摂関以下お歴々が居並ぶハレの座に、姉為子と共に、出仕したのであるから、宗家の二条為世とならぶ地位を、弱冠にして与えられたことになる。祖父為家がすでにこの世の人でない点を考えると、為兼はこの頃、和歌の上で一般に認められる存在であったと思われる。仙洞御会の翌月、九月十三夜の月下に「五首歌会」が内裏で行われたが、為兼の詠歌が『新後撰

集』に収められている。

澄み昇る月の辺《あたり》は空晴れて
山の端《は》遠く残る浮雲《うきぐも》

この歌が、記録上、為兼の最も古い歌とされている。この記念すべき歌について、「まだ為兼らしい特色が出ているとは言えない」（石田前掲論文）とする見方と、「感覚的叙景歌で、後年の玉葉風の様式を見せている」（小原幹雄「藤原為兼年譜考」）との意見があり、専門家の見解も分れているようである。

父為教の歎願

さて、右の仙洞御会の直前に、宗家の二条為氏に対して勅撰集を撰進するようにとの亀山上皇の院宣が下り、弘安元年（一二七八）十二月に上皇に『続拾遺集』奏覧の手続きが行なわれた。これを知った為教は、自分の歌が七首、息為兼が二首、為子が三首しか入撰していないのを歎いて、和歌所の人々に対し愁状《しゅうじょう》を上《たてまつ》った。この書状は、『岩崎家所蔵手鑑』に収められて残存しており、為教は次のように訴えている。

為兼憖《なまじひ》に累家《るいけ》を稟《つ》ぎ、苟《いやしく》も当道を嗜《たしな》み候の上は、たとひ撰者（為氏）子細を申すと雖《いへど》も、争《いかで》か卑劣《ひれつ》の輩《ともがら》に准《なづら》へらるべく候哉。然《しかれ》ば撰者契約の旨に任せ、定め下され候《さうら》はば、殊に畏《かしこ》み存ずべく候。その条若《も》し猶ほ難儀《なんぎ》たるべくば、為教の歌を止められ、息女(為子)并《ならび》に為兼の歌を増《ま》さるべく候哉。此《この》条自由の申状に似ると雖も、新勅撰の時、不堪《ふかん》により顕家卿の歌を入れず候の処、知家卿自身の歌の員数を減《げん》ぜられ、父の詠《えい》を書き入れらるべき旨頻に懇望せしめ候に依《よっ》て、顕家卿の歌一首これを書き入れ了《をは》んぬ。知家の挙父、為教の挙子、更《さら》に差別あるべからず候。

この文中で、「撰者契約の旨」とは何を意味するのか難解であるが、為教は、『新勅撰』撰集のさい、知家《ともいえ》が父顕家の歌を入れられるよう奔走した故事を引いて、たとい自分の七首を減らしても、為子・為兼の歌を増やしてもらいたいと、かき口説いているのである。子を思う親心とも、親馬鹿とも受取れるが、ともかく前述のように、亀山上皇は為教の願いを〝尾籠過分〟と却《しりぞ》け、絶望した為教は、この四カ月に病死している。後年、二条為世も、その間の事情を、

為教卿忽《たちま》ち度々《どゝ》の誓約を忘れ、続拾遺の時、濫訴《らんそ》に及ぶの間、五箇月中に夭亡《ようぼう》乎《か》。

(『延慶両卿訴陳状』)

と、勝ち誇ったように記している。以上の経過をみれば、この段階では為兼の前途は暗雲がたれ込めていたという外あるまい。

宮廷での奉仕

翌弘安二年（一二七九）正月、洛東法勝寺の修正会《しゅしょうえ》に、亀山上皇・新陽明門院夫妻の臨幸があり、為兼は右中将として為世と共に出仕、供奉《ぐぶ》している。これより見れば、為兼は大覚寺統の亀山上皇に仕えていたように感ぜられるが、一方で同年九月の両院（後深草・亀山）伏見殿御幸には、次のように記録されている。

伏見の津に出《いで》させ給ひて（中略）二三日おはしませば、両院の家司共、我劣らじといかめしき事共調《てう》じて参らせあへる中に、楊梅《やまもも》の二位兼行《かねゆき》、檜破子《ひはりご》共の心ばせありて仕《つか》う奉《たてまつ》れる雲雀《ひばり》という小鳥を萩の枝につけたり。源氏の松風の巻を思へるにやありけむ。為兼の朝臣を召して、本院（後深草）「彼《かれ》は如何と見る」と仰せらるれは、為兼「いと心得侍らず」と申しける。誠に定家の中納言入道が書きて侍る源氏の本には、萩とは見え侍らぬとぞ承りし。（『増鏡』）

これによれば、為兼は後深草上皇の家司であったことが知られる。この秋の末、為家後室の四条が、播磨細川庄の帰属を訴えるために鎌倉に下った。為兼姉弟は四条にはなむけの歌を贈ったことが『十六夜日記』にみえている。

故郷《ふるさと》は時雨《しぐれ》に立ちし旅衣
雪にやいとゞさえまさるらん　　為兼

はるぐと思ひこそやれ旅衣
涙しぐるゝ袖やいかにと　　為子

姉弟とも、祖母の四条（実は義理の祖母）によせる細やかな思いやりが伝わってくるではないか。姉弟の四条への思いの中に、歌道の恩師へという礼儀も含まれていることは勿論である。

2 東宮出仕

東宮に出仕

この翌年（弘安二）、為兼は後深草の皇子である凞仁《ひろひと》（のちの伏見天皇）の東宮へ出仕することになる。彼がはじめ後深草上皇に仕え、続いて凞仁親王に仕えることになるのは、主家西園寺実兼の計らいによるとみられるが、後深草への出仕はともかく、凞仁東宮への出勤は、彼の後年の活躍を約束する重要な官歴であった。それでは、為兼は如何にして凞仁へ仕えることが可能になったのか、また実兼が如何にしてそのように取計らったのかという問題が出てくるであろう。かくて為兼の運命に急転開をもたらすことになるこの東宮出仕の背景として、両統迭立《てつりつ》の次第をふり返らなければなるまい。

両統迭立のおこり

正嘉二年（一二五八）というから、四条と為家が嵯峨で同棲を始めて程なくの頃で、為兼はまだ五歳という幼年である。この年七月、後嵯峨上皇は幼帝の後深草天皇の皇太子に、弟の恒仁《つねひと》（のちの亀山天皇）を立てた（立坊《りゅうぼう》＝立太子《りったいし》）。これがそもそもの両統迭立つまり皇統分裂の発端である。この時後深草はまだ幼く、皇子は生れていなかった。しかし、兄弟で皇統を継承することは、壬申の乱の例をみるまでもなく天皇家には危険なことで、後深草に皇子が生れるまで待っても遅くはなかった。また恒仁の立坊を追認した幕府にもその責任の一端はあろう。かくて父上皇の後嵯峨は、長ずるに従って長子の後深草を嫌い、弟の恒仁を愛するようになった（後嵯峨と亀山は同腹の兄弟、母は大宮院＝西園寺実氏の女）。

正元元年（一二五九）恒仁が践祚《せんそ》して亀山天皇となり、文永二年（一二六五）後深草上皇に皇子熙仁（のちの伏見天皇）が誕生した。しかし文永五年（一二六八）後嵯峨が亡父土御門天皇陵に捧げた願文には、亀山皇子の世仁《よひと》に皇位が回るように訴えており（村田正志『南北朝論』）、後嵯峨上皇が恒仁の一流に望みをかけていたことは確実である。文永九年（一二七二）、二月蒙古の来冠必至の状勢下、後嵯峨上皇は嵯峨の離宮、如来寿量院《にょらいずりょういん》に於いて崩じた。

後嵯峨崩後の継承問題

治世三十余年、性格は温厚仁慈で公武間も円滑に終始し、その死は上下に惜しまれたが、彼は後継の政務を、後深草院政とするか亀山親政とするかどちらにするかを指示せずに亡くなったのである。故上皇は、皇室財産の処分を「新院（後深草）分」「主上（亀山）分」とこまごま指示はしていたが、肝心の政務については、

されども、御治世の事は関東計らひ申すべし。（『五代帝王物語』）

として、その決定を幕府に委ねたのである。承久の乱以来、皇位の最終決定権は幕府が握り、後嵯峨天皇自身の擁立も、順徳上皇皇子佐渡院宮に決まりかけていた廟議《びょうぎ》を北条泰時が覆《くつがえ》して実現したのであってみれば、この故上皇の措置は当然といえる。しかし幕府は自らこれを決することを欲せず、

> 関東より母儀大宮院に尋ね申けるに、先院（後嵯峨）の御素意は当今（亀山）にまします由を仰せ遣はされければ、事定まりて、禁中にて政務せさせ給。（『神皇正統記』）

と、後妻の大宮院に諮問した。これは武家社会では鎌倉時代を通じて後家の家督権が尊重されており、その慣例に従って、大宮院に、先院の素志つまり後嵯峨の意中を尋ねさせたわけである。こうして亀山天皇の親政が実現したのである。

後深草上皇出家を決意　文永十一年（一二七四）正月、亀山は世仁親王に譲位して、後宇多天皇が践祚する運びとなった（『文永代始《だいはじめ》公事抄』）。政務は亀山上皇である。この状況を見て、わが子熈仁の登極は絶望となったと思い知らされた後深草上皇は、世をはかなみ、出家の決意を固めた。

> 本院（後深草）は猶いとあやしかりける御身の過《す》ぐ瀬《せ》を、人の思ふらん事もすさまじう思《おぼ》し結《むす》ぼはれて、世を背《そむ》かんの儲《まう》けにて、尊号をも返し奉らせ給へば、兵仗をも止《とど》めんとて、御随身共召して禄かづけ暇《いとま》給はする程、いと心細しと思ひあへり。

とは、後深草の悲壮な心境を描く『増鏡』の叙述である。後深草は元来温厚な性格で、過激な言動は努めてとらぬ人柄であったが、右のような出家発心《ほっしん》のきっかけは、建治元年（一二七五）二月、故後嵯峨上皇追悼の法華八講に、長子でありながら後深草父子が招かれなかったことによるという（三浦周行『鎌倉時代史』）。後深草悲歎の噂は鎌倉にも聞えて、

かゝる事共、東《あづま》にも驚き聞えて、例の陣定《じんのさだめ》等の様に、これかれ巨多《あまた》武士共寄合々々評定しけり。
（『増鏡』）

と、幕府でも善後策が協議されていたことが知られる。ところで、後深草の愛妾であった久我雅忠女の『問はず語り』によれば、上皇の発心は文永十一年（一二七四）のこととして、以下のように記されている。

この秋（文永十一）にや、御所様（後深草）にも、世の中すさまじく、後院の別当等置かるゝも御面目なしとて、太上天皇の宣旨を天下へ返し進《まゐら》せて、御随身共召集めて、皆禄共給はせて、暇たびて（中略）御出家あるべしとて、人数定められしにも

このように、さきの『増鏡』の文は、明らかに『問はず語り』を参照して叙述されたことが知られる

が、後に判るように、文永十一年は雅忠女の記憶違いで、上皇の発心は建治元年のことである。このように、状況は後深草の出家＝持明院統の皇位断絶へ向って一路進んでいたのである。これが、どうして覆るようなことになったのであろうか。

幕府、後深草に同情す

ここで話は、亀山上皇の後宮の状況となる。上皇には、後宇多の母佶子《きっし》（洞院実雄の女）が皇后として入内していたが、別に中宮の嬉子《きし》（西園寺公相《きんすけ》の女）もおり、亀山の寵を競ったものの、嬉子に皇子が生れず、父公相の死後実家に戻って（退下《たいげ》）いた。文永十一年、後宇多の践祚と共に嬉子の兄、西園寺実兼が関東申次《もうしつぎ》の要職に就任した。実兼は嬉子が退下した文永五年頃から亀山上皇に悪感情を抱き、不遇の後深草上皇に接近し、秘かに持明院統の起死回生を策していた。関東申次に任ずるや、俄然実兼は幕府に働きかけ、大宮院の裁定を覆すよう迫ったのである。皇位の決定権は勿論幕府に在るが、朝廷の事情がよく判らない関東では、とかく申次西園寺氏の意向を尊重することが多かった。持明院統が息を吹き返すようになった事情を、『増鏡』は、

時宗朝臣もいとめでたき者にて、本院（後深草）のかく世を思し捨てんずる、いと忝《かたじけな》く哀《あは》れなる御事なり。故院（後嵯峨）の御掟は様《やう》こそあらめなれど、そこらの御兄《おんこのかみ》にて、させる御誤りもおはしまさざらん。争《いかで》かは忽《たちま》ちに名残《なごり》なくはものし給ふべき。いとたひだひしきわざなりとて、新院（亀山）へも奏し、かなたこなた宥《なだ》め申して、東の御方の若宮（伏見院）を坊（立太子）に奉りぬ。

と、専ら時宗が後深草に同情した結果、煕仁の立坊が実現したように記しているが、実は実兼の説得と根回しによるというのが新田英治氏の説（新田「鎌倉後期の政治過程」）である。

煕仁の立坊

建治元年（一二七五）十月、幕府の両使二階堂行忠と曽祢遠頼《そねとおより》が上洛し、煕仁の立坊と摂政の更迭を亀山上皇に奏した（『一代要記』）。こうして後宇多天皇の皇太子に従兄《いとこ》の煕仁が立てられることになり、西園寺実兼は東宮大夫となった。煕仁は関東申次というこの上なき実力者の後ろ盾を得たことになり、これで何年後かに確実に天皇となることを約束されたのである。これによって後深草の出家も自然沙汰止みとなったが、ここに滑稽《こっけい》なのは、男性関係に疲れ果て、遁世を望んでいた雅忠女で、

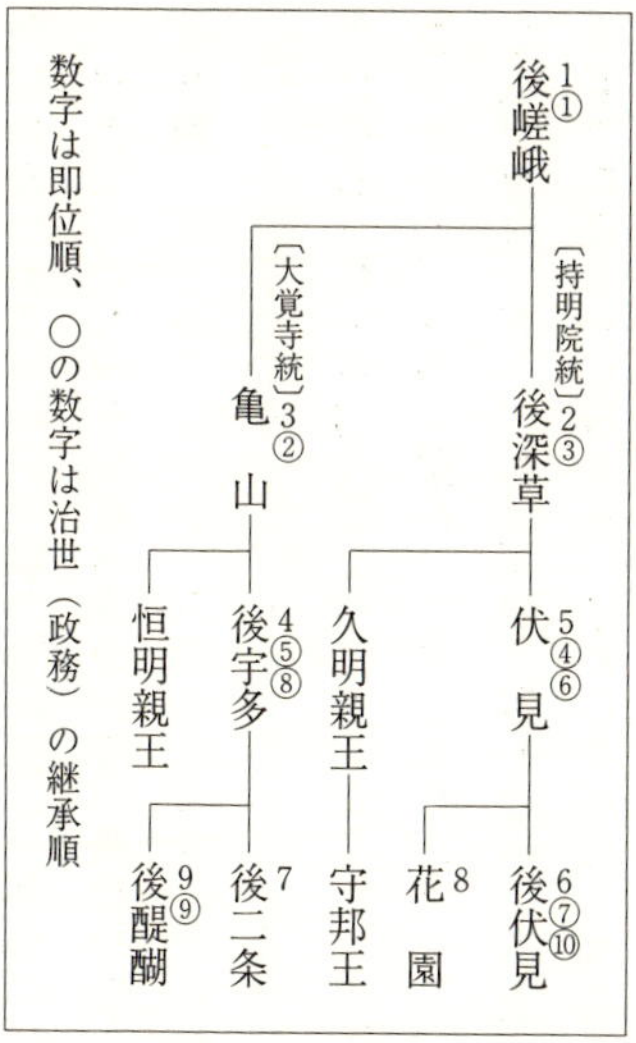

数字は即位順、○の数字は治世（政務）の継承順

御出家あるべしとて（中略）浮きは嬉《うれ》しき便《たよ》りにもやと思ひしに、鎌倉より宥《なだ》め申して、（中略）すみの御所、春宮の御所になりなどして（中略）ただ山の彼方《あなた》にのみ心は通《かよ》へども、いかなる宿執《しゆくしふ》なほ遁れがたきやらん、歎きつゝ、

（『問はず語り』）

と、切角の出家素懐もぬか喜びに終り、がっか

りしたのである。持明院統の関係者で、落胆したのは、恐らく彼女だけであろう。

以上が、いわゆる両統迭立の発端の概略である。この皇統の分裂という事象がやがて大覚寺統から後醍醐天皇という怪物を生み落し、鎌倉幕府の命取りとなったことはよく知られているが、なぜそうなったかを考えてみると、幕府、とくに北条時宗が後深草上皇の発心に同情し、また西園寺実兼の説得に惑わされて持明院統を復活させたことに根本の原因があると考えざるを得ない。政治に私情は禁物であるというが、蒙古の要求をあれだけハネつけた時宗ともあろう者が、どうしてこんな優柔不断な裁定をなしたか、私は理解に苦しむのである。皇統を二重にすれば、都合のよい時に意のままとなる君主を立てられるから、幕府に有利だと考えたとすれば、余りにも短慮であって皮肉でもある。歴史の女神は、恐るべき鉄槌を下すものだと思わざるを得ない。

東宮の和歌師範となる

さて、実兼は自ら東宮大夫に任じ、歌好きの凞仁親王から、和歌の師範として然るべき仁の推挙を頼まれたと推測される。それで実兼は累代の家司三善康衡の女の所生である為兼を推挙したのであろう。それと、為氏・為世らが大覚寺統の亀山上皇に接近していたため、自然為兼が東宮に近づくことになったものと思われる。ともかく、為兼が東宮坊に出仕したことは、彼生涯の幸運であった。彼は伏見天皇に歌才を見出され、また歌以外の官人生活上でも、東宮（のち伏見天皇）から全幅の信認を得て、位人臣を極めることになるのである。では、彼が東宮に出仕するのはいつ頃のことであろうか。これを明確に物語る史料が、飛鳥井雅有の『春の深《み》山路《やまじ》』という、弘安三年（一二八〇）一年分の彼の日記である。雅有といえば、先述のように、四条と為家が中院山荘に同棲していた様子を描写した『嵯峨のかよひ』を残しており、青少年期の為兼の周辺を二度まで記録していることに、何か運命的なものを感じざるを得ない。

雅有の日記に為兼の名がみえるのは、同年の七月六日の条である。

為兼の朝臣参りたる由《よし》申す。「そとも《(背面)》」と申す事知りたる由、人に逢《あひ》て申し侍《はべ》りけり。お尋ね有《あり》て御覧ぜられ候べし。「北《きた》」と定めて申し侍らんか。其《それ》は如何なる故ぞ、又何《いづ》れの文に見えたるぞと、重ねてお尋ねあるべき由を申し行《おこな》ふ。我乍《なが》ら腹汚《きたな》き心地ぞする。

東宮の試問

為兼が東宮坊へ出仕し、傍輩らに万葉の難語である「そとも」を知っていると語るのを聞いた雅有は、十六歳の東宮熈仁に、「我乍《なが》ら腹汚き」とは知りつつ、為兼に試問するよう勧《すす》める。この時為兼は二十七歳である。再び雅有の日記に戻ると、

かの朝臣《(為兼)》参り出て後、「そとも」は案の如く「北」と申《まう》す。重ねてその故をお尋ねあれば、知らざる由を申す。又万葉の時、時代を御尋ねあれば、「文武《もんむ》」の由を故入道《(為家)》は申し候しかども、聊《いさゝ》か不審なるよしを申す。如何《いか》様にても稽古はすると思《おぼ》え候由を申し出《いで》ぬ。

とあり、東宮の試問に対し、為兼は正直に応答した。「そとも」とは山の陰、つまり〝北〟の意であ

るという。このことを東宮から伝え聞いた雅有は、彼は「どうやら学問はしていると思われる」（石田博士の訳）と東宮に漏らしたというのである。いかにも東宮坊出仕直後の話であるように推測され、石田博士の推定のように、為兼の東宮出仕は弘安三年（一二八〇）のこととしてよいと思われる。以後為兼が二度目の配流に処せられる正和五年（一三一六）まで三十六年の長きに亘って続くことになる、伏見天皇（上皇）との主従関係の始まりであった。

東宮出仕の時期

ところで、松田武夫氏の研究によれば、『弘安本古今集』の奥書に、次のように東宮坊出仕直前の為兼の様子が記されている。

此古今和歌集は、中将為兼朝臣本を以て、彼亭（一条京極）に於て書写せしむる所なり。羽林（為兼）病痾間、祈祷のため数日親近、休息の暇日《かじつ》筆を染むる所なり。校合《きやうごう》の事、其隙《いとま》なきの間、彼姉大納言典侍局（為子）校合せしんめ了《をはん》ぬ。尤も証本たるべきなり。時に弘安三年五月廿五日　桑門良季

これによると、同年五月頃、為兼は病床にあり、良季阿闍梨《りょうきあじゃり》に平癒祈願の祷《いの》りを受けていたことが知られる。祈祷のあい間に良季が写した『古今集』とは、建長七年（一二五五）為家が四条に写させ奥書を加えた嘉禄本であり、その四条自筆本を為兼が譲り受け、所持していたものらしい（松田武夫「弘安本古今集に就いて」）。為兼の東宮出仕は、恐らくこの病気が本復して直後のことだったのではないか。

歌会と供奉

為兼の東宮出仕の期間は、凞仁が践祚する弘安十年（一二八七）十月まで、七年余に亘る。この期間は、政治家為兼にとっては不遇の、雌伏時代と一般にみられているが、為兼の動静を伝える断片的な記録は意外に多く残っている。それらを丹念に採集された小原幹雄氏の労作「藤原為兼年譜考（正・続・続々）」（『島根大学論集人文科学』八～一一号）に拠りつつ、概略をみておきたい。この時期の彼の動向は、①和歌会の出仕又は詠歌、②左右中将の官人としての儀礼参列奉仕に大別される。まず歌会詠草の方を並べてみると、

弘安3・8　内裏観月歌会（新千載集）
・12　東宮御所雪見宴（中務内侍日記）
6・8　内裏観月歌会（新千載集）
7・9　亀山院歌会（新千載集）
8・3　准后貞子九十賀詠歌（増鏡）
・8　亀山院観月歌会（新拾遺集）
・10　住吉社御幸詠歌（新千載集）

このように、大体八月の十五夜観月宴、九月の観菊宴等に仙洞に招かれて歌会に列することが多かった。東宮出仕の身でありながら、大覚寺統の仙洞の会に召されていることは、彼の歌の実力が認められていることの一証左であろう。

次に儀礼への出仕・供奉を列挙すると、

弘安5・12　春日神木帰座供奉（勘仲記）
6・正　亀山上皇後深草仙洞に行幸供奉（勘仲記）
亀山上皇万里小路殿に遷幸供奉（勘仲記）
7・6　天皇新院《亀山》馬長叡覧勤仕（勘仲記）
・10　新院《亀山》高倉御所に移徙供奉（勘仲記）
・12　新日吉社小五月会競馬奉行（勘仲記）
9・5　東宮《煕仁》啄木秘曲伝受奉仕（後深草院宸記）
10・5　新日吉社小五月会新院行幸、競馬奉行（勘仲記）
・8　本院《後深草》第五皇子出家儀奉仕（勘仲記）
・10　本院常盤井殿御幸供奉（勘仲記）

こちらも、亀山上皇への出仕が目立つが、これは亀山院政下で、同上皇の行事が制度上ハレの儀礼となるので、官人為兼としては当然の出仕であるためである。

さて、弘安三年十二月の東宮雪見の宴は、「をとこには左中将《為兼》ばかりまゐる」（『中務内侍日記』）と記録されており、男性としては為兼一人が召されていることから、小原氏は、

この年受禅《践祚》の速かならんことを望まれる皇太子の謀議に与《あづか》ったもののようである。

と、為兼が大事の密議に参与したものと推定されているが、如何であろうか。まだ東宮出仕の直後であり、後年のような政治力が彼にあったとは思えず、私には和歌師範として彼が招かれたものと思われる。

東宮の信頼と優遇

ところで、再三引用する『中務内侍日記』は、東宮凞仁（践祚後は伏見天皇）の後宮に仕えた教養ある女官の仮名書き日記であり、『問はず語り』と並称される鎌倉後期女流文学の双璧である。この『中務内侍日記』に、弘安六年（一二八三）四月のこととして、次のようなエピソードが綴られている。四月十九日、凞仁は父上皇の持明院殿を訪れ、翌朝、時鳥《ほととぎす》の声を聞こうと庭を散策する。時に和歌師範の為兼はその頃何故か東宮御所へも出仕せず籠居していたが、凞仁は為兼ならばどう詠むかと思い廻らし、

思ひやる寝覚やいかに時鳥
　鳴きて過ぎぬる有明の空

としたためて、供奉の土御門少将に持たせ、一条京極の為兼邸へ走らせた。感激した為兼は、

（前略）
いとも畏き情とて　伝へ述べつる言の葉を

我が身に余る心地して

（後略）

と長歌を詠み、

宮の内鳴きて過ぎける時鳥

待つ宿からは今もつれなし

と記して返歌として東宮に奉った。この時中務内侍は、東宮の為兼に対する信認と敬慕とに感激し、少将と為兼との対面の模様を次のように描く。

さるべき御使もなくて明けぬべければ、土御門少将人も具せず、唯一人馬にて行ぬ。手づから馬の口を曳きて門を叩くに、とみにも開けず。空はあけがたになるもあさましくおかし。門を開けぬるに、思ひよらず呆《あき》れたちけむも理《ことはり》なり。さらぬ情だに、折から物は嬉《うれし》きに、畏き御情も深く、色をも香をもと思し食し出《いづ》るも、御使の嬉しさは、実《げ》に如何なりけむ。同じ類《たぐひ》ならん身は、実《げ》にいかでか羨《うらや》ましからざらん。有難き面目、生ける身の思ひ出とぞ。よそに思ひ知られて侍りし。ほの〲と明くる程にぞ帰り参りたる。

恐らく中務内侍は土御門少将から詳しく聞かされたのであろうが、このように一部始終を中務内侍が記録に残したのをみると、どうやら彼女は為兼に心を寄せていたのではないかと思いたくなる。というのは、後年のことだが、弘安十年（一二八七）十二月、歌会に列した為兼を内侍は、

をとこには左中将為兼ばかりなり。警固の姿にて参りたる。いとやさしく見ゆ。

と描写しており、醜男とも伝えられる為兼を内侍はことさら優美に描いていると見られなくもないからである。この中務内侍は宮内卿藤原永経の女で、経子という名の女性であるが、相当な歌人であり（『玉葉集』に二首入撰）、彼女の日記によれば、為兼の姉の為子に敬事していた（玉井幸助「中務内侍日記」）という。彼女が為兼に思いを寄せる背景は十分あるのではなかろうか。いずれにせよ、この「暁の時鳥」の一件は、凞仁の為兼に対する信頼と優遇の情を示すとともに、青年時代の為兼の別の一面をもよくあらわしていると思うのである。

青年期の歌風

官人生活は以上に瞥見《べっけん》した通りだが、肝心の歌の方はどのような進境があったのだろうか。後年、花園上皇は往時を回想して「伏見院在坊《(東宮)》の時、和歌を好ましめ給ふ。仍《よっ》て寓直《ぐうちょく》」（『花園天皇宸記』元弘二年三月廿四日条）と記すように、和歌を好んだ凞仁の歌の師として歌壇の人であったという。この時期の作歌を私の好みで二首採ると、

置く露の光も清き庭の面に
　玉敷き添ふる秋の夜の月　（弘安六・八『新千載集』巻四）
夢路まで夜半の時雨の慕ひ来て
　醒むる枕に音まさるなり　（弘安八・八『新拾遺集』巻六）

建治の頃の初期の作に比べると、京極派の特徴である鋭い声調とリズム感に近づきつつあるような気がする。この時期の為兼の位置に関して、最もよく伝えている専門家の説として、次の福田秀一氏の文を掲げたい。

東宮時代の伏見院は詩歌・管弦・鞠など広く文芸・風流を愛好し、同好の青年貴族達を側近に集めて、その御所は一種の文芸サロンをなしていたが、為兼の登場と伏見院の好尚とによってこのグループは急速に和歌への志向を強め、かつ新風への模索を始めた。弘安年間後半のことで、これが京極派（歌壇・歌風）の発生である。（『和歌大辞典』）

まことに要を得た指摘であると思う。さきの暁の時鳥の挿話など、右の叙述をよく裏付けるものといえよう。ともあれ、当時宗家の二条為世は正三位参議、対して為兼は正四位下左中将と、大きな差が開いていた。「歌では決して負けない」自負を胸に秘めつつ、東宮登極の後は、と心に誓う日々であったと思われる。

3　浅原事件――両統の暗闘

後宇多天皇即位後十三年目の弘安十年（一二八七）八月、亀山上皇の仙洞花園殿で奇怪な事件が発生した。大覚寺統系の下級公卿勘解由小路《かでのこうじ》兼仲《かねなか》の日記『勘仲記《かんちゅうき》』は次のように記す。

伏見天皇の践祚

或僧《あるそう》佛師と号す。中将顕成朝臣の子花園殿に推参す。謀反の事に依り院宣を申《まう》し請《こ》ふべきの由、披露せしむる歟《か》。事の様驚き思し食《め》すの間、（検非違使）章澄を召し之《これ》を搦《から》め取らる。その後（六波羅）武家に渡さると云々。件の僧、（九月）去る十五日桂川に於て誅せしむるの由、その説あり。（同記九月廿一日条）

顕成朝臣の子なる僧の陰謀発覚というが、他に記録がなく、事件の背景など明らかではない。ただ亀山上皇を盟主に捲き込んだ謀叛事件ということで、いたく幕府を刺激したであろうことは、想像に難くない。果たして僧侶処刑の十日後（九月廿五日）、関東の使者佐々木宗綱が上洛した（『勘仲記』）。宗綱は関東申次西園寺実兼を通じて亀山上皇に将軍惟康王（宗尊の子）の親王宣下を奏し、表向きは謀叛事件など無かったかの如く振舞いながら、帰東に当る十月十二日、突然実兼に漑仁の践祚と本院（後深草）

の治世（執政）を通告して鎌倉へ引揚げたのである。明らかに幕府は、大覚寺統に不快と疑惑を示し、治世を持明院統に移すべく、大転換をはかろうとしたのであった。

治世の転換

この日、亀山上皇は仙洞で関白・大臣らと徳政（政治改革）評定を議していたが、西園寺実兼から武家執奏を報《し》らされて愕然として座を外し、評定は中止となった（『勘仲記』）。何の前触れもなく子息後宇多の退位と自らの政務放棄を告げられて、亀山上皇は動顛したのである。大覚寺統系の公卿である三条実躬《さねみ》は、この幕府の伝達のやり方を憤って、

殊に（亀山上皇）驚き歎き入らる。人々耳目を驚かす。歎くべし恨むべし。末代の作法、口惜《くちを》しき事なり。

と日記にぶちまけている（『実躬卿記』）。一方この日たまたま東宮御所に居た勘解由小路兼仲は、

御所中上下騒動、人々群参雲霞《うんか》の如し。

と、持明院統側の歓喜ぶりを報じた（『勘仲記』）。

後年「承久以来は武家より計らひ申す世になりぬれば」（『椿葉記』）と言われたように、皇位の決定権は幕府にあり、ましてこの日あることは、十三年前の凞仁の立坊の時点で十分に予想されたのであったが、いざとなってみると、その重大さに人々は驚いたのである。大覚寺統側の人々は、後宇多天

皇の在位が二十年位は続くものと期待していたのかも知れない。ともあれこれが、両統迭立という制度の第一次の発動であった。狼狽と驚愕で一時は呆然とした亀山上皇も、かくてもあらねばと自らを励まし、十七日早暁、按察使頼親を院使として鎌倉へ出立させた。内容は不明だが、譲位延期の申入れであったと推測される。この報を受けて、後深草上皇側でも、追いかけるように康親朝臣を十八日に関東へ向わせた。康親の携行した書簡の内容は今日伝わっており、その要所は、

世上の浮説（譲位延期）、実正を知らずと雖も、縡若《こと も》し実《じち》たらば難治《なんち》の次第なり。武家争《いかで》か思し放つべけん哉。

と、幕府が大覚寺統側の歎願に惑わされぬよう、クギをさす内容であった（村田正志『南北朝論』）。このような両統の鎌倉への急使派遣を、当時の人々は皮肉って「競馬《くらべうま》」と称した。しかし、幕府の奏聞（武家執奏）は、一旦発動されれば絶対に覆えらぬものであった。実兼と関白の間では譲位践祚の日次《ひなみ》を「廿一日か廿五日」と決定してしまっており、今さら亀山上皇の愁訴などでどうなるものでもなかった。持明院統側では、亀山の意向など無視し関東申次・関白らと協議して手続が進められ、十月廿一日譲位が強行され、煕仁が践祚して伏見天皇の登極、後深草上皇の院政（政務＝治世）が実現した。今度は無理矢理退位させられた後宇多上皇が怒って、尊号・随身兵仗辞退を申し出る始末であった。

亀山上皇異図の風聞

　かくて亀山上皇は政務を退いたが、幕府は昨年八月の謀反事件にこだわり、亀山の異図を疑っているとの噂が京都では流れていた。堪《たま》らず亀山上皇は、幕府に詰文《こうもん》（誓約書）を送って身の潔白を弁明した。正応元年（一二八八）正月、得宗（北条氏家督）の北条貞時は二階堂盛綱を上洛させ、政務は関白二条師忠に委ねること、新院後宇多に知行国を分与することを執奏し、持明院統が出過ぎないよう配慮を示した。そうして肝心の亀山の弁明に対しては以下のように回答した。

使者行覚（盛綱）　申詞《まうしことば》

先度の御返事に就て、子細委《くは》しく申し入れ候ひ了んぬ。而《しかれど》も重ねて（亀山が）仰せ下され候の趣、殊に恐れ入り候。武家に於て（亀山が）御別心の由風聞の事、此《この》条に於ては、関東（幕府）一切事を存ぜず候の上は、所存（処分）の旨なく候。

（『公衡公記』弘安十一年正月廿日条）

すなわち幕府は亀山上皇の弁明を受容れ、亀山は陰謀には無関係であると認めた。ようやく亀山・後宇多の父子は愁眉を開いたのである。

蔵人頭に抜擢さる

　持明院統側の待ちに待った伏見天皇の登場であるが、政務は後深草上皇が握っており、人事その他で天皇の独自性を出すことはそう多くはない。践祚の翌年正応元年（一二八八）西園寺実兼の女鏱子《しょうし》が入内して女御となると、恐らく実兼の推挙によると思われるが、七月十一日、為兼は蔵人頭を拝命した。蔵人頭は親政期ならば官房長官に相当する重要な職であるけれども、院政期では政務に干与することは出来ず、儀礼的な職にとどまる。それでも天皇の秘書官である蔵人頭に抜擢された事実は、為兼に対する天皇の深い信認に基くものである。為兼の蔵人頭任官は、隆良・伊定・顕資・実時・宗冬と「五人の上臈《じょうろう》」を「超越」したゴボウ抜きの抜擢であった。「禁裏の御吹挙、先途を達すと云々」（『勘仲記』）とあるように、天皇の強いお声がかりによるものであった。ともかく、六月入内した鐔子に為兼は御書勅使として奉仕し（『増鏡』）、三月に出生した天皇の皇子（のち後伏見天皇）の立親王宣下、請印、外宮遷宮日時定、小除目《こじもく》等の諸儀式にも奉行あるいは参仕している。同年後半には大嘗会関係の諸行事あいつぎ、為兼は蔵人頭兼左中将として大車輪の活躍であった（小原前掲論文）。

翌年の正応二年は、持明院統にとって忘れられぬ慶事が重なった。まず四月廿五日、関東の奏請によって第一皇子胤仁《たねひと》の立太子冊命《さくみょう》があり（『勘仲記』）、勿論為兼は参仕した。これは、廃太子等のことがない限り、当分持明院統の天下が続くことを意味する。同時に幕府は、将軍惟康親王の廃立と、後深草上皇の庶子（従って天皇の庶弟）久明《ひさあきら》親王の将軍迎立を執奏し、十月六日久明の元服、同月九日将軍宣下の運びとなった。後深草上皇にとっては、嫡子が天皇、庶子が将軍になるという、〝我が世の春〟が到来したのである。この形勢をみて悲観した亀山上皇は、九月七日、離宮禅林寺（今の南禅寺）で俄《にわか》に出家をとげた（上皇四十一歳、『吉続記』）。以後世人は亀山法皇のことを〝禅林寺殿〟と呼んだ。

右のような後深草の幸運の余慶は、中次の実兼や蔵人頭の為兼にも及び、正月十一日に為兼は任参議、四月に従三位、実兼は十月に内大臣に昇った。為兼と同時に右中将の三条実永も参議に昇ったが、伏見天皇は両者の勤務評定を比較して、

今夜両貫首（為兼・実永）昇進せしむ。為兼朝臣は本《もと》より無二の志を竭《つく》し、忠勤を致すの仁《じん》なり。父（為教）参議を経ずと雖も□□（政務カ）に堪ふるあり。実永朝臣は無才無労、只《た》だ関白（近衛家基）推挙により昇進せしむる歟。

（『伏見天皇宸記』）

と日記に書いた。主君から「無才無労」と罵《ののし》られた実永には気の毒だが、それだけ為兼の忠勤ぶりが極立っていたのである。ともあれ建治年間に一時は発心して世をはかなんだ後深草上皇が、一統繁栄の極に立った訳であるが、元来が温厚・慎重な性格の上皇は、喜びを抑えつつ日記に次のように記すのであった。

抑《そもそ》も素実《そじつ》、身に於て更に愁《うれ》ふ所なく、事に於て只だ悦ぶ所あり。当今（伏見）践祚已後、未だ幾年を経ず。万《ばん》機《き》諮詢《しじゅん》の間《あひだ》、纔《わず》かに四年に及ぶ。嫡孫（胤仁）龍楼《りゅうろう》（立坊）に入り、庶子（久明）柳営（将軍）となる。繁昌の運、自愛に足るもの歟。然れども今生の栄を思へば弥《いよい》よ来世の果を恐る。

このように上皇は、余りの幸運に〝魔がさす〟ことを恐れ、出家を決意し、政務を天皇に譲ることを覚悟するのである。

忽ち太上皇の号を解き、速かに釈尊の遺弟と為《な》らん。二世（今世・来世）の願望成就の条、喜悦肝に銘ずるものなり。正嘉二年より始めて毎日記録怠らず。（中略）今已《すで》に世事を棄て仏道に帰す。記して何の益かあらん。仍て正応三年二月十一日以後、停て記すべからざるものなり。（『後深草院宸記』）

このように出家を決意した後深草上皇は、あくまで〝来世の果〟を恐れてのことだったが、果して魔障は思わず急速に到来した。上皇が日記執筆を擱筆してから一カ月も経たぬ三月九日に、大事件が起った。この事件の探索と調査のため、幕府と六波羅が公卿の日記を点定《てんじょう》（没収）したと覚しく、この事件を記録した公卿日記は一冊も残っていないので、後世の編纂物から事件の全貌を窺《うかが》ってみる。まず『歴代編年集成』（『帝王編年記』）は、

為頼《ためより》、禁中に乱入す

今暁寅の刻、甲斐源氏（浅原為頼）と号し内裏に推参し、南殿に昇る。武士并《ならび》に門々番衆捕へんと擬するの処、忽ち自害に及ぶ。

このように、事件は地方武士による内裏乱入であるが、主謀者浅原について、『保暦間記《ほうりゃくかんき》』は、

甲斐国小笠原一族ニ源為頼浅原八郎と号すト云者アリ。所領ナンドモ得替して強弓大力也《ナリ》ケレバ、諸国ニテ悪党狼藉ヲ致ス。イヅクニテモ見合ハン所ニテ誅スベキ由諸国へ触ラル。

と諸国御尋ねの悪党と伝えているが、甲斐小笠原氏は弘安八年（一二八五）霜月騒動で貞時に誅《ちゅう》された安達泰盛の残党であったといわれ（新田英治「鎌倉後期の政治過程」）、逃れられぬ身と知って、自暴自棄の余、この挙に及んだという。さて先に公家日記が一冊も無いと書いたが、事件の渦中にいた女性で唯一人記録を残している人物がいた。さきにも引いた『中務内侍日記』である。

三月九日夜、清涼殿に武者参りて、常《つねの》御所へ参らん道を蔵人康子に問ひける程に、逃げてかゝる事と申せば、御所（天皇）は中宮（鏱子）の御方にぞ渡らせ御座《おはしま》す程に、常御所へ中宮具《ぐ》し進《まゐら》せて逃げさせ御座《おはしま》しぬ。女つと犇《ひしめ》き罵《のゝし》りて、疾《と》く女嬬《にょじゅ》火《け》を消ちて玄象（琵琶）とりてこれと申せば、手さぐりに受取りて御所に置きつ。夜の御殿《おとど》へ剣璽取りに参れば、人の取出し進《まゐら》せて道に逢ひたり。世間その後犇《ひしめ》き、大番の武士犇《ひしめ》く。恐しき事先出来りぬ。清涼殿汚《けが》れ、御所（天皇）も明くれば春日殿へ成る。取敢へぬ事なれば、御引直《ひきなおし》にて腰輿《えうよ》にて成る。供奉《ぐぶ》の人々直衣なる姿にて珍しく事々しき。常よりも面白くて。

このように、内侍は天皇がいち早く脱走したこと、その後、神器と重器《レガリア》を搬出したことを記録している。因みに、玄象とは平安中期より宮中に伝わる琵琶の名器で（黒い象がデザインされているので、この名がある）、寿永二年（一一八三）平家都落ち以来、三種の神器に次ぐ重器として、皇位継承の要件とされた。天皇は女官らの機転で女装して脱出し、無事であった。『増鏡』に、

背高《たけたか》く恐し気なる男の（中略）御門《みかど》は何処《いづく》に御よるぞと問ふ。夜の御殿にと応《いら》ふれば、何処ぞとまた問ふ。南殿より東北の隅《すみ》と教ふれば、

とあるように、乱入武士共に天皇の居所を問われた女孺《にょじゅ》があらぬ方角を教え、その隙《すき》に天皇を逃《のが》したのである。東宮胤仁は、女房の按察《あぜち》局が抱いて常磐井《ときわい》殿へ移した。かくて浅原一味は諸所を経廻《へめぐ》った挙句、夜の御殿を尋ね当てたがすでに無人で、幕府軍勢の包囲下に一族共自害して果てた。

大覚寺統への疑惑

何しろ前代未聞の怪事件であった。浅原一族の単独犯かと思われたが、六波羅探題での厳しい詮議の結果、大覚寺統の廷臣、参議中将三条実盛が捕縛された。浅原為頼が切腹に使った刀が、三条家伝来の銘刀〝鯰尾《なまづを》〟であることが発覚した結果であった（『増鏡』『保暦間記』）。ここに至って、一部公卿の干与が明らかとなった訳で、中宮大夫（鏱子の兄）西園寺公衡《きんひら》は、後深草上皇の仙洞、常磐井殿へ駆けつけ、亀山上皇の処分を要請した。その模様を『増鏡』は次のように描く。

中宮の御舅《せうと》権大夫公衡、一院《(後深草)》の御前にて、「此事《このこと》は猶《なほ》禅林寺殿《(亀山)》の御心合《あはせ》たるなるべし。後嵯峨院の御処分《そぶん》を引違《ひきたが》へ、東《あづま》よりかく当代《(伏見)》をも据《す》へ奉《たてまつ》り、世を知食《しろしめ》さする事を快《こゝろよ》からず思《おぼ》すによりて、世を傾《かたぶ》け給はんの御本意なり。さて穏《なだら》かにも御座《おはしま》さば、勝《まさ》る事や出《いで》まうで来《こ》ん。院《(亀山)》をまづ六波羅に移し奉らるべきにこそ」等、かの承久の例《ためし》も引出《いで》つべく申給へば、

このように公衡は、主謀者を持明院統の院政・皇位に不満をもつ亀山法皇と決めつけ、これを放置すればさらに大事出来も計り難いとして、亀山の六波羅拘引を主張した。それに対し後深草上皇は、

いと愛《いとほ》しうあさましと思して、「争《いかで》かさ迄《まで》は有らん。実《まこと》ならぬ事をも人はよく言ひなす物なり。故院《(後嵯峨)》のなき御影《おかげ》にも思さん事こそいみじけれ」と、涙ぐみて曰《のたも》ふを、「心弱くおはします哉《かな》」と見奉り給て、猶内《(天皇)》よりの仰など、厳《いかめ》しきこと共聞ゆれば、中の院《(亀山)》も新院《(後宇多)》も思し驚く。

と、公衡の強硬策を泣いて止めさせた。

後深草の温和策

両統の激しい対立が破綻せず済んできたのは、この後深草の温和な人柄による所が多い。しかし、公衡の強硬策を漏れ聞いた亀山法皇は、生きた心地もせず、

いと慌《あはたゞ》しき様に成りぬれは、如何《いかゞ》はせんとて、知《しろ》し食《め》さぬ由《(事件を)》、誓ひたる御消息等、東へ遣はさ

れて後ぞ、事静まりにける。（『増鏡』）

と、詰文《こうもん》を幕府に上《たてまつ》ってようやく追及をまぬがれる始末であった。いずれにせよ、この事件は、持明院統に傾きかけていた幕府の政策をさらに決定的にした。当面、大覚寺統が復活する目はなくなった。関東申次の子、西園寺公衡がこのような大覚寺統の過酷な処分を主張したこと自体が、同統の決定的不利を物語るものである。

ともかく、事件と大覚寺統との関連は迷宮入りとなり、翌三月に入ると鎮静化した。幕府はあるいは何らかの証拠をつかんでいたのかも知れないが、高度の政治的判断から、大覚寺統への追及を控えることになったのかも知れない。三月廿六日の記録に、

天皇《(伏見)》今日より御治世なり。法皇《(後深草)》これを譲り申さしめ給ふ。（『歴代編年集成』）

とあり、予定通り後深草上皇は出家を遂《と》げ、院政を停止して天皇に政務を譲ったのである。こうして伏見天皇の親政が幕を開けるのであり、為兼が政治の表舞台に登場することになるお膳立てが出来上がる。

第三章　君臣水魚

1　為兼の地位――非制度的拠点

参議昇進

先述のように為兼は正応二年（一二八九）正月参議に昇り、四月には従三位に叙せられた。名実共に公卿の仲間入りを果した訳である。ライバルの二条為世はこのとき参議、正三位であったから、ようやく為兼は彼に追いついたと言えようか。参議昇進に伴って、為兼には従来の供奉・奉仕等の用務のほか、正応二年正月の「政始《まつりごとはじめ》」の出仕（『伏見天皇宸記』『勘仲記』）や、大原野祭・園韓神《そのからかみ》祭等の上卿代《しょうけいだい》（上卿は儀式を仕切る担当公卿）を勤仕するようになった。為兼が権中納言に昇るのは正応四年（一二九二）のことであるが、参議・中納言といえば、太政官議政局の議政官につらなった訳であり、いや応なく彼は政治の舞台に立たされることになる。次章で検討する佐渡配流の原因が、古来彼の政治干与にあるとされ、為兼の政務介入の実態は本書の最重要のテーマとも言いうる。この章では、研究者の間でとかく問題視されながら、見解の一致をみていない為兼の政務について、やや詳しく検討することにしたい。

右の問題を考える上で、新しい史料が近年公にされている。その史料とは、中流公卿で為兼失脚の直前に蔵人頭という要職にあった三条実躬《さねみ》の日記、『実躬卿記』である。従来流布本としては抄録しか伝わらず、製薬会社のオーナーとして著名な武田長兵衛氏が久しく原本の大半を所蔵していたが、後に東大史料編纂所の所蔵となり、現在『大日本古記録』として四巻まで活字に翻刻されて公刊されている。今回この記録を活用しつつ、為兼の政治干与の実態に迫っていくことにしたい。

鎌倉期の朝廷政治

まず、前提として鎌倉時代の公家政治の概要を説明しておく。既に何度も触れたように、皇位の決定や外交など、重要政務は幕府が握っており、幕府の意向は、関東申次の地位にある西園寺氏を通じて朝廷に伝えられた。ただ「西国境《さかい》の事聖断(院宣・綸旨)」とか「国司領家の成敗、関東御口入《くにふ》に及ばず」(『貞永式目』)という大原則があって、幕府は地頭御家人(武士)に関係する以外の行政は、表向きは京都の朝廷(具体的には院政、例外的に親政)に委ねる態度をとっていた。そこで京都の政治は、院政下に摂政・関白や大臣・納言など主要な議政官で構成される公卿会議(学界ではこれを「院の評定《ひょうじょう》制《せい》」と呼ぶ)で審議された。白河上皇に始まる院政は一〇八六年以降続いており、宮中の制度は院政を原則前提としていたが、止むを得ぬ状況下に天皇親政が行なわれることもあった。近くは後嵯峨上皇崩後、亀山天皇が政務を見た二年間と、正応の浅原事件の直後、後深草上皇が政務を伏見天皇に譲った数年間である。

院の評定制

制度自体が院政を前提とするものであったから、天皇親政となっても「評定制が公家政権のなかに定着し」「本質的な変化なしに継承された」（橋本義彦「院評定制について」同著『平安貴族社会の研究』）。具体的にいうと、院政下では仙洞の殿上《てんじょう》で行なわれていた評定が、親政下では内裏〝鬼《おに》の間《ま》〟に移され、〝議定《ぎじょう》〟と名は変るが、構成員や議案は院政期のそれと変らぬ形で続けられたのである。伏見天皇は従って後深草上皇の院評定制を引きついだ訳であるが、慎重（悪くいえば優柔不断）な父帝と異って、積極果断な天皇は、親政つまり新しい政治に意欲を抱き、その頃の裁判がとかく、

衆庶の訴人、奉行・職事緩怠《くわんたい》し、下情上《かみ》に通ぜざるの間、徒《いたづ》らに訴訟に疲る　（『勘仲記』）

と称された現状を打破するため、徳政（政治改革）をはかり、訴訟審理の迅速化を図った。

以上は『勘仲記』の伝える所であるが、『実躬卿記』でも、

所詮御前議定に及ばざる事、自然日数を送るの条、訴人として不便の事なり。仍て人々結番《けちばん》、議定所に於て訴陳を披見し、子細なき事は勅裁あるべし。なお又、事繁き事に於ては、御議定あるべきの時沙汰あるべき歟の由、各申し定むべきの旨、仰せ下さる。

記録所・庭中の結番表

	記録所庭中結番上卿弁官			寄人庭中結番		
	結番日	上卿	弁官			
一番	子、午、	権中納言	俊光朝臣	一日、九日、十七日	康衡朝臣	仲尚
二番	丑、未、	前藤宰相	光泰朝臣	二日、十日、十八日	師顕	章保
三番	寅、申、	前平宰相	顕家朝臣	三日、十一日 卅日	師宗	章名
四番	卯、酉、	有大弁宰相	為行	四日、十二日 廿五日	顕衡	職隆
五番	辰、戌、	堀川宰相	仲親	五日、十三日 廿日、廿六日	師淳	章継
六番	己、亥、	新宰相経親	顕相	六日、十四日 廿二、廿七日	良英	明澄
七番				七日、十五日、 廿三、廿八日	明盛	章文
八番				八日、十六日 廿四、廿九日	良枝	章淳

（出典） 古田正男「鎌倉時代の記録所に就て」『史潮』8－1，1938年。

と迅速化の実態を報じている。

伏見天皇の改革

この伏見天皇の改革は、戦前すでに古田正男の研究（「鎌倉時代の記録所に就て」『史潮』八―二）があり、戦後は既述のように橋本義彦氏の研究があるが、それらによって概略をまとめていうと、以下のようである。すなわち親政下の審議機関である記録所に庭中《ていちゅう》（訴訟の過誤を救済する制度）を設け、参議・弁官らの諸公卿を寄人《よりうど》（担当官）として六番編成に分って貼り付け、日を定めて交替勤務とし、月のうち上旬は神事、中旬は仏事、下旬は雑訴《ざっそ》（衆庶の民事訴訟）を取扱うというものである。以上は勘解由小路兼仲《かでのこうじかねなか》の日記『勘仲記』が伝える所で、今それを古田氏の作成された表によって示せば右頁のようである。ここで審議された事項が、鬼の間に於ける議定に上呈、裁決される訳であるが、議定の会議も結番制が採用され、これを雑訴評定と称した。但し、頭人《とうにん》である委員長は、摂関、関東申次、一上《いちのかみ》といった最高クラスの公卿がこれを勤め、審議に列する上卿《しょうけい》は、参議以上の議政官である。これも古田氏の作成された表があり、次頁のとおりである。

この制度が始まった正応六年（＝永仁元、一二九三）は、為兼は権中納言に昇った後であり、西園寺実兼のあと押しがあり、しかも天皇の絶大な信認を得ているのであってみれば、為兼が枢要の地位に就いて活躍しているのではないかと想定されるのであるが、結果としては議定、庭中とも為兼は全くメンバーに入っていないのである。

議定の構成員

なお念のため、『勘仲記』のあとを承ける形での記録である『実躬卿記』によって、永仁二年（一二九四）以降の議定の構成員を列挙してみると次のようである。

議定構成員

	一番	二番	三番
出仕日	四日 十七日	七日 廿四日	十九日 廿七日
頭人	執柄（藤原家基）	前相国（藤原実兼）	一品（左大臣兼忠）
上卿	前源大納言 前右大将 吉田中納言 右大弁宰相	帥 按察 前藤宰相 堀川宰相	右大将 吉田前中納言 前平宰相 経親朝臣（参議）
弁官、寄人	左大弁 権弁 康衡朝臣 顕衡、明盛、章保	左中弁 右少弁 師顕、師淳、良枝、 章名、明澄	右中弁 右少弁 師宗、良英 仲尚、職隆
	十一人	十二人	十一人

（出典） 古田，前掲論文。

永仁2・4・21 関白（家基）・中次（西園寺実兼）
5・1 関白・（以下不明）
3・正・18 関白・大納言（源雅言）・右大将（西園寺公衡）・中納言（吉田経長）・同（中御門為方）・同（吉田俊定）
・26 関白・申次（実兼）・雅言・経長・為方・俊定
2・3 関白・雅言・経任（中御門）・為方・俊定

・22　関白・実兼・雅言・経任・家教（花山院）・公衡・頼親（葉室）・為方
閏2・6　関白・雅言・経任・公衡・頼親・経長・俊定
3・15　関白・実兼・雅言・頼親・俊定
8・7　関白・経任・家教・公衡・経長・為方・俊定
・21　関白・経任・公衡・頼親・俊定
・25　関白・経任・雅言・経長・雅藤
9・1　関白・雅言・経長・俊定
・6　定実（土御門一位）・雅言・経任・経長・為方・俊定
・16　定実・雅言・経任・頼親・経長・為方
11・21　（不明）
12・1　関白・雅言・経任・家教・経長・為方〔定実・頼親・俊光は欠席〕
・8　関白・雅言・兼仲・雅藤・仲兼〔経長・俊光は欠席〕
・16　関白・雅言・経任・家教・頼親・経長・為方

これでみると、古田氏の指摘である議定の輪番制は崩れているようで、関白の列座が定例となっているのが知られるが、為兼の名がみえないのは、古田氏の表と同じである。橋本義彦氏の研究によれば、院評定の構成員は(A)閑院流・久我源氏・花山院家、(B)勧修寺流藤原氏諸家の廷臣で占められていたとされ、(A)は白河院政期以来の天皇の外戚、(B)は弁官家と称され実務官僚として院政に密着してきた公卿の流れであるという。為兼の出身である御子左家は、右のいずれにも該当せず、如何に西園寺実兼のあと押しや天皇の信認を以てしても、為兼をこれらの列に押し入れることは不可能であったことになる。まして、評定衆の人選は上皇の意向だけでなく、幕府の内諾が必要であった（橋本前掲論文）とあっては、なおさらであろう。

家業の観念

さきに、御子左家が歌と蹴鞠を家業とする経緯を見てきたが、平安後期以来、家業の観念が公家社会に牢固となり、歌が下手でも一応は社会的に一目置かれるという慣習が行きわたった。さらに、平安後期以来、律令官司を特定の家（一家あるいは二、三家）で請負い、いわば家職として世襲していくという慣行が顕著になりつつあった（佐藤進一『日本の中世国家』）。例えば、陰陽寮は安倍晴明の子孫たる土御門・勘解由小路両家が、内蔵寮や楽所別当は山科家が仕切って、他の氏族に渡さないという具合である。摂政・関白が九条道家の頃に一条・二条・九条・近衛・鷹司の五家に固定（五家の輪番あるいはたらい回し）し、関東申次が西園寺家の専権とされたのも、こうした家職固定化の趨勢と無関係ではない。

伝奏の資格

以上のように、評定・議定のメンバーからは為兼は締め出されていたことが確認出来たが、今一つの重職である伝奏《てんそう》について見ておきたい。伝奏は元来〝取り次ぎ〟を意味する普通名詞であったが、後白河院政期以降、上皇の耳目となって天皇・関白らとの折渉に当る上級廷臣をこの語で呼ぶようになり、後嵯峨上皇は吉田為経と葉室定嗣の二人を伝奏に任じ、関東申次が管轄する以外の諸人の奏事を院に取り次ぐ職制とした。橋本氏の研究によれば、伝奏は漸次増員されて、弘安二年（一二七九）の制では六人を数え、鎌倉末期には神宮伝奏・諸社寺伝奏など担当が分化する傾向さえ現われたという。而《しか》して、その任命には政務練達の中堅廷臣が充てられたという。そこで、伏見天皇親政期の伝奏について、さきの『実躬卿記』によって実態を瞥見してみることにしたい。

先述のように、永仁三年（一二九五）六月、実躬は蔵人頭に就任するが、蔵人頭といえど、天皇に直接諸事を奏することは原則としてはなかった。例えば同年八月八日、神宮の訴えと雑訴（民事訴訟）を天皇に取り次いだ記事は次のようである。

束帯を著《ちゃく》して参内《さんだい》す。中御門中納言為方を以て条々の事を奏す。奏書二結一結神宮、一結雑訴神宮奏事は他事に相交《あひまじ》へざるの故《ゆゑ》なり。

このように、参内した実躬は、伝奏の中御門為方を通じて、天皇に奏事二カ条（神宮・雑訴）を取り次いでいるのである。また実躬は、蔵人頭任官前から、近江の所領のことで室町院と相論しており、裁許が下らないのをしばしば愁訴しているが、そのさいの取次は、前右大将の西園寺公衡《きんひら》が務めている（『実躬卿記』永仁二年三月三日条ほか）。要するに、さきの中御門為方といい、この西園寺公衡といい、鬼の間議定のメンバー（議定衆）であって、伏見天皇の伝奏は、議定衆の内から幾人かが選任されて勤仕していたことが知られる。

為兼、伝奏を代行す

この時期の為兼と伝奏の関係について、明確に知られるのは、次の天皇自身の記録である。

藤氏の公卿出仕せざるの間、伝奏に人無し。或は直《ぢか》に問答、或は為兼卿を以て問答。王威の軽忽《けいこつ》、恥づべく悲むべし。

(『伏見天皇宸記』正応五年正月五日条)

今日、仲兼朝臣、仲親、雅俊等の奏事、権中納言(為兼)を以てこれを聞く。この間、春宮大夫(花山院家教)・中宮大夫(公衡)等出仕せざるの間、伝奏の仁に非ずと雖《いへど》も、祗候《しこう》に就《つい》て伝奏せしむるなり。(同記正月廿四日条)

この日(正応五＝一二九二年正月廿四日)、南都興福寺の嗷訴《ごうそ》によって、春日神木が動座されており、このため春日社の氏子《うじこ》である藤原氏一門、なかんずく伝奏の公衡や花山院家教らが出仕できず、止むを得ず為兼が伝奏の役を勤めたことを天皇が記している。これによって為兼が制度としての伝奏に任ぜられていなかったことは明らかである。

以上のように、為兼は、伏見天皇親政下にあって、参議・権中納言という中堅廷臣の地位にありながら、議定衆や伝奏という、いわば花形のポストからは締め出されていたことが知られる。それは平安後期以来社会に牢固として根づいてきた〝家業〟と家格のカベにはばまれたからであると言えるが、では為兼は何の政治力も発揮出来なかったのかというと、事実は逆であって、後述のように人々から恐れ憚《はばか》られる存在であった。その理由と背景は何であったのか、次にその点に迫っていきたい。

2　為兼の権勢――事実上の地位

諸人、為兼に帰伏

大覚寺統の公卿である勘解由小路兼仲は、永仁二年（一二九四）三月の日記に、為兼をさして、

権勢、尤《もっと》も然るべき歟《か》。

と記している。為兼の政治力が虚勢やカラ威張りではなく、「然るべし」と言うように、実質に裏付けられた納得のいくものであるという言い方である（彼はこのとき正二位、権中納言）。

またこれより先、永仁元年四月廿三日に賀茂祭があり、右中将の三条実躬は東宮胤仁の警固のため出仕したが、遅参して衛府へ出頭せずに列参したため、東宮御禊《みそぎ》の間は、「便宜の所に徘徊し見物」した。これは三条家家督で父親の公貫《きんつら》の教示に従ったものだが、実躬は以上の経過を日記に詳述したあと、次のように書いている。

権《ごんの》黄門（中納言）為兼、衛府に候ぜず祗候の条、然るべからざるの由を示す。此《この》条又《また》道理なり。仍《よっ》て出現せ

ざるなり。当時彼卿《かのけい》に諸人帰伏す。命に背き難きの上、申さるゝ所その謂《いは》れあり。

すなわち、為兼の指示は家君の公貫と同じで、「道理」「申さるゝ所その謂れあり」と正当であったから、従ったと書いている。「当時彼卿に諸人帰伏」という表現は、為兼の権勢家たるゆえんを記すものだが、「帰伏」という言い方は、兼仲の〝尤も然るべし〟と同じで、単なる権柄づくではなく、理に基づく権勢というニュアンスがある。少くとも右の実躬の書き方は、為兼に対する非難・批判めいたものは微塵もない。要するにこの時点では、実躬も為兼には一目置いていたことが判るのである。

僧善空の政務介入

さて、為兼がまだ参議であった頃の正応四年（一二九一）五月、実躬は嵯峨の亀山上皇御所に祇候し、次のような噂を聞いた。

善空法師罪科の事

抑《そもそ》も善空聖人、日比《ひごろ》以来、人々の訴訟・官位等の口入《くにふ》を成《な》す。或《あるい》は貴所の御領等拝領、或は甲乙人等の家地《やち》・所領等悉く伝領す。この事已に四五箇年に及ぶ。然《しか》れどもこの間訴人多く以て関東に下向し、彼上人《（善空）》一人を訴ふ。右衛門督《ゑもんのかみ》為兼公家《みかど》の御使としてこの事を仰《（幕府に）》せらるるかの由風聞、若《も》しくはこの事実《ことじつ》事《じ》たる歟。その頃召《（善空が）》し下されあひ尋ねらる。一《いち》々陳《ちん》ずる《（応訴・答弁）》方《かた》なき歟。仍《よっ》て先日上洛の御使《（幕府使）》を以て、かの仁《（善空）》口入の所、皆悉《みなことごと》く本主に返付せらるべきの由、これを申すと云々。仍てこの一両日の間、面々返付せらる、の所領二百ケ所に及ぶと云々。或はかの仁(善空)口入を以て昇進せしむるの輩、民部卿康能・中将資顕・左衛門権佐兼俊解官《げくわん》、伯二位資緒《すけお》等出仕を止めらる。不可説《ふかせつ》々々々。言語の及ぶ所に非《あら》ざる事なり。禅林寺殿(亀山上皇)法皇御領等も多く拝領、みな本主に返付せらると云々。

このように、後深草院政期に、関東所縁の善空という怪僧が、朝廷の訴訟や人事に干与し、莫大な賄路として所領を集積していたというものである。この善空は、他の関連資料もあり、森幸夫氏の研究(「平頼綱と公家政権」『三浦古文化』54)によれば、本名を禅空といい、醍醐寺の通海から灌頂を受けた真言律僧で、霜月騒動(弘安八＝一二八五)以降幕府の実権を握った内管領《うちかんれい》平頼綱の権勢を背景に、後深草上皇の院近臣六条康能《やすよし》らと連動して朝廷の公事に暗躍したらしい。優柔不断な後深草上皇は、自らの政務回復の弱みもあって、頼綱・善空らの要求に抗し切れなかったとみられる。康能が正応三年(一二九一)正月、参議に昇任したさい、伏見天皇が「言語の及ぶ所に非ざる歟」と不満を漏らした(『伏見天皇宸記』)のは、頼綱らの横車とそれに抗し得ない父帝後深草の不甲斐なさへの思いがこめられている。

為兼、幕府と折衝

しかしここで注目されるのは、親政を開始した伏見天皇が、善空一派の勢力排除を決意して、参議右衛門督の京極為兼を勅使として鎌倉に派遣し、幕府への申入《もうしいれ》をはかったことである。

幕府の要路に立つ利《き》け者の頼綱(このとき執権北条貞時は二十歳を出たばかり)を向うに回して、善空の排斥を説諭することは容易でなかったと思われるが、ともかく為兼はその重責を果したのである。これで伏見天皇の信頼は決定的になったと考えられる。しかも、その結果、彼等の「政治介入から解放された伏見天皇は、永仁元年（一二九三）六月一日記録所庭中を開き（下略）」（森前掲論文）と徳政＝政治改革を断行することになり、

毎事厳密の御沙汰、政道淳素《じゅんそ》に及ぶか。珍重々々。（『勘仲記』）

と諸人から絶讃されるに至る。恩恵を受けたのは持明院統側だけではない。亀山上皇の所領多数をはじめ、所領を返還されて喜んだ人々は多かった。これも為兼が鎌倉へ乗り込んで、〝懸河の弁〟をふるって善空を排斥し得たからこそのことであり、その限りでは為兼は京都の人々から喜んで迎えられたのである。実躬が「諸人帰伏」と記したのは、あながち誇張ではないといえよう。

為兼の政治力

以上のように、為兼の「権勢」の背景には、単なる主君伏見の信認だけでなく、関東に下向しての善空排斥の実績というのがあったことが判明した。そこで以下、為兼が具体的にどのような政治力を発揮し得たのかを、主として『実躬卿記』によって見ていきたい。

実躬は正応五年（一二九二）頃より、一族で主筋の内大臣三条実重と紛議を起し、実重の訴えにより勅勘を蒙って宮中出入り差止めとなり、籠居を余儀なくされていた。実躬や家督の公貫は西園寺公衡を通じて赦免の運動に奔走した結果、永仁元年（一二九三）三月初めに至って勅免の沙汰があった。

実躬の日記に、

早旦権中納言為兼卿使者を遣《つか》はして曰《いは》く、□出仕の事、先日承はるの趣、具《つぶ》さに奏聞の処、今に於ては子細《(さし支え)》あるべからざるの由、御気色《みけしき》あり。　（『実躬卿記』三月八日条）

とあるのがそれである。勅免の伝達を為兼が行なっていることが注目される。こうして実躬は愁眉を開いたが、それも束《つか》の間《ま》、三月十二日には、実重がなお実躬の勅免に不服を漏らし、訴訟を提起しようとしているとの報が伝えられ、十四日、実躬は後深草上皇の仙洞に参り、ついで参内した。彼の日記の伝えるところは次のようである。

夜に入り直衣《なほし》を着し仙洞《(後深草)》に参る。前内府《(実重)》訴へ申さるゝの趣、それに就て又重《またかさ》ね〳〵仰せ下さるゝの旨《むね》あり。数反《すうへん》返事を申し了《をは》んぬ。その後参内、権中納言為兼に謁《えつ》す。この間の事示し合はせ了んぬ。摂政《(関白家基)》を以て仰せ下さるゝの旨あり。その趣内《ない》々かの卿《(為兼)》を以て申し入れ了んぬ。

今度の勅勘は、主として後深草上皇の命によったもののようで、赦免の手続きは、公衡から亀山上皇に奏し、亀山上皇が書状で兄の後深草上皇に取り次ぎ、その結果後深草の勅免となったことが実躬の日記により知られる（同記三月十日条）。よって実躬は、実重の執拗な横槍に対し、後深草上皇に説明し、同上皇の助言も受け、その後参内して為兼に謁した訳である。さきの勅免伝達といい、為兼がこの件では伏見天皇の秘書的立場にあり、天皇に取り次ぎ、すなわち伝奏の役割を果していることが知られる。結局この件は、実躬が実重に対し父子の礼を取ることで落着した。

実躬の任官運動

勅勘の解けた実躬は、今度は蔵人頭任官の運動を始めた。永仁二年（一二九四）三月下旬、縣召《あがためし》除目（国司等地方官の除目）が行なわれるというので、三月二十五日、実躬は参内して「所望の由《（蔵人頭）》」を申し入れた。誰が取り次いだか記していないが、或いは為兼であったかも知れない。翌二十六日、実躬は後深草上皇の仙洞に参って蔵人頭昇進を歎願し、その足で内裏の直盧《じきろ》（摂関の部屋）に至って関白家基にも歎願した。翌二十七日早朝、実躬はさらに前右大将西園寺公衡のもとに書状をめぐらして、官位所望につき依頼した。そもそも、今度の猟官運動については同じポストを為道《ためみち》朝臣が競望《けいもう》していると聞いて気が気でなく、

何の由緒に依つてかの朝臣《（為道）》抽賞《ちうしやう》せられ、予《（実躬）》また何の罪科に依って棄捐《きえん》せらるべけん哉。当時拝趨と云ひ、譜代と云ひ、雲泥と謂《い》ふべし。徳政の最中かくの如きの非據《ひきよ》、寔《まこと》に神慮に叶ふべけん哉。

と述懐し、あるいは切歯してくやしがったが、かくてもあらねばと気を取り直し、後深草の仙洞へ参ったのであった。その事情を彼自身の言葉は次のように描く。

　併《しかしなが》ら運を天に任すと雖《いへど》も、当時(現今)為兼卿猶ほ執り申す。日を逐《お》つて倍増、然れば珍事出来《しゅったい》の条、疑ひ無き歟《か》の間、内々女房を以て仙洞に申し入れ了んぬ。且《かつう》は若し非分の恩許あらば、并《ならび》に拝趨の思《おも》ひ絶え、永く生涯を失ふべきの由、誓状の詞を以て申し入れ了んぬ。所存切《せつ》なり。

まったくなり振りかまわぬ運動というべきで、よく自分の醜態をここまで日記に書くものだという気がするが、はからずもここで為兼の立場が明らかにされている。「執り申す」とある如く、除目にさいし、人々の歎願、自薦他薦の状を天皇に取り次ぐ役を為兼が勤めているのである。実躬は三月二十七日早朝、仙洞に捧げた愁状と同文を公衡に届け、さらに参内して直盧の関白にも請願したというわけである。公衡からは「即ち禁裏(天皇)に申し入る」由の返答があった。

実躬の運動空振り

　ところがこのような実躬必死の奔走にもかかわらず、フタを開けてみれば、実躬は選に洩れていた。蔵人頭に昇ったのは、実躬が最も嫌った為道ではなかったが、一門の為雄朝臣《ためかつ》が幸運に浴することになった。憤懣と絶望で胸ふさがった実躬は、

為雄朝臣また一文《いちぶん》に通ぜず。有若亡《うじやくばう》(有って無きが如し)と謂ふべし。抽賞《ちうしやう》何事哉《や》。これ併《しかしなが》ら為兼卿の所為《しよゐ》歟。当時の政道、只《た》だかの卿《けい》の心中にあり。頗る無益《むやく》の世上なり。

と日記に悲痛の思いを漏らしたが、彼は今回の人事が為兼の仕業であると堅《かた》く信じていた。彼の観察

では、公卿人事の眼目は、公衡でも関白でも、まして隠居した後深草上皇でもなく、ひとえに権中納言の為兼が握っているというのである。これが、人々が「権勢」とみていた理由であろう。

三日後、実躬は後深草仙洞の当番のため出仕した。気が進まなかったことは彼の日記で知られる。

> 除書《(除目)》凡《およ》そ面目を失ふ。拝趨さらにその労なし。仍て暫《しば》し出仕すべからざるの由思ひ給ふ。且《かつう》は当時の世間、併《しかしなが》ら彼《かの》卿《(為兼)》の計《はから》ひなり。而《しかれど》も禅林寺殿《(亀山)》奉公を致すの輩《ともがら》は皆以て停止《ちやうじ》の思ひを成すと云々。然れば後栄また馮《たの》みなきの上は、拝趨斟酌《しんしやく》せらるゝの間、旁《かたが》た案じ煩ふの処

ここでも為兼について、「世間、併ら彼卿の計」とまで極言している。過大評価とも、誇張とも言うべきであるが、人事のショックが尾を引いていたのであろう。こうして実躬は仙洞出仕を躊躇《ちゅうちょ》していたのであるが、伝え聞いた家督の公貫が「此条然るべからざるの由、度々《どど》家君《(公貫)》仰せあり。父命に背き難きに依り、慭《なまじひ》に出現す。太《はなは》だ恥辱を表《あらは》すもの歟」とその非を諭したので、止むなく出勤した。

実躬、為兼へ懇願す

永仁三年（一二九五）三月、再び除目の季節が廻ってきた。昨年の件で、為兼への運動が遅きに失したことを反省したのか、今回は実躬も早くから為兼へプッシュせねばならぬと思い定めたらしく、三月廿五日の日記は次のようにある。

直衣を著し仙洞に参る。持仏御所に御《まし》ます《ま》の間、中門辺に於て見参を取り了んぬ。次で参内。権黄門為兼卿（一条京極）の亭に行き向ふ。対面す。来月五日祭《まつり》除目《ぢもく》行なはるべきの由、風聞の間、夕郎《せきらう》（蔵人頭）所望の事、然るべきの様執奏すべき由、示し合はせ了んぬ。当時この仁御重愛《ごちょうあい》の仁たるの間、かくの如く示し置く所なり。

（『実躬卿記』永仁三年条）

参院、参内のあと、一条京極の為兼の屋敷へ出向いて、自身篤《とく》と面談の上、拝任の希望を伝えた。「御重愛の仁」とは他の記録にみない表現で、伏見天皇の信認ぶりを伝えている（『大日本古記録』の編者が、「後深草法皇ノ寵愛ヲ受ク」と頭注するのは誤り）。この除目では、またも実躬は機を逸したが、再三の昇進運動は決して無駄ではなかった。結局同年六月の除目で、実躬はついに念願の蔵人頭に昇任した。大覚寺統の人々だけが決して排除されていた訳ではなく、朝廷としてはそれなりに公正な人事を期していたと思われるのである。

実躬、為兼に叱責さる

さて蔵人頭に就任した実躬は、早速に朝儀で為兼の指揮を仰ぐ立場となる。八月五日、禁中にて小除目が行なわれた。上卿は権中納言京極為兼、頭中将実躬の下で蔵人弁を勤めたのが、後年三房で有名となる吉田定房である。深夜子《ね》の刻、天皇宸筆の小折紙（人事原案）が頭《とう》の実躬の許《もと》にもたらされた。実躬は畏《かしこま》って殿上鬼の間で必死の思いで書き写し、それが再び天皇の許《もと》にもたらされ、伏見天皇のチェックを経た後、殿上陣《じん》の座で待機していた上卿の為兼の所に廻ってきた。為兼は陣の奥の座にあり、「小除目《こぢもく》行はるべし」と発言した。それを合図に、下座から進んだ実躬が、懐中より天皇のチェックを経たさきの小折紙の写しを取出し、取直《とりなお》して為兼に捧《ささ》げた。実躬は無名門《むみょうもん》の小板敷《こいたじき》に退いて定房と共に待機していたが、そこへ雅俊朝臣が官人を通じて実躬を呼び出しにきた。「何事哉、太《はなは》だ不審」といぶかりながら陣の座に出頭したところ、為兼が、実躬の書写の字に疑問があると糾《ただ》して、

縫殿権頭とこれを載せらる。若しくは頭か助か、何様たるべき哉《や》の由、奏聞すべし。

と実躬に命じた。驚いて退出した実躬は、懐中している宸筆の本紙の方を取出してよく見ると「権助とこれあり」、つまり天皇が縫殿権助と書いていたのを、実躬が写し誤って「縫殿権頭」とやっていたのだった。自分の落度であったから実躬も余儀なく、平謝まりに為兼に対し「権助の由」を申し上げた。実躬は書き誤った理由を、

此事《このこと》、灯火に於て筆を馳《は》す。且《かつう》は上卿(為兼)、深更に及ぶと称し責め伏《せ》せらる丶の間、かくの如し。尤も失《しっ》なり。然れども又力なし。

と、為兼が「遅くなるから早くいたせ」と実躬に書写を責め立てたからこんなことになったとこぼしている。その後上卿は弓場《ゆば》殿に進み、沓《くつ》をはいた実躬が出頭して「召名《めしな》」を奏聞した。召名は筥《はこ》に入

れられ、六位外記が上卿に渡し、上卿から実躬に渡された。実躬は受取って鬼の間に進んだ。その間、六位外記は脂燭《しそく》をかかげ実躬に従っている。そこで女官の内侍に手渡され、天皇の御覧に入れる。ややあって返却され、それを又上卿に捧げた。上卿は陣の座に出頭し、やっとこれで実躬の出番は終了した。この記録（『実躬卿記』永仁三年八月五日条）は、鎌倉後期の除目の煩瑣な手続きをよく伝えるものといえよう。自身の昇任が意に任せなかったとき、あれ程罵倒していた為兼が、今度は上卿として自分を頤使《いし》する立場となり、鞠躬如《きっきゅうじょ》として奔り廻っている実躬の姿は何とも皮肉で、しかもそれを詳細に記録しているのであるから、実躬は余程几帳面《きちょうめん》な性格だったのであろう。

さて、以上、『実躬卿記』によって、為兼の「権勢」の内実を瞥見してきたが、それを今一度年代順に列挙してみると、次のようである。

為兼権勢の内実

正応4・5　善空の官位口入につき関東に申入れ
永仁元・3　実躬の勅免を本人に報ず
　　　　　同右につき、実重の横槍につき、実躬と面談
2・3　為兼、除目人事を「執申」、実躬の昇任外れる
3・3　実躬、祭除目につき、自身の昇進を為兼に陳情
・8　蔵人頭実躬、上卿為兼の下で小除目を勤む

以上によって眺めると、為兼は専ら伏見天皇の側近にあって、除目の直前に天皇の相談に預っていたことが推測される。一方で前にも触れたが、所領の訴訟や斡旋は一切行なっている形跡がないから、

為兼の干与は人事にかかわるものであることが明らかとなったと思う。

僧官人事の干与

為兼が関係していた人事は、公卿のそれのみではなかった。正応五年（一二九二）二月下旬、真言宗僧侶でも最高クラスに属する僧正の人事が行なわれた。それを記録した伏見天皇の日記によれば次のようである。

A　今夕除目の僧事等《そうじなど》あり。大僧正頼助辞退し、覚済を以てこれに任ず。実承・親玄《しんげん》権僧正に任ず。実承に於ては、多年忠勤を積むの仁《じん》なり。親玄は頼助の門弟、大僧正辞退の替《かはり》にこれを挙《あ》げ申《まう》す。曽《かつ》て公請《くしやう》の労なし。その身関東に居住し、数輩の上臈を超え、極官《ごつかん》に昇るの条、然るべからずと雖《いへど》も、近日の風儀《ふうぎ》力《ちから》なき事なり。（二月廿六日条）

このように、頼助が大僧正を辞任し、覚済が後任を拝し、また実承・親玄の二人が権僧正に昇ったというものであるが、天皇は親玄の昇進には相当に懐疑的で不満を漏らしている。ところでここに、権僧正に昇進した親玄自身の日記が残っている（『親玄僧正日記』）。その文中に、この人事に関する為兼の書状が二点収められているが、次にこれを掲げよう。

二月廿七日僧事行はる。愚身権僧正に任じ了んぬ。頼助僧正大僧正を辞退するの替なり。その例希《まれ》に候の由、存じ候処、相違なきの条□三宝の冥助《みやうじよ》なり。（中略）

B　新中納言為兼卿の状に云く

御転任の事、驚き申すべからず候と雖も、朝恩相違なきの際、定めて御自愛候歟《か》。承悦の余、短《たん》札《さつ》を捧ぐるものなり。恐々謹言

二月廿八日　　　　権中納言為兼

謹上　太政僧正御房(親玄)

追《おつ》て申す。醍醐寺座主職の事、旧冬より連々《れんれん》承り候の趣、具《つぶ》さに申し入れ候なり。御沙汰の次第相違なく候。その間の子細御使に申さしめ候《さぶら》ひ了《をは》んぬ。

為兼、僧正の許に遣はすの状に云く。

C　新僧正転任の事、挙げ申さるゝの趣相違なく候条、定めて御自愛候歟。先日石山寺の事により御代官便宜あるの由、申さしむるの間、愚状を進《まゐ》らせ了《をは》んぬ。定めて参着候歟。醍醐寺座主職の事、度々仰せを蒙《かうぶ》り候の趣、具さに申し入れ候ひ了んぬ。それに就て当座主辞し申さるべきの由、密々その沙汰候歟。官符を請《こ》はず拝堂を遂《と》げざる以前辞し申すの条、先例なきの由申さるゝの由、粗《あらあ》ら承り及び候。その条先例何様の事候はん哉。不審の間内々申さしめ候なり。恐々謹言

二月廿八日　　　　権中納言為兼

謹上　若宮別当僧正御房(頼助)

この記事は、親玄の日記の二月廿八日条の次、三月十八日条以前の間に書かれている。除目の翌々日

に当る二月廿八日に為兼はB、C、二通の書状を認《した》めて、別便に托して鎌倉に逓送し、三月十日頃に鎌倉に到着したものと推測される（この次に、頼助が為兼書状の到来を報ずる三月十日付の書状を親玄に宛てて出した記録を載せている）。

さて為兼は、親玄・頼助の両名に祝詞を述べるとともに、追伸に於て「醍醐寺座主職」のことを「具《つぶ》さに申し入れ候」と記している。申し入れた先は内裏の天皇に「執申《とりまう》」す外には考えられないから、〝醍醐寺座主〟の如き最高僧官のポストを天皇に「執申」していることが知られるであろう。それに関して、前任座主が官符を請わず拝堂も未済で辞任したのは先例がなく、頼助に問い糾していることも注目される。明らかに人事決裁の参考にしようとして情報を集めていることが推測される。確証はないが、頼助の辞任、親玄の転任自体も、為兼がかかわっていた可能性がある。いずれにせよ、この『親玄僧正日記』は、為兼が実躬の如き下級公卿の人事だけでなく、最高クラスの僧官人事に深く関係していたことを示す貴重な記録といえよう。

さてこのように見てくると、先にも掲げたが天皇が自らの日記に、為兼に関して、

祇候について伝奏せしむ。

と書いていることが改めて注目される。

為兼が多くの場合、文字通り内裏の天皇の近辺に詰め切っていた事実が推測されるのである。為兼

は天皇即位直後、まだ後深草院政期にあった頃に一年程蔵人頭を勤めているが、その後は、儀式に出仕する他は天皇の近辺に侍していて、いわば侍従のような形であったかとみられる。天皇の絶大な信認によって、制度外であるが、そのような立場が許されていたものと考えられる。それだけに、見る角度によっては〝虎の威を借る狐〟のように受取られたのも致し方ないといえよう。

3 夢を語る君臣

夢占と王権

フランスのアナール学派の歴史家、ジャック＝ル＝ゴフによれば、古代に於ては「夢を見ること」は王の独占とされ、夢見は王の特権であったとされる。勿論夢は誰でも見るものであるが、庶民には夢を語る資格無しと考えられていたのであろう。『旧約聖書』の創世記にある有名な、エジプト王の夢を獄囚のヨセフが占《うらな》い、宰相に出世した話等が想起される。中世以降、夢見の権限を民衆が共有するようになり、それをル＝ゴフは「夢の民主化」と称している（酒井紀美『夢語り・夢解きの中世』朝日選書）。ところで日本の中世には、明恵上人の『夢記《ゆめのき》』にみられるように、自身の夢見を綴った記録が現われてくる。以下に紹介する伏見天皇の日記にも、しばしば夢のことが記録されている。

古代の日本では、また夢を非常に神秘的・呪術的なものに考えていて、夢占《ゆめうら》と称されるように、夢は卜占《ぼくせん》の一種と考えられていた。さきのエジプト王の話もそのような夢占の例とみなすことが出来る

伏見天皇　藤原為信・豪信筆「天子摂関御影」より
（宮内庁三の丸尚蔵館所蔵）

が、とにかく日本では、夢占が政争の具に供せられることもあったから、夢といっても馬鹿にはならない。夢占が政争に持込まれ、皇位を決定した事件が、寿永二年（一一八三）八月の平家都落ち直後の代替りである。安徳天皇と神器の還京が期待できず、後白河上皇は高倉天皇の二人の皇子の中から皇嗣を選ぼうとしたが、そこへ木曽義仲が横車を入れ、以仁王《もちひとおう》の遺児の北陸宮を強引に推挙してきた。結局上皇は、愛妾丹波局が見た夢（皇子の一人が松の枝をかざしていたというもの）を根拠に、義仲の横槍をも却けて、松枝の皇子（後鳥羽天皇）を新天皇に選んだ（以上『玉葉』同年七月廿五日～八月十九日各条）。

亀山院、天皇の夢枕に立つ

正応五年（一二九二）正月、この頃は南都北嶺の訴訟が山積し、為兼は伝奏の替りとして伏見天皇の側近となり侍していることが多かったが、ある日、天皇は為兼に親しく次のように語るのだった。

今暁夢想に、禅林寺殿（亀山上皇）より、仙洞（後深草上皇）に謝《あや》まり申さるゝの旨あり。その趣、日来《ひごろ》の凶害、御後悔の由なり。尤も吉夢と謂ふべき歟。
（『伏見天皇宸記』正月十九日条）

天皇の夢に、亀山上皇が現われ、後深草上皇に対し、「日来の凶害」すなわち持明院統に対する永年の敵意と謀略を後悔し、謝罪したというものである。前章で言及した浅原事件を想起して頂きたい。あれを大覚寺統の仕業だとして責め立てたのは西園寺公衡であるが、幕府は（後深草上皇の穏便な意向もあって）結局不問に付していた。ところがすんでのところで殺されたかも知れない伏見天皇は深く根に持ち、亀山上皇を許していなかったことがこれで知られる。夢で亀山上皇の謝罪を見た天皇が、「吉夢」ではないかと為兼につぶやいたのは、大覚寺統側が全面的に罪を認め、屈伏したしるしであると理解したのかも知れない。

君臣合体の夢

これに対し為兼は、「実は臣も面白い夢を見ました」とばかり、次のように語るのだった。

為兼語りて云《いは》く、今月（正）一日の夢に、山に松樹三本あり。口を開けてこれを呑《の》む。吾《われ》祈請《きしやう》の旨三つあり。一つは政務（持明院統の）長久、一つは君臣合体し背く所なく長久なるべし。一つは自身、本不生《もとふしやう》の理を発明すべしと云々。今三本の松樹は、この佳瑞《かずいか》歟と云々。（同記同日条）

このように為兼は元旦に松樹三本を呑み込んだ夢を見たが、これはかねて為兼が祈念する三つの誓願が果《はた》される前兆ではないかというのである。

天皇と臣下が互いに見た夢を語り、占いあう、これだけでも稀有のことと言わなければならない。

伏見天皇の日記で他にこんな公卿はいない。まさに人もうらやむ〝君臣水魚〟の間柄であるといえよう。為兼は天皇の和歌師範から身を起し、親政に及んで抜擢され枢要の地位にあり、しかも天皇の信認は篤く、いささかも寵は衰えていない。甲府宰相の綱豊の侍読から出発して、将軍の側用人となり終生綱豊の信頼変らなかった新井君美《きみよし》（白石）にも例えることが出来ようか。

不忠の臣は追罰すべし

永仁元年（一二九三）八月二十七日、この日は勅撰和歌集の撰集の会議が宮中で行なわれ、二条為世以下四人の歌人が御前に召され、為兼もその一人であった（撰集のことは第五章で詳述）。為兼にとってはことさら重大な日であるので、前夜は賀茂社（上賀茂神社）に参籠して神前に祈請《きしょう》を凝《こ》らした。すると夢に祖母の一族である宇都宮景綱（蓮瑜、頼綱の子）があらわれ、不思議な物を贈られた。為兼は廿七日の撰集の会議の前か後かに天皇に親しくこの夢のことを申し上げた。それが天皇の日記に次のように記されている。

抑《そもそ》も今日、為兼卿語りて云《いは》く、夜前賀茂の宝前に祗候す。而《しかう》して夢中に、宇津宮入道蓮瑜（景綱）、唐《から》打輪《うちわ》を持ち来《きた》りて云ふ。異国より進《まゐら》するなり。進《まゐら》せ入るべし。また云く、勧賞《げんしょう》申すべしと云々。

景綱は幕府で引付衆・評定衆を歴任した有力御家人で、また一族の頼綱と同じく和歌に造詣が深かった。その景綱が、大陸より渡来という唐打輪を恭《うやうや》しく為兼に「勧賞」つまり朝家の功賞として献ずるというのである。驚いた為兼が、何事の賞哉《や》の由、問ふの処、叡慮に従はざる不忠の輩《ともがら》、みな以《もっ》て追罰すべし。これによって兼《かね》て勧賞申す所なり。即《すなは》ちまた糸五両を献ず。是ハ五百五十両ニ成るべしと云々。

このように、蓮瑜は、抽賞の理由として為兼の「不忠の臣追罰」を称揚し、さらに高価な絹糸まで与えたという。天皇は、

尤も子細ある夢なり。仍《よっ》て記し置くべきなり。（以上『伏見天皇宸記』）

と、為兼のみた夢がいかにも由《よし》ありげなものと感じ、とくに記録に留《とど》めたと記している。

忠臣為兼

この夢の眼目は、幕府の有力者が為兼の忠勤を称讃したところにあり、君臣ともそれを佳瑞《かずい》として喜悦したのではないかと思われるが、「叡慮に従わざる不忠の輩、皆以て追罰すべし」という蓮瑜の言葉は、はしなくも為兼の潜在意識を表わしたものと解釈することが出来よう。そうだとすれば、〝自分だけが忠臣〟という、およそ独善的な彼の思い込みをよく表わした夢ということになる。彼の後年の失脚の背景を早くも垣間《かいま》みせていると言えなくもなかろう。

だがしかし、少くとも為兼自身は、誠心誠意天皇に仕えているつもりでいた。事実、為兼の忠誠ぶりはのちのちまで持明院統の宮廷では語り草となったようで、はるか後年のことだが、伏見天皇の次男、花園天皇は、為兼の病を案じての言として「深く忠を存ずる人なり」と日記に書き（『花園天皇宸

記』正和二年六月四日条)、また為兼の没後、彼を回想して「君を愛するの志、尤も甚し」「偏に愛君を以て至忠となす」(同記元弘二年三月廿四日条)とまで称讃している。為兼の歌は曽祖父定家の隔世遺伝であるといわれ、激情型の点でも定家の血を承けているとする向きもあるが、歌はともかく、主君への献身ぶりという点では定家とは凡そ異質である。定家は後鳥羽上皇から歌を評価されて、撰者に名を列ねたにもかかわらず、主君の悪口を言い歩いたり、散々に日記に漏らしたりし、挙げ句の果ては「煙くらべ」の歌を奉って勅勘を蒙っている。為兼とは同日の談ではない。

幕府進献の馬を賜わる

永仁元年(一二九三)四月六日、関東の将軍久明親王から兄の天皇に馬を献上してきた。三条実躬の日記に、

人々あひ語らひて曰《いは》く、昨日将軍(久明)より御馬栗毛尾駿白を進《まゐら》せらる。(中略)即ち為兼卿に下さる。為雄朝臣・邦高朝臣等《ら》御前に引出《ひきいだ》す。権中納言(為兼)これを給はり退出すと云々。これ公卿勅使として伊勢へ下向すべき故なり。且《かつう》は将軍よりこの料(勅使)と示し給はるの由、人々これを語る。

(『実躬卿記』四月七日条)

このように、馬は予定されていた伊勢神宮への勅使の乗用として献上されたもので、即日為兼に下賜された。その前から予定が狂ってのびのびになっていた勅使発遣は五月九日に予定された。発遣の儀に出仕するよう実躬に下された綸旨が次のように残っている。

来（五）月九日伊勢公卿勅使を発遣せらる、為、官司より神祇官に行幸あるべし。本陣に供奉せしめ給ふべし。者《てへ》れば天（伏見天皇）気によって執啓件《くだん》の如し。

（永仁元）四月十五日　　　治部大輔雅俊

謹上　三条中将（実躬）殿

（『実躬卿記』永仁二年四月記紙背）

ところが、四月二十二日に鎌倉で内管領平頼綱が主君貞時によって誅せられる〝平禅門の乱〟が勃発し、

関東合戦によって天下触穢《しよくゑ》、仍て公卿勅使来月九日進発すべきの由御意と雖《いへど》も、また延引し了んぬ。已《すで》に度々《どど》に及ぶ。以ての外の事歟《か》。（同記四月廿九日条）

とあるように、再び延期となった。

神宮祈願の勅使となる

この後、二カ月程記録を欠いて詳細は不明だが、七月一日に発遣の「勅使召仰《めしおほせ》」が延引し、七月三日と決定している（『伏見天皇宸記』）から、最終的に七月八日の発遣と確定したわけである。三日、天皇は沐浴洗髪した後、蔵人らに命じ清涼殿の東向四間を掃除させた。関白家基が蒔絵《まきゑ》で飾った剣二柄を櫃《ひつ》に入れて献じた。この剣は某宮が所持していたもので、今度神宮

に進献されることになったのである。夕刻、再び関白が参内し、天皇は朝餉《あさがれい》の間に於て対面、黄昏に至って大納言大炊御門《おおいみかど》良宗が発遣勅使の日時勘文《かんもん》（発遣日を答申した文書）を帝に捧げた。天皇は一覧した後、良宗に返却した。ややあって為兼が殿上に参候した。日頃見慣れた顔であるが、この日はわざと天皇も他人行儀に、雅俊朝臣を呼びつけ、

伊勢勅使を勤仕すべし

との旨をおごそかに為兼に命じた。為兼は直ちに内侍所に出向いて、神鏡を拝した。これは発遣勅使の先例である。神事に潔斎《けっさい》中なので、この夜天皇は「帯を解かず」就寝した。

かくて五日後に勅使発足と決ったが、勅使が第一日目で宿泊する近江栗太郡《くりもとこおり》駅家（現大津市瀬田付近）のことで紛争が起っていた。山門領である駅家の奉仕は延暦寺西塔が行う予定であったが、東塔が異を唱え、到底奉仕が成り難い旨、三日夜に関白家基が奏上した。地方の街道、宿駅の沙汰は守護の職権でもあり、佐々木氏に命じて別の宿泊を設定するかということになり、翌四日、天皇は内々に為兼に指示し、瀬田駅家の宿泊を避け、甲賀郡まで足を伸ばすように命じ、その旨、天台座主や守護佐々木氏にも連絡した。天皇が為兼の道中を気遣い、親しく駅路の件まで指図している（『伏見天皇宸記』七月三、四日条）のは驚かされる。折から七月四日、予想される蒙古襲来のことで十六社に奉幣が上《たてまつ》られたが、天皇はその次《つい》でに、神宮発遣の勅使出立が再三遅延したことを、皇祖神に祈謝せしめ

た。四日の夜、天皇は南殿の石灰《いしばい》の壇《だん》に出御して神宮に向って遙拝《ようはい》し、さらに賢所にも参って「勅使の無為無事」を祈っている。

京都を出立す

七月八日、勅使出立の早朝、沐浴を終えた天皇は直衣を着《ちゃく》し、朝餉の間に於て神宮に捧げる宣命を清書した。その神宮へ後献上する神宝類の「御覧」があり、関白家基、上卿大納言良宗らが御前に候じた。巳《み》の刻終り頃（午前十一時）、蔵人頭葉室頼藤が勅使を御前に召し、為兼は御前で宣命を受取って懐中した。これと別に、天皇はこの日詠じた御製三十首の法楽歌を為兼に托した。御前を下った為兼は、弓場台にて拝礼ののち、上卿らと神祇官に向った。未終《ひつじのはて》（午後三時頃）に神祇官を発した為兼の出立の様子は、

送《おくり》殿上人十人、北面五人、私侍五人と云々。関白随身二人張口、行粧華麗と云々。

と天皇に伝えてきた。忠臣を自任する為兼にとって、これ以上の舞台はあるまい。彼の得意や思うべしである。しかし出発に当って為実朝臣が落馬したと聞いて、天皇は眉を曇らせるのだった。この前後、天皇は連夜のように石灰壇から神宮を遙拝しているが、十日の夜、中宮永福門院が不思議な夢をみた。

今夜中宮夢想、吾（天皇）独り寝《ぬ》る。その枕方に白衣の唐衣《からぎぬ》を着するの人これあり。恠《あやし》みて問ふの処、

傍《かたはら》の人云《いは》く、内侍所の女官なりと。また裹《つつみ》物四角の物を持つ。これ御護《おんまもり》として内侍所より進《まゐら》せらると云々。忽ち驚くの処、内侍所方より鈴の声聞くと云々。これ吾が参る間なり。若《も》しくは祈る所神感《しんかん》ある歟。随喜比類なし。貴《たつと》ぶべし。貴ぶべし。

このように、天皇が賢所で神拝中に、中宮が御護の夢をみたというので、天皇は大変嬉しく思った。この中宮夢見を日記に認めたあと続けて天皇は、今回の勅使派遣の趣旨を述べている。

祈請《きしやう》の旨、元来さらに私《わたくし》無し。只だ万民安全・国家泰平、万代のため益あらしめんが為なり。

（宸記七月十日条）

この願意から、伏見天皇の本意は、持明院統の永続にあったとする向きもあるが、少くとも天皇の日記や『実躬卿記』からは、そのようなものを伺わせる記事は見当らない。

中宮の夢見のあった同じ十日、勾当《こうとうの》内侍の一人がやはり勅使に因んだ夢を見た。のちに天皇に語ったところでは、

去十日の暁夢あり。鳥居の所にあり。その中に束帯の俗人一人立つ。その面を見ず。袖ばかり見る。しばらくして勅使参る。この時大神宮歟の由、夢中に思ふ。而《しかうし》て束帯の人云《いは》く、吾《われ》勅使の参るを

待ちて此処《ここ》にあり。この様を見させんが為汝《ためいまし》を召す所なりと云々。

というもので、これも「弥《いよい》よ以て仰信貴《がうしん》ぶべし恐るべし」と天皇を喜ばせた。

為兼の復命　出立から九日目の七月十六日深夜、戌《いぬ》の刻に、勅使為兼が内裏に戻り、頭弁日野俊光《としみつ》を以て「御願平安の由」、つまり無事勅命を果したと奏上した。心待ちにしていた報《しら》せであるから、天皇は深更にもかかわらず、内々に為兼を召して「路次の間《あいだ》の事」（道中の一部始終）を問うた。為兼はまず、参宮直前に病気に患い苦しんだことを申上げた。

去る十二日参宮の前日、勅使（為兼）忽ち病悩、荒痢法に過ぐと云々。而《しかれど》も寝るに非ず覚《さ》むるに非ずして人の声あり。告げて云《いは》く。「都《スベ》テ動カヌ形モテ、コ、コレ当《あた》レ」と云々。この告《つげ》に就《つい》て、心神勇《いさ》むこと甚し。即《すなは》ち駅家を立ち参宮、その間聊《いささ》かの子細もなしと云々。

ひどい下痢に悩まされ、夢うつつの中で神のお告《つ》げがあり、勇気百倍して神宮に入ったというのである。次に為兼は、宣命を神前で報告した折の奇瑞を報告する。

一《ひとつ》は宣命読み申すの間、烏《からす》その数来《きた》る。副使（吉田兼秀）・禰宜等《ら》、各《をの〳〵》前々佳瑞《さきざきかずい》たるの由、これを申す。
一は、宣命焼くの時、件《くだん》の煙、神殿方《かうどの》に靡《なび》く。これ神納受したまふ無双の兆の由、各告ぐと云々。

このように、烏の飛来と煙の棚引きという二つの奇瑞があり、神官たちは神が祈願を容れられた証《あかし》だと称え合った。このことを聞いて天皇は非常に満足し、

神感(鑑)の甚しき、仰《あふ》ぎて信ずべきもの歟。凡そ神は徳と信とを受けたまふと云々。末代と雖も、何ぞ善を興さざらん哉。憑《たの》むべし、仰ぐべし。

と日記に書きつけた。

為兼と伏見天皇との間柄は、伊勢勅使発遣に象徴されている。為兼は中宮永福門院の入内とともに蔵人頭となり、摂関や上皇との間を周旋する事務官僚として天皇の信頼を得、正応五年（一二九二）には鎌倉に派遣され、僧善空の官位容喙《ようかい》について内管領頼綱らと折衝し、大覚寺統方の人々の声望をも得た。伏見天皇はこれによって正応徳政（裁判の迅速化）に取組むことが出来た。この改革は当時はおろか、現在でも歴史家の評価が高い。為兼への天皇の信認はいよいよ深く、除目の人事や、僧官のポストについて一定の干与をすることになった。人々は彼の権勢を知っていたが、「尤も然るべし」「諸人帰伏」の記録が語るように、一般に納得づくの話であって、決して妬忌や嫉視が彼に集中したという事態ではない。しかし、永仁四年に入って、事態は急転をむかえるのである。

第四章　佐渡配流

1　為兼籠居

謎の籠居・配流

永仁四年（一二九六）といえば、高校の教科書に必ず出てくる、御家人救済の目的で出された、「永仁徳政令」公布の一年前である。この年の『公卿補任』の項をみると、

権中納言正二位　京極為兼四十三　五月十五日辞

とあり、この年五月半ば、彼は正二位・権中納言という官位を剥奪され、籠居の身となったことが知

六波羅探題府跡石碑
（東山区，洛東中学校門脇）

られる。さらに一年半を経過した永仁六年（一二九八）正月七日、彼は六波羅探題の役所に拘引され（『興福寺略年代記』）、同じ年の三月、「事に坐《ざ》す」（『公卿補任』）とあって、遠く佐渡に流されることになる。一年半から二年近くの幅はあるが、籠居も遠島も同じ理由とみられる。しかし、不思議にも同時代の公卿日記のような信頼できる記録が残っておらず、処分理由は今に至るまで明らかでない。よって為兼の籠居と配流の原因については、古来さまざまな説が行なわれてきた。前章でみたように、〝君臣水魚〟を思わせる主君の信認に加え、忠義抜群、世に隠れなき忠臣の為兼が、一体何のために遠流に処せられたのか、その不思議さ、奇怪さもけだし当然である。

永仁四、六年の公卿日記がまるで残存していないのは、浅原為頼の事件と同様、六波羅か幕府が日記を没収したか、あるいは諸卿が後難を恐れて日記を焼却などしたか、いずれかであろう（因《ちな》みに、承久の乱に於ても、あれだけの大事件なのに公卿日記は残っておらない）。ともかく、為兼生涯のハイライトとも言うべき佐渡配流の原因について、本章では検討を加えることにしたいが、その前に、鎌倉末期以来、この事件がどう理解され、どう叙述されてきたか、諸説を洗いざらい通観してみよう。

花園上皇　豪信筆
（長福寺所蔵／写真提供：京都国立博物館）

同時代の観測

まず、為兼自身がこの自らの配流を語った句として、先にも引いた『延慶両卿訴陳状』に、二条為世が引用する文章として「事なく非拠の罪科に行なはる、の由、駅の次を以て関東に訴へ申す歟」とある。これによれば、為兼自身は、籠居・配流とも冤罪とし、自らの罪は認めていなかったようである。次に花園上皇は、為兼の佐渡配流直前に生れた人物だが、晩年の為兼をよく知っており、為兼の和歌への評価も高く、為兼の人となりや境遇のことを彼の日記（『花園天皇宸記』）にしばしば言及している。その中で、籠居と佐渡配流について記すのは次の文である。

粗《あらあら》政道の口入《くにふ》に至る。仍《よつ》て傍輩の讒《ざん》あり。関東、退けらるべきの由、これを申す。仍て見（現）位《い》を解却《げきやく》し、籠居の後、重《かさね》て讒口《ざんこう》あり。頗る陰謀の事に渉《わた》る。仍て武家、佐渡国に配流す。
（同記元弘二年三月廿四日条）

このように花園上皇は、為兼の政道口入（政治介入）と傍輩の讒言を主因とする。なお同上皇は、宸記の他の個所で「為兼和歌を以て近習たり。漸く朝権を弄《ろう》す。是を以て廃黜《はいちゅつ》

せらる」（正中元年七月廿六日条）と記している。南北朝初期の成立とみられる年代記『保暦間記《ほうりゃくかんき》』は、

権中納言為兼卿、陰謀の聞え有て佐渡の国へ遠流。

と記している（因みに『武家年代記』には「陰謀によるなり」としている）。鎌倉末期は、正中の変・元弘の乱など公家側の討幕計画あいつぎ、ついには幕府倒壊に至るのだが、南北朝期に入ると為兼もその一人と見做されてしまったようである。

江戸時代に入ると、『本朝通鑑』のように伏見天皇の密旨を承けて秘かに倒幕を企てたと明記する歴史書が出現した。その史書は質が悪く、信拠するに足りないことは大方の史家が一致しているが、同じ江戸の史書で公卿の柳原《やなぎわら》氏が編纂した『続史愚抄《ぞくしぐしょう》』は、国史大系にも収められており、信頼性の高いものである。それには「隠謀によるなり」とある。

以上が江戸以前の諸書の記すところだが、花園上皇が、傍輩の讒口（陰謀と称す）によって陥《おとしい》れられたとするに対し、『武家年代記』以下の史書は殆んどすべて、為兼自らが陰謀を企てたとし、甚しきは『本朝通鑑』の如く、伏見天皇の発意によるとする。要するに何らかの陰謀に加担したとの見方で諸書は一致している。

三浦周行の説

次に、近代に入って以降の諸学説の紹介に移りたい。明治・大正期は為兼研究に見るべきものがなく、従って佐渡配流についても寓目する見解がない。管見の及ぶと

ころ、割合早くにこの問題に言及したのは、歴史家で京大教授であった三浦周行《ひろゆき》であろう。三浦はその著『鎌倉時代史』の第八八章「両統の暗闘」に於て「為兼の人格」という一節を設け、そこで彼の佐渡配流の原因を論じている。三浦によれば為兼の性格は、

資性偏狭にして妬忌《とき》の情に富み、往々君寵を恃《たの》んで権貴を凌ぎ、其《その》己れに与《く》みせざるものを見ては、排して不忠となす。故に又政敵の怨府《えんぶ》となれり。

と、その偏狭独善であったことを強調し、また当時の公家界の状況としては、

朝臣の中、又往々幕府に攀縁《はんえん》して、其《その》政敵を圧せんとせるものあり。

と、対立する一方が幕府と結託して相手を陥れようとする事例を種々列挙し、「為兼の貶黜《へんちゅつ》」との小見出しで以下のように述べている。

為兼も亦《また》、其《その》政敵の為《た》めに排擠《はいせい》せられて、前者と同一の運命に陥らしめらる、を免れざりき。朝廷は幕府の奏請に余儀なくせられて、彼れの見任を解却せられ、彼れは憾《うらみ》を呑んで籠居せり。然るに彼れの政敵は、彼れを窮迫して止まず、幕府に告ぐるに、其《その》陰謀を以てしたりしかば、永仁六年

正月、彼れは石清水八幡宮寺執行《しぎやう》法印聖親《しやうしん》、白毫寺《びやくがうじ》僧妙智房《めうちぼう》と六波羅に拘執せられ、三月、佐渡に流されたり。

このような三浦の総括をさらに要約すると、幕府の要請によって籠居した為兼は、傍輩公家の執拗な讒言によって六波羅に捕われ、遠流に処せられたとなる。要するに性格の偏狭が傍輩の憎悪を生み、幕府への告げ口となったというのであるが、公卿の密告といい讒言といい、さのみ簡単に幕府が動かされるものだろうかという疑問が涌く。三浦説には、またそのような性格異常者をなぜ伏見天皇が重用したかという説明もなく、やや説得性に欠ける憾みがある。ただ、三浦説には両統迭立にかかわる言及がなく、為兼の失脚は両統対立とは一応別だとの見方を取っているらしい点が注目される。

次田香澄氏の説

さて昭和に入ると、にわかに為兼研究が活発化するが、国文学者の次田香澄氏の「為兼伝の考察」という論文(『国語と国文学』一七巻一一号、昭和十五年)はこの代表的なもので、為兼の立場を具体的に考察している。まず配流の原因について、

一体どういふ訳で流罪に処せられなければならなかつたか、その原因に就いては、『公卿補任』を始め諸書には単に「坐事」とあるか、または稍々明らかに「隠謀」によると記してゐるに過ぎない中で、独り『花園院御記』には詳細にその原因が記載されてゐる。

と、花園上皇の記録（『花園天皇宸記』をさす）を重視し、次のように説明される。少し長い文であるが、以後の学説に与えた影響は大きいと考えられるので、以下に引用してみる。

これ等によつて為兼配流の原由を推測して見ると次のやうに考へられるのである。伏見天皇がまだ東宮でいらせられた頃、和歌を御嗜好遊ばされたところから、為兼は主上に近侍し奉るやうになつて、御即位の後には官職も抜擢されるといふ厚い御寵遇を蒙つた。ところが彼はそれを恃んで、次第に政治に容喙《ようかい》するやうになつた。ここに及んで同僚はこれを除かうとして幕府の力で彼の官を解いた。かくて閉居中の為兼は、其後再び周囲の讒言に遇つて、陰謀を企てゝゐると称せられたために、遂に関東によつて佐渡へ遠流せられるに至つたといふのである。

ここまでは大体三浦周行の説と同じであるが、ここから、次田説は微妙に異ってくる。

両統迭立との連関

御記に仰せられてゐるやうに、為兼の陰謀といふのは朋輩の虚構であるから、諸記録に陰謀と記してゐるのは誤伝であり、特に『本朝通鑑』の按文に、為兼が伏見天皇の密詔を奉じて倒幕を企図したやうに説いてゐるが如きは、勿論誤つた推測である。然し為兼が持明院統の御為に政治的に種々活躍してゐたことは事実である。彼は歌人である半面に政治家的な色彩が濃く、策士とも言ふべき多才な人物であつたのである。然し元来政治は彼の職掌でないから、その政界干渉が甚だしく、また伏見天皇の御寵遇が加はるにつけて、同僚の反感嫉視は免れない。而も後に記すやうに、彼は性格として偏狭傲慢なところがあつたから、平常快からず思つてゐた同僚の者は、彼が政治的に権力を振ふのを黙視し得ず、遂にこれが排斥の挙に出たのであつた。

このように、次田氏は、『本朝通鑑』にいわゆる伏見天皇の討幕の挙については否定しつつも、「持明院統の御為に政治的に種々活躍してゐたことは事実」とし、両統迭立に係わる政道口入であったことを強く示唆される。次田説は為兼配流と両統迭立を関連づけた最初の説であると考えられる。

歌人土岐善麿の説

次に戦時中執筆された土岐善麿《ぜんまろ》の著書である『京極為兼』（出版は戦後、昭和二二年）を見よう。この本は為兼伝として今まで唯一のものだが、

佐渡の孤島に流刑に処せられ（中略）それも「罪なくして」といふべき事態であつたと認められるが、これは彼が政治的情勢の渦中にあつたためであつて、そこに皇統迭立のことが関連すると同時に（下略）

と、次田説と同様に、政治干与＝両統迭立介入説を展開する。しかも土岐氏は、次田氏よりも一層具体的に踏み込んで、

大覚寺統にとっては（中略）邦治親王の立たれることを念願したのであるが、意外にも伏見天皇の皇子胤仁親王が立たれることになった。（中略）永仁六年七月二十二日、後伏見天皇践祚あり。これに先だつて同年三月十六日、為兼の佐渡配流といふ事実の起つたことは、その間における消息を推察せしめる事態でなければならない。

と、為兼の策動で胤仁の践祚が実現し、それが佐渡配流につながったことを示唆されている。しかしこの土岐説には事実関係について誤解がある。胤仁の立坊は、後深草上皇が「嫡孫龍楼に入り」と日記に述懐したとおり、永仁六年（一二九八）をはるかに遡る正応三年（一二九〇）初めのことであり、為兼は当時参議にすぎず、到底胤仁立坊に干与しうる政治力はなかった。胤仁の立坊（従って将来の践祚）と為兼の配流は、少くとも直接関係がないことだけはここに確認しておきたい。

戦後の諸学説

次に戦後の諸研究に移るが、そのほとんどは、さきに引用した次田論文と同工異曲で、その範囲を出るものはない。念のため、主な業績から佐渡配流の部分を拾ってみると、まず小原幹雄氏の「藤原為兼年譜考（続々）」（昭和三六年）では、

この辞任（永仁四年五月）は『花園院宸記』によると、為兼が政道に口を入れすぎたため（下略）

佐渡配流の原因については（中略）「粗政道之口入」とあるそのやり方が度を過ぎていたのであろう。

とある。上条彰次氏もほぼ同様で、「政治に深入りしたため、反対勢力により（中略）佐渡に配流」（平凡社『日本史大辞典』一九九三年）と記されている。また福田秀一氏は、『日本古典文学大辞典』（一九八四年）の「京極為兼」の項で、

為兼の流罪は両統迭立に関し、政治的に立ち回ったためと見られる。

と明確に両統迭立との連関を述べ、『国史大辞典』（一九八四年）の「京極為兼」の項では、

両統対立の時代に持明院統の策士として暗躍した故か、永仁六年三月佐渡に流され（下略）

と、はっきり断定は避けながら、迭立に関わる〝暗躍〟のためであることを示唆されている。また岩佐美代子氏は、伏見天皇が永仁三年（一二九五）九月に内侍所に捧げた願文に注目する。この願文は、前半で在位中に徳政に務めたことを強調したのち、

而《しかれど》も一方、無道の秘計日を追うて繁昌し、諸人の奔波次第に色を添ふ。偏《ひとへ》に政道を奪ひ天下を傾《かたぶけ》んとする企なり。猥《みだ》りに縦横の不実を構へ、恣《ほしいま、》に政道の不可を称す。之を関東に訴へ天下を反さんと欲す。

と衆人の讒口を述べているものである。岩佐氏は天皇と為兼の敵対者は大覚寺統であるとし、天皇の危機感と、これを惹起した、大覚寺統の、おそらくは為兼を主目標としての関東に向けた陰陽の誹謗の執拗さが察せられる。

（『玉葉和歌集全注釈』一九九六年）

と、土岐善麿説を継承して、大覚寺統の公卿による中傷を失脚の主因と示唆される。ここに、数は少いが、浜口博章氏のような討幕陰謀説もある。氏は『続史愚抄』を引いて、

幕府に対する陰謀が発覚したためという。

（「京極為兼と京極派歌人たち」一九九四年）

と、他の諸家が否定される『本朝通鑑』の説に加担される。

戦後歴史家の説

以上の、国文学者による配流の解釈は、『花園天皇宸記』が言う「政道口入」説を土台とし、これに両統対立を絡めて考える一派と、ただ傍輩公卿らによる嫉視中傷を想定する一派に分れるようであり、浜口氏のような討幕陰謀説はごく少数派である。以上を、戦前の歴史家も含めやや乱暴ながら、色分けしてみると次のようになろうか。

両統対立関連説……次田香澄、土岐善麿、福田秀一、岩佐美代子
政道口入説…………小原幹雄、石田吉貞、上条彰次

討幕陰謀説……………三浦周行、浜口博章

次に戦後の歴史学者の説を見ていこう。村田正志氏の「京極為兼と玉葉和歌集の成立」（『古典の新研究』所収、一九五二年）は、戦後最も早く出された為兼論といえるが、慎重な氏は佐渡配流の因については敢えて沈黙されている。新田英治氏は「鎌倉後期の政治過程」（新版岩波講座『日本歴史中世2』一九七五年）の論文で、国文学者の説とはガラリと変わって、三浦周行の政敵讒言説に拠りながらも、為兼の主人にして恩人である西園寺実兼を主犯とする意外な考え方を示されている。それは次のようである。

為兼が伏見天皇の信任を得て権勢を握るに及び、遂に実兼との間に疎隔を生じて、そのため実兼は伏見天皇＝持明院統からしだいに離れ、大覚寺統に接近していった。

新田説は、単なる政道口入説から踏み込んで、政治の機微に触れる穿った見方で、注目すべき見解と思われるが、ただ為兼と実兼の疎隔を証明する根拠、史料等はとくに示されていない。

既往学説への疑問

こうして籠居・配流の原因説について、一わたり学説を回顧してきたわけであるが、幾つかの疑問が感ぜられる。まず、諸家が珍重される『花園天皇宸記』（以下『宸記』と略す）は、いうまでもなく鎌倉末期の優れた記録であるけれども、花園上皇が生れたのは、為兼失脚のあとであり、佐渡配流は上皇わずか二歳の時の事件である。従って、『宸記』にしばしば叙述される為兼の記事は、殆んどが上皇出生前の事件なり状況を上皇が側近から尋ねて記した伝聞記事であり、通常の日記にみられる同時代の記録とは言えない。そのように一応押えた上で、花園上皇のいわゆる「政道口入」説を考えてみると、確かに和歌の家の御子左家の公卿で、為兼の如く天皇より特別の信認を得て、一定の人事に干与した者は他に出ていないから、傍輩の嫉視を買う要素は無かったとは言えない。

しかし前章で見てきたように、為兼の政治干与は、摂関や伝奏議定衆の立場を侵蝕したという性格のものではなく、あくまで家格の分は守り、しかも善空事件の対処など大覚寺系公卿にも評価されたもので、「諸人帰伏」「権勢尤も然るべし」と諸人の納得ずくの範囲であった。従って私は、『宸記』の言う政道口入説は、為兼失脚（彼は二度失脚しているが、ここでいうのは初度の失脚）の根本的原因としては疑わしいものであると考える。

迭立との連関に必然性なし

次に、両統の対立と為兼失脚の連関であるが、胤仁（のちの後伏見天皇）の立坊と為兼が無関係なことは既述のとおりであり、繰返さない。そこで残された問題は、為兼が辞官籠居に追い込まれた永仁四年（一二九六）五月の段階で、為兼が両統迭立問題に干与し介入する必然性があったのかどうかということである。再三引用する後深草上皇の、

嫡孫龍楼《りゅうろう》に入り、庶子柳営《りうえい》となる。繁昌の運、自愛に足るもの歟《か》。

と述懐した持明院統の天下は依然として続いており、天皇は伏見天皇、皇太子は嫡子胤仁であり、譲位があったところで、持明院統の治世は続くことになっているのである。何を苦しんで持明院統の側が風波を立てねばならぬことがあろうか。

むしろ、陰謀を起さねばならぬのは、大覚寺統の側である。同統としては、譲位が二回（伏見天皇・胤仁）ないと、治世が回ってこないのであるから、気長に待てないとすれば、起死回生の策謀あるのみだが、同統は浅原事件以来、負い目がある上に、幕府からことに警戒されており、到底策動しうる余地はなかった。

次に、百歩譲って為兼配流が両統対立に因するものであったとすれば、彼の籠居のあと胤仁の廃立とか、大覚寺皇統の立坊或いは伏見天皇の譲位隠居などが有るべきで、そうした大覚寺統系に有利な兆候が無ければ平仄《ひょうそく》に合わないが、そのような事態は全く起っていないのである。伏見天皇の譲位は、為兼が佐渡へ流された四カ月後の永仁六年（一二九八）七月のことであり、依然として伏見上皇の治世（執政）が続いたのであるから、持明院側に不利な変化は起っていない。以上によって、為兼の失脚と両統の迭立は関係がうすいと言わざるを得ない。もしそうであるとすれば、為兼の籠居の原因は、別の面から考えなければならないことになる。

2　永仁の南都闘乱

為兼に連座した僧二人

籠居中の為兼が、永仁六年正月に六波羅探題に拘引されたときの記録『興福寺略年代記』（以下『略年代記』と略す）は、南都興福寺に伝来する古記録を同寺の僧が編年総括した、信頼できる年代記である（永島福太郎「奈良の皇年代記について」『日本歴史』一三八号）。それには為兼の拘引について次のように記している。

正月七日、為兼中納言并《ならび》に八幡宮執行《しぎやうしやう》聖親《しん》法印、六波羅に召し取られ畢《をは》んぬ。また白毫寺《びやくがうじ》妙《めう》智房《ちぼう》同前。

これによれば、為兼は、聖親法印・妙智房という二人の僧侶といっしょに捕縛されたのであって、事件は為兼を含めこの三人の人物を一括して位置付けなければならないのである。ところが従来の研究は、それが極めて不充分で、私に言わせれば、殆んどその視点からの研究は等閑視されていたのである。

さて三人の〝下手人〟の性格であるが、問題は聖親法印である。前にも引いた江戸時代の歴史家柳原紀光の編にかかる『続史愚抄』は、

手向山八幡宮（奈良市雑司町）

この日(正月七日)、坐する事あるに依《よっ》て、武家より京極前中納言為兼
および石清水執行聖信(親)等、六波羅に幽《ゆう》す。

と、聖親を石清水八幡の社僧であるとしている。『鎌倉時代史』を執筆した三浦周行、また「為兼年譜考」の小原幹雄氏もこの柳原紀光の説を踏襲し、多くの国文学者が追随している。聖親を石清水社僧とすることで、為兼が八幡宮に呪咀でも仕かけた如きイメージで受取る向きもあったと思われる。ただ慎重な石田吉貞博士ひとり、「八幡宮執行聖親法印」として、石清水社との判定を避けておられる。

聖親は石清水と無関係

結論からいうと、この聖親という僧は、石清水八幡宮とは無関係である。何故ならば、そもそも中世の石清水八幡宮には、「執行」という役職は設置されていない。中世の石清水八幡宮の組織と人員を詳細に記録した『石清水八幡宮寺略補任《りゃくぶにん》』によると、中世の同八幡宮は、

三綱《さんごう》（上座《じょうざ》・権上座・寺主《じしゅ》・権寺主・都維那《ついな》・権都維那）
検校《けんぎょう》
別当《べっとう》・権別当・修理《しゅり》別当・俗別当

神主《かんぬし》が主な職階であって、執行は見当らない。三浦周行ほどの歴史家（東大史料編纂官、京大教授）がこのことを見逃したのは、ちょっと不可解であるが、うっかり『続史愚抄』を信用したのであろう。

聖親は東大寺の僧

それでは、執行職が置かれていた八幡宮とは、何処《どこ》の八幡宮なのであろうか。『略年代記』自体が南都（興福寺・春日社）の記録であることから、奈良で唯一の八幡宮である東大寺鎮守八幡宮（手向山《たむけやま》八幡宮）ではないかと推測されるのであるが、これを当時の史料から確認しておこう。『東南院文書』は中世の東大寺の院家で、東大寺関係の古文書を収めているが、その中に宝治三年（一二四九）三月、伊賀名張《なばり》新庄を東大寺に寄進した法眼聖玄の寄進状に、

> 兼乗播磨法橋当寺執行たるの時、夢見の様《やう》は、（中略）何様《なにさま》の事哉の由申さしむ。執行答へて云《いは》く、

とあり、さらに『東大寺図書館架蔵文書』の内に、元徳元年（一三二九）十二月の手搔会米《てがいえまい》請取状に、

白毫寺本堂（奈良市白毫寺町）

執行所（花押）

とあり、別に「執行朝舜（花押）」ともあり（この二つの花押は同じ）、鎌倉時代を通じて東大寺八幡宮に執行が置かれていたことがわかる。以上により聖親は、東大寺八幡宮の執行であったことが知られる。

白毫寺はどんな寺か

次にもう一人の下手人、妙智房の在籍した白毫寺は鎌倉時代に創立された、当時としては比較的新しい寺院である。寛元二年（一二四四）僧良遍《りょうへん》が白毫寺の草庵に於て『菩薩戒通別二受鈔奥書』を記したのが記録上の初見といわれ、その後有名な西大寺の叡《えい》尊《そん》がこの寺を再興し（『南都白毫寺一切経縁起』）、弘安二年（一二七九）には叡尊自身が当寺に於て教化を行ったことが、彼の自伝である『感身学生記《かんじんがくしょうき》』にみえている。従って鎌倉後期には一応の伽藍《がらん》は備わっていたとみられる。やや後年の史料であるが、長禄三年（一四五九）九月の記録に、

一、一乗院祈祷所白毫寺、絵所の者大乗院座の吐田《はんだ》筑前法眼重有相承《さうしよう》せしむ。

（『大乗院寺社雑事記』）

とあり、白毫寺は興福寺の三箇院家の一つ、一乗院の祈祷所となっており、一乗院系列の寺院であったことがわかる。

以上によって、為兼は南都の僧両人と〝一味〟として捕縛されたのであり、その嫌疑は南都（大和一国を支配する興福寺・春日社）に関する紛議であることが推測される。ここに於て、傍輩の嫉視や政敵の排斥による失脚説はその根拠を失うことになる。何故なら、単なる為兼個人への中傷によるならば、東大寺や興福寺関係の僧侶が一緒に捕縛される必然性はないからである。さてその南都の紛議とは一体何か。為兼の籠居が永仁四年（一二九六）五月、六波羅への拘引が同六年（一二九八）正月、佐渡配流が同年三月である。この間に、南都でどのような紛争・事件が起っていたのであろうか。

籠居の理由は南都の沙汰

ところで前述のように為兼の籠居は永仁四年五月だが、その前月の『略年代記』永仁四年四月条（為兼籠居の直前）をみると、

四月日、宗綱《むねつな》・行貞（二階堂）両人、関東より入洛す。南都の沙汰たりと云々。

とあって、幕府から二名の使者が入洛したことが知られる。四月のいつ上洛したか、『略年代記』では判らないが、春日若宮神主の中臣祐春の日記が内閣文庫に架蔵されており、その五月三日条に次のようにある。

(四)去月廿六日并びに廿八日、関東より使者入洛すと云々。五箇条の事、沙汰致すべしと云々。その内、南都の事、その沙汰を致さしむべしと云々。

（『春日若宮神主祐春記』）

興福寺　写真は東金堂と五重塔
（奈良市登大路町）

すなわち、幕府の両使は、四月二十六日と二十八日に相次いで上洛したのである。為兼の籠居はそのわずか十数日後のことである。このように、南都の紛議による幕府使節の上洛と、為兼の処分は一連の出来事として理解するのが自然である。つまり、「南都の沙汰」によって幕府使が上洛した十数日後に為兼の辞官閉居となり、その約一年半後、為兼は南都の僧侶二名と共に捕縛されたというのが、判明した事実である。すなわち、為兼の籠居も、六波羅拘引も、佐渡配流も、原因はただ一つ『略年代記』『祐春記』にいう「南都の沙汰」によるものであることが知られる。両統迭立で為兼が暗躍したとか、伏見天皇の討幕陰謀とか、傍輩の嫉視による讒口とか、すべて後世の牽強付会か、学者の誤解にもとづくものであったことがわかる。そこで以下、南都の紛擾について詳しく見ていきたい。

為兼と南都北嶺

ところで前章では敢えて割愛したことであるが、為兼の関係した政務で、南都北嶺等、寺社勢力に係わるものがある。早くに石田吉貞博士が、

当時の朝廷を悩ました正応四、五年の東大・興福・延暦等の諸大寺に関する紛擾などにも主として

当たっているのは為兼である。

と指摘されたそれであるが、正応五年（一二九二）の『伏見天皇宸記』によって、為兼の動向を年表風にまとめてみると、次のようである。

1・3　天皇、山門・南都の事を、為兼をして仙洞《（後深草）》および関東申次《（西園寺実兼）》に報告。
・4　天皇、為兼に「山門・南都」の事を命ずる。
・5　天皇、為兼をして幕府両使と問答させる。また為兼を関白邸に派遣。
・8　為兼に南都の事を問う。
・14　為兼をして「南北両京の事」を仙洞に報ず。
・15　為兼を関白邸に派し、昨日の院旨を伝う。関白の返答を仙洞に報じ、また院旨を関白に伝う。
・17　山門対策につき、為兼を仙洞に派し申し合わす。夜、山門側の返答を為兼が奏上。
・19　東大寺三カ条の訴を為兼が奏上。
・21　梶井門徒の訴二カ条を奏上。
・23　天王寺別当の件で奏上。
・25　禅助僧正に為兼を介し仁和寺宮以下の事を命ず。
・26　実兼、為兼に関東派遣の使者の件で関白に申入れ、また為兼、「南都北京沙汰事」につき天気を仙洞に伝う。

2・4　五壇法実施につき仙洞に申入れ。

3・13　実兼、関東への使帰着を為兼を以て奏上。

・21　東大寺の訴につき、為兼と別当問答す。

・26　関白、為兼を以て神木帰座を奏上。

以上を通観して気付くことは、南都北嶺等、寺社の紛議については、天皇・上皇・関白・関東申次の間を為兼が周旋していることで、それも主に天皇の耳目となって上皇以下の三者の間を奔走している。後年の南都伝奏・山門伝奏を兼ねた地位にあったことが知られる。要するに、これら寺社勢力の件では、為兼は廷臣の中で一定の責任者の地位にあり、事件が起れば責を負う立場にあったといえよう。

一乗院跡に残る土塀（奈良地方裁判所敷地内）

永仁の南都闘乱

さて、永仁年間に興福寺・春日社・東大寺等の諸寺社をまき込み、猖獗《しょうけつ》をきわめ、暴威を振ったため朝野を騒がせた堂衆・大衆（俗にいう僧兵）らの争乱事件は、すでに学界で「永仁の南都闘乱」と命名され、古くは永島福太郎氏、近年では安田次郎氏らによる研究がある。本書では主として安田論文（「永仁の南都闘乱」『お茶の水史学』三〇号）に拠りながら、その経過を概観し、為兼の干与の実態をうかがうことにしたい。

騒動の発端は、永仁元年（一二九三）十一月十七日、南都で最も重要な祭礼である春日若宮「おん祭り」の最中に、興福寺内で勃発した一乗院・大乗院両門跡方の大衆らの合戦であった。大和一国（現在の奈良県域）は頼朝以来守護が置かれなかった特別の国で、藤原氏の氏寺《うじでら》興福寺が守護権を代行し、事実上の摂関家の領国であった。国内の治安維持は衆徒国民《しゅとこくみん》と呼ばれた興福寺の堂衆（いわゆる僧兵）が当っていた。同寺の最高職は一乗院・大乗院の院家《いんげ》（両門跡ともいう）であって、摂関家の子

大乗院跡に建つ石碑（奈良市高畑町）

菩提院大御堂（興福寺境内）

弟が入室していた。従って両門跡の対立ということは、その出身貴族である摂家同士の争いでもあったわけである。折から一乗院門跡の覚昭《かくしょう》僧正（近衛家基＝当時関白の子）とその弟子信助（家基の末子）が「師弟向背」して対立し（従って近衛家内の骨肉の争いでもある）、信助に大乗院門跡慈信僧正（前摂政一条家経の弟）が加勢するという背景があった。そこに起ったのが、さきの若宮祭当日に於る合戦である。

大乗院と一乗院の対立

十七日の夜に入り、信助方（大乗院）は三条通を隔てた町方の菩提院《ぼだいいん》に引籠《ひきこも》ったが、二十日には一乗院側が菩提院を攻撃した。とりあえず京都からは探題の幕府兵が駆けつけたものの、調停に至らず、二十四日、再び合戦となった。死傷者は双方「数知れず」という。調停できなかったのは、兵力不足によるとみてか、翌十二月、幕府は畿内近国の御家人二十数名に動員令をかけ、十八日、「寺門警固」と称して幕府の軍兵が興福寺内を制圧してしまった。一乗院・菩提院内に僧徒らが構えていた城郭は自発的に撤去されている。

こうして小康状態を迎えたところに、翌永仁二年二月、幕府使節長井宗秀《むねひで》・二階堂行藤《ゆきふじ》が入洛して審理に入り、争いは六波羅の法廷に移った。法廷での対決は、師弟向背でなく、両門跡のあからさまな抗争の形となった。九月に出た幕府の裁断は、一乗院を非とし、覚昭は勅勘の上、流刑の処分が下された。この直前に、信助は十八歳の若さで病死したが、慈信の身には処分がなく「お構いなし」となったようである。この処置が、大乗院側に一方的に有利であるとみた一乗院門徒らは激昂し、春日神木《しんぼく》を山城木津まで押し立て、朝廷に処分撤回を求めて越年した。

永仁三年（一二九五）に入ると、法廷は鎌倉に移され、三月に下った幕府二度目の裁断は覚昭の流罪を宥免し、門跡への還任までは認めなかったが、九条家の覚意（前関白忠教の弟）を一乗院に入室させるというものであった。追っての沙汰に期待をつないだ一乗院門徒は、ひとまず神木を帰座させ、騒動はここに収まるかとみえた。

春日社頭の激戦

折から後深草上皇は十一月二十日、春日神社に御幸《ぎょこう》あって七日間参籠し、同月二十六日に還御《かんぎょ》となった。しかし、覚昭の門跡還任が実現せぬことにいら立っていた一乗院門徒らは、上皇が参籠している間も、春日社頭を占拠し続けていたのである。一方、大乗院側も拱手《きょうしゅ》傍観していた訳ではなく、秘かに反撃の機を狙っていた。二十六日早朝、上皇の還御を合図のように、大乗院門徒が一挙に社頭に乱入し、未曾有の大事件となった。まず『略年代記』によって、当日の状況を再現してみよう。

春日大社楼門（社頭）
（奈良市春日野町）

十一月廿日太上（後深草）法皇当社に臨幸す。（中略）廿六日還御、爰《ここ》に還御の御時剋をあひ伺《うかが》ひ、勇士（大乗院方）ら甲冑《かっちゅう》を帯び社壇に乱入の間、惣衆徒（一乗院方）ら防戦の処、忽《たちま》ち両方疵《きず》を被《かふむ》り命を失ふ者これあり。なかんづく楼門内に於て一人

春日大社本殿

打たれ畢《をは》んぬ。東大寺中門堂衆順勝大法師と云々。これ乱入方の輩なり。

このように、上皇還御を今や遅しと見計《みはから》っていた大乗院衆徒は、社頭になだれ込んで、防戦一方の一乗院門徒を攻撃、負傷多数の中で、東大寺僧順勝が春日社の楼門内で戦死した。

春日神体の移座分置

ここに社頭が流血の穢れとなった訳だが、騒動はさらに拡大していく。乱入した連中の一部は、本殿の扉をこじ開けるに至った。

結句三四御殿の御正体《みしやうたい》、（大乗院）勇士らこれを取り奉《たてまつ》り、放光院に安置し奉り了《をは》んぬ。一二御殿の御正体并《ならび》に若宮の御正体は、（一乗院）惣衆徒これを取り奉り、金堂に入れ奉り畢《をは》んぬ。但し祭礼の時出さしめ給ふ若宮御体并に一二御殿の脇御《わきみ》正体等、放光院衆徒同じくこれを取り奉ると云々。社家中に於ては、陣記録ありと雖《いへど》も、当時風聞《ふうもん》の分、大概かくの如し。凡そ神護景雲二年当山に御影向《ごやうがう》の後、未《いま》だかくの如きの例を聞かず。（中略）実に天下の安否、一宗の盛衰、この時に在るべき哉而已《やのみ》。

春日社本殿は一～四の四殿から成るが、第三、四殿の神体（鏡）を大乗院側が奪取し、放光院（興福寺の塔頭か）に移した。一、二殿の神体は一乗院側が確保して金堂（興福寺東金堂か）に安置したが、春日社の四神体が移座された上に分置状態となったのは、奈良朝の本社創立以来、前代未聞のことで、朝野を震撼させることになった。

京都での騒ぎ

この事態の重大性を示すため、『実躬卿記』によって京都の驚愕ぶりを伺うことにしたい。

酉刻《（廿六日）》上皇還御、即ち内裏に召さるゝの間、馳せ参ずるの処、一類《（大乗院）》山徒として、今朝還御の後、社頭に乱入し、神木を撤《てつ》し遷座するの間、当任《（一乗院）》衆徒社頭を警固するの間、忽ち以て合戦、社頭流血に触穢《しょくゑ》す。凡そ言語道断の珍事の由、寺務顕光僧正馳《は》せ申す。長者宣を帯《たい》し為行朝臣馳せ参ず。急《いそ》ぎ武家に仰《おほ》すべきの由、直《ちか》に御前に召され仰せ下さるゝの間、即《すなは》ち綸言を書く。先づ叡覧に備ふ。急ぎ前相国《（実兼）》の許に遣はし了んぬ。先代未聞の珍事なり。

この日（廿六日）夕刻、南都巡礼を終えた後深草法皇が仙洞に戻った。これより先、興福寺別当の顕光から急報があり、南都の騒擾を告げてきた。蔵人頭実躬は天皇より喚び出され、とくに御前に召されて「急ぎ武家に仰すべし」つまり幕府に急報するよう、親《した》しく命ぜられたのである。実躬は畏《かしこ》まって綸旨（幕府宛の）を書き、申次実兼のもとへ送った。次は翌日の日記、早旦、関白（家基）南都に参《まゐ》らる。闘乱間《あひだ》の事申し入れらるゝ歟。社頭触穢の上、凶徒のため撤し抑留し奉るの間、神鏡金堂に遷座の由風聞。然れども寺務（別当顕光）未だ執奏せずと云々。凡そ珍事至極。歎くべく悲むべく、不可説《ふかせつ》の事なり。

為兼、伝奏として干与

こうして事件の概略は関東へ急報されたが、十二月四日には再び実躬が参内して幕府へ伝達する綸旨を草した。内容は「猶寺辺を警固すべきの由」、つまり幕府軍兵による寺内制圧を依頼するものであった。さらに追いかけて、十二月十二日、幕府へ綸旨が下されることになった。実躬の日記は、

入夜武家使者三人、今出川前相国（西園寺実兼）の状を持ち来る。南都間の事問答。使者申詞《まうしことば》これを記し了んぬ。即ち（実躬）布衣を着し公卿の座に居る。件《くだん》の使者各《をの〳〵》中門廊に在り。景盛《かげもり》・康通《やすみち》らと云々。即ち参内、権中納言為兼事の由を奏す。即ち関東に申さるゝの綸旨、前相国の許《もと》に書き遣《つかは》すべきの由、勅定あり。

この時の綸旨発給の手続きは、本来の形に戻ったらしく、為兼が伝奏として、蔵人頭実躬と天皇との間に介在し、取り次いでいることが知られる。前の正応五年（一二九二）の『伏見天皇宸記』で見たように、為兼は依然として寺社伝奏の地位にあったと見てよいであろう。

こうして神体分置事件の騒動は鎌倉へ伝えられ、幕府では翌永仁四年（一二九六）二月頃より評定が行なわれ、当面の処置として「五箇条」の申し入れが朝廷に対して行なわれた。そのうち一カ条が、実質〝南都伝奏〟であった為兼を、騒動の一半の責任ありとして籠居させるというものであったとみられる。同年九月、この事件に対する関東の裁断が下った。それは、

去年十一月社頭合戦の事、門主（大乗院）その科遁《とがのが》れ難し。早く改補せらるべきの由、九月十六日関東執奏の間（『略年代記』）

とあるように、大乗院慈信は勅勘の上更迭、一乗院覚意も改補された。いわば喧嘩両成敗である。加えて興福寺の〝穀倉〟といわれた大荘、越前河口庄《かわぐちのしょう》が大乗院から召上げられて東北院に付されることになり、この処分が大乗院方の学《がく》侶《りょ》・六方《ろっぽう》という堂衆（僧兵）をいたく刺激し、彼等は鬼薗山《きえんさん》城に蜂起し、十一月十四日には放光院の衆徒と連合して一乗院方の拠る大湯屋《おおゆや》（大浴場）を攻撃、合戦となった。東光院・僧正門・大湯屋矢蔵《やぐら》が炎上した。翌々月、幕府軍兵が「雲霞《うんか》の如く」南都に入り、再び寺門警固と称して寺・社（興福寺・春日社）を

大湯屋（興福寺境内）

制圧した（『春日若宮神主祐春記』）。

一乗院、蔵人宿所を襲撃

さて改補されることになった大乗院門跡の後任は、迂余曲折を経て、永仁五年（一二九七）正月、慈信の愛弟子で一条家経の末子尋覚《じんかく》が選任され、河口庄も尋覚に返付されることになった。これでは一条家出身の慈信は殆んど痛手を受けなかったに等しい。一方一乗院の新門主は近衛家から取上げられ、前関白鷹司基忠の子良信に補任された。両成敗で進んだ筈の処分が、外見上は一乗院のみ罰せられた形となり、この措置を偏頗《へんぱ》とした一乗院衆徒らを憤激させた。『略年代記』の伝えるところは次のようである。

（永仁五）正月七日大乗院門跡并に御願検校職（河口庄を含む）、一条□□□に付せらるべきの由、関東執奏と云々。これに依つて、寺中（一乗院）衆徒欝憤《うつぷん》の余、神人を職事信忠《のぶただ》朝臣の宿所に付し、悉《ことごと》く破却す。

このように、一乗院側は綸旨を携帯して南都に下った蔵人信忠の宿所を破却するという挙に出たのである。表面上は綸旨への不敬であるが、実質上は、処分を決めた幕府への侮辱に他ならず、これに硬化した幕府は、

六月十四日、信忠罪科の事に依り、武家敵対と称し、地頭を一乗院領に補し了《をは》んぬ。（『略年代記』）

と、武家敵対すなわち謀叛行為とみなして、一乗院の荘園にことごとく地頭を設置し、大弾圧に出た。幕府のこの強硬策に、さしもの衆徒・国民らも恐れをなし、永仁五年八月、春日の御正体は二年ぶりに本社本殿に帰座、十月十八日には一乗院領の地頭は廃止された。四年に及ぶ争乱はここに一まず幕を下ろすことになったのである。

幕府の硬化

幕府は騒動を徹底的に根絶する方針で臨み、一乗院領地頭設置と併行して、堂衆らの処分を評議したと思われる。処分の範囲は、大乗院に加勢して再三八幡神輿を動かし、京都の政務まで乱した東大寺の執行らにも及ぶことになった。こうして、翌年正月、為兼・聖親・妙智房の三人が六波羅に拘引されることになったのである。聖親は東大寺神輿の動座と、神体別置事件に東大寺衆徒として加担した責任、妙智房は白毫寺が一乗院系列の寺院であることから推して、恐らく信忠宿所破却の咎であろう。

事件が、神体別置のみで鎮静化しておれば、為兼は配流まではされなかっただろう。騒擾がエスカレートして「武家敵対」まで進んだ以上、朝廷側の責任者として、誰かの首が差出される必要があった。かくて騒乱の間中、一貫して南都伝奏の地位にあったとみられる為兼が、廷臣中の処分のヤリ玉に上ったのである。伏見天皇は恐らく断腸の思いであったろうが、幕府の強硬方針に、忠臣為兼をかばい切れなかったものと思われる。また佐渡遠島の処分も、武家敵対＝謀叛の科としては、先例に照らして当然と認識されたものであろう。

3　佐渡流人行

京都を出立

永仁六年（一二九八）三月十六日、為兼は佐渡へ護送されることになり、京都を出発した（『一代要記』ほか）。為兼ときに四十五歳の壮年であった。『本朝通鑑』に従ってこの日を鎌倉出発の日とする研究者もあるが、前述のように同書は信用できる史料とはいえず、筆者はこの説は採らない。離別に当って為兼は「遠国に移りけるに別《わかれ》を惜しみて」と題し次のように詠んでいる。

いく日月幾山川を隔つとも
　忘られぬべき雲の上かは
（『拾遺風体和歌集』）

また先述のように、護送の途中、「駅の次《ついで》を以て関東へ訴へ申す」（『延慶両卿訴陳状』）とあるから、鎌倉へ送られ、そこで幕府の吟味を想定する『本朝通鑑』の説はいよいよ怪しい。また『佐渡志』によると、為兼は越後の名立《なだち》なる在所で次の歌を詠んだとある。

都をばさすらひ出でて今宵《こよひ》しも

浮き身名立の月を見るかな

名立は頸城《くびき》郡で、越中に近い日本海沿岸の地である。鎌倉から佐渡へ赴く場合は通過することが考えられない経路であり、かたがた鎌倉経由説は成立しないと確認できる。

配流の道行を尋ねて

私は、為兼配流の跡を尋ねるため、六月の梅雨のさなかに、越後寺泊《てらどまり》（現新潟県三島《さんとう》郡寺泊町）へ向った。以降は、筆者の旅行の記事を兼ねて、為兼の配流を追体験したものであることをお断わりしておく。長岡で上越新幹線を下車し、越後交通バスの寺泊大町行に乗り換える。バスは長岡市街地を北上、西へ折れて信濃川を渡り、米どころとして知られる見事な水田地帯に入る。田植え後の稲の葉が目にしみる。やがてバスは信濃川の堤防上を下流へと進む。川幅は一キロ近くあろうか、満々たる流水で、おびただしい水量である。恐らく放水路（今は大河津分水路という）手前の可動堰でせき止めているのであろう。やがて堤防を離れ、JR越後線をまたぎ、ほぼ直線に日本海へ出る。約一時間で寺泊大町のバス停に到着。夕刻迫るので、時間を惜しみ、旅館へはあと回しにして、聚感園《しゅうかんえん》へと向う。バス終点から二、三百メートル北上して右手山側に白《はく》山媛《さんひめ》神社があり、その脇、海を臨む丘陵地に聚感園がある。ここは平安時代以来の土豪、菊屋五十嵐氏の屋敷跡で、京極為兼は風待ちのため、当地（菊屋邸）に一カ月余も滞在し、徒然の余、築庭を指導して京風の庭をつくり、今の聚感園公園はその名残りと伝える。順徳上皇もここで風待ちした。ともかく、当時佐渡へ赴く者はみな、この菊屋邸の世話をうけたことになっている。

聚感園（左は為兼・初君歌碑，新潟県寺泊町）

遊女初君《はつきみ》との相聞歌

園内で一番大きな石碑は、山に向って左手奥にあり順徳上皇行在を記念したもので、それに対し左手前に、高さ二メートル、花崗岩製の「為兼・初君相聞歌」の碑が立つ。地元の「藤原為兼と初君相聞歌をしのぶ会」によって設立されたものである。初君とは寺泊の遊女の名で、為兼との相聞つまり歌のやりとりというのは、『越後名寄』や『北越雪譜』に記されていて、古来当地では有名なエピソードであった。初君は為兼の身の回りの世話をしていたらしいが、出立に当って為兼が、

逢ふことを又いつかはと夕《ゆふ》だすき
　懸けし誓ひを神に任せて

と詠んで彼女に贈ったのに、初君が、

物思ひ越路の浦の白浪も
　立ち返《かへ》る習ひありとこそ聞け

と返歌したものであるという。これが事実とすれば、初君の歌はまことに堂々たる詠みぶりであり、格調といい為兼の歌を凌《しの》ぐのではないかと思われる。そして、この初君の一首は為兼によって記録に留められ、後年、勅撰の『玉葉和歌集』が編まれたとき、

為兼佐渡国へまかり侍りし時、越後の国てらどまりと申《まうす》所にて申しおくり侍りし

物思ひこしぢの浦のしら浪も
立かへるならひありとこそきけ　遊女初君

として載せられているのである（『玉葉集』巻八「旅歌」）。これによって、為兼が寺泊に滞在したことと、遊女初君との相聞は事実であったことが確かめられるのである。為兼の歌が前途の不安と絶望から、いかにも心細げなのに対して、初君の歌が「立返る習」を強調して、赦免の可能性もある、絶望するなと、激励しているように受け取れる点が私には大変興味深い。初君の歌才と教養がしのばれるわけであるが、彼女も為兼に出会ったおかげで、遠辺地の遊女の身ながら、勅撰に入る栄誉を手に入れることができたのである。

越後第一の逸事

右のエピソードは、江戸時代の作家鈴木牧之《ぼくし》によって「越後第一の逸事とす」と称揚せられ（『北越雪譜』）、初君の名は寺泊では誰知らぬ者とてない有名人となっている。

さて聚感園には、相聞歌碑の横に掲示板があり、「推薦短歌」として当地を訪れた歌人俳人による秀歌秀句の懐紙を貼りつけてあった。その中で、

初君の歌身に染《し》むるこの秋ぞ
　変らぬものに石蕗《ふき》の花の黄　芳水

の吟が目を引いた。京都市中や嵯峨では、為兼の名などまるで注目されていなかったが、ここ北越の地では大変な扱いで、地下の為兼卿もあるいは苦笑しているかも知れない。この日の天候は梅雨模様で、薄日がさすかと思えば急に降ってくるというあわただしさで、写真撮影も苦心させられたが、日は傾くので切り上げ、北方の〝初君橋〟へと急ぐ。橋は放水路の河口と寺泊街衢《がいく》との間にあり、用水路である新島崎川を国道四〇二号線がまたぐ地に架けられた鉄筋コンクリート製の短いものである。恐らく「初君橋」の命名は戦後それも最近ではないかと想像される。橋上では二組ほど太公望が川面に糸を垂れていた。為兼に因んだ名が橋にまでつけられているとは、ここに来るまで思いもしなかった。

寺泊の初君人気

寺泊は、幕末に新潟港が開かれるまで、北越最大の港町であり、佐渡へわたる航路の出発点として、また北前船の重要な港として、江戸時代を通じて繁栄した。江戸幕府に任命された佐渡奉行も、ここから佐渡南岸の赤泊《あかどまり》へ出航するのが例であったという。港

の起源も古く、律令制下の国津《くにつ》（国ごとに指定された港湾）にまで遡るという。北前船時代の繁栄を伝える〝船絵馬〟は国の重要民俗資料に指定され、白山媛神社の収蔵庫に展示されているというが、残念ながら拝観の時間がない。初君橋から寺泊港の近くにある今宵の宿泊所へと戻る。午後六時になると、「海は荒海　向うは佐渡よ」の文部省唱歌〝砂山〟のメロディーが、町中に拡声器で流れる。私には小学校時代の追憶につながる懐しい歌だが、佐渡へ渡る為兼の心境を思いやると、複雑な気持である。国道の左手には、〝魚のアメ横〟として近年有名になっている魚市場が並び、店仕舞に忙しい。かつて水上勉さんの随筆で読んだのだが、この寺泊では、冬の寒い日、余ったズワイ蟹を釜ゆでにして、道ゆく人々にタダで振舞っていたと書かれていたと記憶するが、果して最近はどうか。いずれにせよ今はカニの季節に非ず、ちょっと残念である。

宿に着いて部屋で一服していると、配膳の女性が、どこから来たか、何の用かとしきりに尋ねる。曖昧に受け流していると、筆者のカメラを目ざとく見つけ、「写真の御趣味ですか」という。面倒臭くなって、正直に為兼と初君の故事を調べに来た、と申すと、得たり畏《かしこ》しとばかり、一しきり初君の遺跡について喋り出した。そのうち良寛の話になり、ウンザリしていると、向うでも「良寛さんには御興味ありませんか」と気付き出した。ともかくも、地元での初君の人気に驚かされた次第であった。

佐渡へ渡る

翌朝、再び聚感園を訪《おとず》れ、写真を撮りなおす。港へ出れば、佐渡汽船の出航まで二十分余。切符を買い求め、渡航書に記入して出港を待つ。大型バス数台を収容すると

日本海（新潟県・五ヶ浜より佐渡を望む）

いう中型のフェリーである。九時五〇分寺泊を出航、西北方に向って日本海へこぎ出す。曇天で時折小雨ちらつき、甲板へ出れば肌寒い。国上山、弥彦山の山塊を右手に、船は荒海に乗り出していく。二等船室の床に横たわると、ゆれが激しい。私は佐渡はこれで二回目、他に隠岐へ二回渡ったことがあり、都合四度の渡海では、今度のゆれが最も大きい。為兼の渡海は如何であったか。当時の航海技術から考えて、恐らく晴天のないだ日を選んだと思われるので、恐ろしい目には遭わなかったろうが、彼はこの以前と言えば、鎌倉へ一度長期の旅行をしたのみだから、渡海は初めての経験であったろう。

赤泊へは二時間の予定。船中の徒然に、カウンター備えつけのパンフレット類を求めて読む。『佐渡　民俗文化』と銘打った数頁のパンフに「神社・仏閣探訪」の頁があり、これから訪れる予定の赤泊の禅長寺が載っている。記事は以下の如し。

京極為兼が佐渡へ流されたとき、往復の旅宿であったといわれる寺がここ。為兼ゆかりの遺物が保存されています。

とある。どうも思わせぶりの書き方だ。恐らくもとの形は、「往復の旅宿」ではなく、島での〝滞在地〟であったに違いない。それが、近年有力な異説（後述）が唱えられ、到着時と出発時に一時的に滞在したにすぎない「往復の旅宿」に変えられたと思われるのである。

赤泊に着く

船は程なく、佐渡東南海岸の中央に位置する赤泊港に接岸した。すぐ側まで山が迫り、海岸にへばりついたような狭い町（現新潟県羽茂《はもち》郡赤泊村）である。それでも町の東側に城が浜海水浴場があり、盛夏には賑わうらしい。佐渡奉行着岸の港として入江の奥に奉行の〝御座《ござ》船《ふね》〟の模型が展示されている。

昼食を省略して禅長寺を目指す。見当をつけて西南の小木《おぎ》方向へ数分、右手に登り口の車道が分岐しており、十分程歩いて寺に着いた。しかしこれは実は入り口を間違え、大きく車道を迂回して辿り着いたので、徒歩ならもっと短い参道があったのだ。寺は無住に近い荒れた感じで、とりあえず山門と本堂を撮影して辞去。よく見ると山門から東南方向に急坂を石段がまっすぐ町の方に続いている。急な石段を降《くだ》ると、一分も経たぬ内に赤泊の通りに到着した。ところが入り口に表示がないので、先程見のがしたのである。参考のために禅長寺の参道の取りつきを申し上げると、大通り（国道三五〇号線）にバス停があり、少し西南寄りに赤泊郵便局がある。その手前道路右側に「飯店優遊」なる中華料理店があり、その角を山側へ入ると、参道の石段に取りつく。

禅長寺の伝承

ところで、佐渡に伝わる地誌類には、禅長寺を為兼佐渡在島時代の寓居、あるいは配所（滞在地、幽居地）としたものが多い。『佐渡国略記』には（『佐渡風土記』もほぼ

同じ)、

毘沙門堂為兼卿、(中略)当国エ流罪有テ赤泊村禅長寺ニ住玉《すみたま》イ年月ヲ送ラレシ

とあり、『佐渡志』には、

冷泉《(ママ)》大納言藤原為兼卿流さる。(中略)此国におはせし程読玉《よみ》ひしと云ふ歌あり。(中略)本紙は宇治の宝庫に納めたりと云ひ伝へて此国に写せるものは羽茂郡赤泊村禅長寺に古く伝はりたる由(中略)彼の禅長寺は旅館の跡なりといへり。

禅長寺　山門より本堂を望む(新潟県赤泊村)

とあり、『佐渡名勝志』には、

赤泊村の禅長寺に謫居《たつきょ》、

とあり、いずれも禅長寺を為兼の寓居としている。他に『佐渡雑誌』『佐渡風土記稿』も同様である。

世阿弥の記録

ところが、為兼の配所が禅長寺ではないことを明白に示す史料が明治末年（一九〇九）に吉田東伍《とうご》によって紹介された。吉田は、一介の鮭捕獲業者から彗星のように歴史学者に変身したという立志伝中の人物で、後年、早稲田大学の教授になった。それはともかく、吉田の紹介した史料というのは、かの『世阿弥十六部集』のうちの一つ、『金島書《きんとうしょ》』（金島は佐渡の意）である。これは世阿弥元清の息観世元雅《かんぜもとまさ》が謀叛人越智維通《おちこれみち》（大和の土豪）に内通したのを怒った将軍義教によって元清が晩年佐渡に配流となった道行《みちゆき》を小謡集《こうたい》として編んだもので、そのうちの「時鳥」の章が為兼の配所のことを述べている。少し長いが、以下に全文を掲げよう（世阿弥配流の原因については、拙稿「世阿弥佐渡配流の背景について」『芸能史研究』一四一号）。

時鳥《ほととぎす》

さて西の方を見れば、入海の浪白砂雪を帯びて、みな白妙《しろたへ》に見えたる中に、松林一むら見えて、ことに春六月の気色なるべし。この内に社頭まします。八幡宮勧請《くわんじやう》の霊祠也《なり》。されば所をも八幡《やはた》と申《まうす》。敬信のために参詣せしに、爰《こゝ》に不思議なる事あり。都にては待ち聞きし時鳥、この国にては山路は申におよばず、かりそめの宿の木末、軒《のき》の松が枝までも、耳かしましきほどなるが、この社にてはさらに鳴く事なし。これはいかにと尋ねしに、宮人申《みやびとまうす》やう、これはいにしへ為兼の卿《きやう》の御配処也。ある時ほとゝぎすの鳴くを聞き給《たまひ》て、

鳴けば聞く聞けば都の恋《こひ》しきに

この里過ぎよ山ほと、ぎす

と詠ませ給しより、音《ね》を止めてさらに鳴く事なしと申《まうす》。げにや花に鳴く鶯、水に住む蛙《かはづ》まで、歌を詠む事まことなれば、ほと、ぎすも同じ鳥類《てうるい》にて、などか心のなかるべきと覚えたり。落花清く降りて、郭公《くわつこう》はじめて鳴き、名月秋を送りては、松下に雪を見ると、古き詩にも見えたれば、折を得たりや時の鳥、都鳥にも聞くなれば、声もなつかしほと、ぎす。ただ鳴けや〱《なけ》老の身、われにも故郷を泣くものを、〱《われにも》。

このように、『金島書』では為兼の配所を八幡としている。世阿弥配所の新保（『金島書』による）の位置からして、この八幡は今の佐和田町八幡に違いなく、真野湾の最も奥まった海岸近くに位置する。赤泊の禅長寺とは山を隔てた反対側に当る。為兼の詠んだという時鳥の歌は、たたみかけるような調子といい、語のかかり具合といい、佐渡在島中の名歌といってよいだろう。

時鳥の歌に関する疑問

ところが、この為兼の歌について、作者は本当に為兼なのだろうかという疑問も出されている。石田吉貞博士は、

しかしこの歌は「風のしがらみ」「そしり草」などにも出ていて、為兼の歌であるかどうか疑わしい。

と述べられている。『風のしがらみ』は備前岡山藩老臣の土肥典膳が安永二年（一七七三）に著した随筆で、江戸前中期の御製等を採録したもの。問題の個所は、

後陽成帝の第九の宮　良純《りやうじゆん》　法親王たはれ（戯）たる御行どもありし故にや、下総国へ遠くうつし参らせて、古川城辺黒袴村といふ所に庵むすび以心庵と称して住せ給ふ。こゝは郭公《ほとゝぎす》多くありて、四五月の比《ころ》に絶ずなき渡りけるを聞給ひて、都こひしく思召て、

なけばきくきけば都の恋しきに
　　此里すぎよ山郭公

とよませ給ひけるより、後は此黒袴村の中をかぎりて郭公なく事なしと、其里の民の物語なりとて人の又かたりし。末世なれども皇統のなみならぬことたふとく覚《おぼへ》し。寛文九年の秋六十六にて薨去ありしとぞ。

というもので、江戸初期に皇族が下総へ流された折の話としている。次に『そしり草』は風来山人平賀源内の作とされていた（実は馬場文耕《ばばぶんこう》の作という）随筆で、史上の誰彼を非難した作品だが、その一つ「泰時」の条に、

又後鳥羽院配所より郭公の御歌に、

なければ聞くきければ都の恋しさに

此里出《いで》よやまほと、ぎす

斯《かく》御製有《あり》しより、此所には郭公鳴ざるよし。（中略）情なき鳥虫すら、天子の御歌に感じて声を発せず。泰時御歌に感ぜざるは、鳥虫にだにも劣れり。

とあり、ここでは何と、鎌倉時代の後鳥羽上皇の作としている。以上のことから、〝時鳥〟の歌は、「配所の詠歌」として江戸中期には広く知られており、後鳥羽上皇とか、良純親王等に仮託されて流布していたことがわかる。たしかに、為兼作が伝わらず、天皇や皇族の作に変えられている点は問題で、石田博士の疑念も尤《もっと》もだが、私はこれを以てあながち為兼の作を否定するには及ばないと思う。その理由は次のようである。

金島書の信憑性

世阿弥の伝書は、表章《おもてあきら》氏等の研究によれば大和の越智観世家を経て家康や細川幽斎・織田信忠らに転写されていた（表「世阿弥と禅竹の伝書」）。一般には「世に出る事なく、能の家々にもっぱら秘蔵されていた」のであるが、転写の過程で為兼の歌が余りに流謫《るたく》者の心情を表わしているので珍重され、時鳥の歌が一人歩きすることも有り得たと考えるのである。為兼の作歌とするよりも、後鳥羽上皇ら皇族の詠歌とした方が俗耳に入り易かったのであろう。さらに『金島書』の内容を見ると室町時代の地理・紀行として極めて正確で、世阿弥の作を疑うべき理由が見当らないからでもある。以上によって、私は『金島書』の内容を事実と見ることは妥当であり、為兼の配所が佐和田町の八幡社近辺であったと結論するのである。

ただし、世阿弥の叙述が真実を語ったものであっても、八幡の宮人（神主）が世阿弥に真実を語ったと迄は言えまい、となす向きもあろう。そこで、八幡配所説（従って赤泊配所説の否定）をもう少し補強しておきたいと思う。まず、日蓮にしても、日野資朝《すけとも》にしても、世阿弥にしても、有名な流人は、佐渡の東南岸に上陸はしている（日蓮は松崎、世阿弥は多田）が、山を越えて真野や新保等、島の中央部に送られていることである。これは守護所つまり守護本間氏の拠点が中央部にある上、沿岸部では逃亡の恐れもあり、管理に行き届き不便であったからであろう。

配所は八幡が有力

次に、為兼の在島中の動静を追ってゆくと、八月十五夜に「国守元義」すなわち守護本間元義の主催した歌合に招かれて詠んでおり（後述）、守護所へ赴いたことが知られる。本間氏の守護所は国府川の中流域にあったといわれ、赤泊とは余りに隔たりすぎている。また同じく『為兼卿集』に、九月十三夜に「畑《はた》といふ所」で観月の吟を詠じたことがみえ（後述）、この畑は今の畑野に相違あるまいから、赤泊から簡単に行けるような場所ではない。八幡の配所であれば、守護所・畑とも小一時間で届く距離であり、彼の配所はやはり八幡が有力であるとみられる。従って、禅長寺で為兼が名号歌（なむあみだぶつ等の名号を一字ずつ各句の頭に置いて詠んだ和歌）を作ったことが仮に事実であるとすれば、それは恐らく、赦免されて離島の直前に、赤泊で風待ちのため滞在していた時のこととすべきであろう。ただし、『為兼卿集』の名号歌の前書に、此歌によりて嘉元二年に都へめしかへされ給ひ侍《はべ》り。自筆をば後に宇治の宝蔵にこめられしとなん。

とあり、名号歌が都、あるいは鎌倉に聞えて赦免がかなったことになっている。これは疑わしいけれど、或いは名号歌は八幡で詠まれ、帰途、赤泊の禅長寺にも写しを書き残したので、それが禅長寺に伝わったことは有り得るかも知れない。私は彼の赦免は、名号歌のためではなかろうと思う。——閑話休題。

佐和田へ向う

さて、為兼配所の考証が長くなったが、話を私の紀行文に戻す。赤泊から、二時半のバスで山越えで佐和田《さわた》（八幡《やはた》）へ出る予定であったが、バスの時間を調べてみると、小木《おぎ》へ出て、小木から佐和田行に乗り換えた方が早く行けそうなので、午後一時過ぎの小木行バスに乗る。乗客は終点まで私一人。日曜日の昼下がりとはいえ、少々驚く。バスは海岸沿いに一路西南方向に進む。砂浜は殆んどなく、断崖が海に迫った荒々しい景観で、それでも自然はよく残っている。松食虫のためか、酸性雨のせいか、所々、白骨のように松の枯木が目立つ。野崎鼻を過ぎると、小木迄の海岸、いわゆる〝越《こし》の高浜〟が一望に見渡せ、小木の町並が望まれる。三十分余で小木に到着。ここは直江津行カーフェリーの出航地で、「たらい船」が名物。夏はやはり海水浴客で大変賑わうところ。待合室をのぞけば、朱鷺《とき》にちなんだ菓子、グッズ類が夥《おびただ》しい。

待つこと二十分余り、二時過ぎに佐和田行のバスに乗る。今度は乗客は十人程。バスは一旦赤泊寄りの大橋まで戻り、そこから海岸を離れて北転し、山間部に入る。羽茂《はもち》本郷から高さ二百メートル程の丘陵を越え、小泊という西側の海（真野湾の南方、外三崎）ぞいの集落に出る。今日は幸い雨は降らず、薄曇りで天候はまずまず。鉄砲鼻をこえると真野湾を一望する地点に出る。世阿弥が「入海の浪白砂雪を帯び」と叙した真野湾で、八幡から佐和田一帯にかけては今も白砂青松の海水浴場である。左手に越の長浜を望み、程なく塩屋崎の鼻を曲れば豊田、そして真野新町の町並に入る。南方山手に順徳上皇の火葬塚がある。地元では真野御陵と称しているが、遺骨を葬った本陵は、京都市左京区大原の、三千院の北隣地に、後鳥羽上皇陵と並んで位置する。

八幡社を訪う

国府川の橋を渡ると右手に佐渡博物館、道は直角に転じて西北方へ進み、八幡学校前というバス停で下車する。これは予《あらかじ》め『新潟県歴史散歩』なるガイドブックに、「その配所は八幡で、八幡小学校わきにある八幡社」とあるのを読んでおいたのに従ったもの。また『定本　佐渡流人史』（郷土出版社）にも、田中圭一氏の執筆で「京極為兼」の項があり、八幡宮の写真も掲げられているのだが、在所は「八幡市街地の中ほどに位置」と書かれているだけなので、『歴史散歩』を読んでいなければ神社を捜すのに骨が折れたかも知れない。八幡社は小学校グランドより農道を隔てた北側であった。鳥居と社殿は、田中氏執筆の前掲書写真の通りであり、ひとまず安心。為兼の謫居地は、恐らく社家の祠官《しかん》の屋敷地の一部であったと思われるが、田中氏も「このあたりのどこに為兼が謫居したかは特定が難しい。」と書いておられるので、周辺景観の写真に収めて満足する。

この八幡社は、中世は社僧が管理していたようで、正応二年（一二八九）の別当僧補任状《ぶにんじょう》が残って

八幡社　為兼配所趾（佐渡郡佐和田町）

ほととぎす不啼の里歌碑（佐和田八幡社）

おり、為兼の世話は恐らくこの年任じられた別当僧が沙汰したと思われる。この社前は、戦前立てられた「郷社　八幡神社」の石柱があり、郷社の二字は塗抹されているが、今は無住の小社にすぎない。しかし中世は前述のように別当僧が居り、さらに戦国期の永正二年（一五〇三）の請取状《うけとりじょう》にも四七石四斗の御供田を所有していたとあり、「中世以来の大社」（田中前掲「京極為兼」）であった。世阿弥の『金島書』を想い出して、社叢の奥に入って耳を澄ましてみたが、鶯の声はしきりにするものの、時鳥の鳴き声はついに聞かなかった。しかしそれは為兼卿の歌の所為《せい》ではなく、大体私が佐渡に上陸して以降、時鳥の声は全く聞かなかったから、時鳥そのものが世阿弥の頃より激減していることは確かである。

順徳天皇の御製

ところで時鳥に因《ちな》んで特筆すべき石碑が、表道路（国道三五〇号）の草むらに立っていた。横に「ほととぎす不啼の里歌碑」と木の看板が立っている小ぶりの高さ一メートルに満たぬ碑である。碑には上下二段に歌が彫られ、上段には例の「鳴けば聞く」の歌だが、何と順徳院御製となっており、下段は為兼作として、

聞く人も今は無き世ぞ時鳥
　　誰を忍びて過る此里

なる歌が記されている。さすがに呆《あき》れ、誰がこんないたずらをしたかと、裏へ回って奥書を見た所が、

昭和三十年夏
　八幡村岡太三郎建之

とあった。『そしり草』『風のしがらみ』とこの碑とで、都合三度、為兼卿の歌が天皇や皇族の歌に改

竄されていることになる。これでは世阿弥も為兼も浮かばれまいと、二人に同情を禁じ得ず、また種々考えさせられた。

佐渡での詠草

為兼はこの八幡の寓居に落着いたのち、人も訪れ来ず、手紙も来ぬわびしさを次の二首の歌に托した。

さることありて佐渡といふ国へまかり侍る時よめる

とどめ得ぬ身を浮草のと計《ばかり》も
　思《おも》ほえず行く水の白波

いにしへの雁に伝へし玉札《たまづさ》の
　たまさかにだに音信もなし

（『入道大納言為兼卿集』）

さて私は、撮影も済んで今宵の宿所である佐和田町の窪田へ向った。八幡の町並を抜け、石田川を渡り、左手、浜の方へ出る。〝雪の高浜〟と呼ぶ美しい砂浜が続いている。為兼は監視人つきで浜辺に出ることもあったらしい。次のような歌が遺されている。

同国(佐渡)に侍りし時

身の程に海士《あま》の業《わざ》さへ知られけり

辛《から》き塩焼き世を渡るとは
荒海の如何なる魚《うを》のゐそ(餌カ)と身を
なさばや思ふ比《ころ》も忍びし
(同右)

都にある頃は、庶民の生活など関心の外であったと思われるが、佐渡に来て無聊《ぶりょう》の余、漁民の生業と我が身を引き比べるという、思いがけない歌境を開いたのである。

博物館と檀風《だんぷう》城趾

翌朝、佐和田の越後交通バスセンターより乗車して、再び昨日の八幡社に立寄る。昨日は気付かなかったが、小学校グランドの角に道祖神の碑(道標)をみつけ、社叢を背景に写真を撮る。ついで佐渡博物館に向う。月曜なので或いは休館かと案じたが、幸い開館しており一巡。売店で本間嘉晴氏著『日蓮と京極為兼』(佐渡考古歴史学会刊)を買い求む。作者本間氏は考古学者で、為兼謫居地の位置を遺物等から比定されていて有益である。二階では日本画家土田麦僊《ばくせん》の素描の展示が行なわれていた。午前十時すぎ、館を辞去。徒歩にて国府川の橋をわたり、四日町の外《はず》れから国道を左へ折れ竹田に向う。この辺は佐渡で最も早く開けた所で近くに国府遺跡、国分寺跡等が点在する。畑の中に檀風城趾がある。中世の佐渡守護本間氏の居城のあった所。水田の中に単郭型城塞の土塁が残る。もと雑太《さわた》城といったが、日野資朝の歌、

秋たけし檀の梢の吹く風に

雑太の里は紅葉しにけり

に因んで檀風城と改められた。何年かは判らないが、為兼が在島中の中秋に、本間元義の招きで観月の歌を詠んだ。

畑野付近の景観（為兼が観月の歌を詠んだ地）

八月十五夜国守元義もよほし侍る会月三首

曇らじと空に仰《あふ》ぎて見る月も
　秋も最中《もなか》の名には澄みけり
名もしるく今宵《こよひ》千里の外までも
　照らす心の隅《くま》はなかりき
（『入道大納言為兼卿集』）

守護本間氏の好意を見ることが出来よう。当代随一の歌詠みということ以上に、幕府からも恐らく配流理由など聞かされていた筈で、〝武家敵対〟の科により遠流とは言い条、連座による余儀ない処罰だったのであるから、本間氏もまた為兼に同情を寄せていたことは大いに考えられる。恐らく行動の自由も相当に許されていたのではあるまいか。

折よく両津《りょうつ》行のバスが来たので乗車、畑野にて下車する。ここは雑太に移転前の本間氏の守護所があった地で、やはり為兼在島中のある秋に、観月の会で招かれている。

　　九月十三夜畑といふ所へ人々忍びてまかり侍るによめる

名残ある月の影かな雁鳴きて
　　菊咲き匂ふ今日《けふ》の今宵《こよひ》は

秋もはや十《とを》と言ひつゝ三夜《みよ》の月
　　曇りはてずも澄める月かな　（同右）

観月にふさわしいと思われる景観の場所をさがして、写真をと思ったが、どうも適当な地が見当らない。止むなく、農家の裏地や蕎麦の花咲く叢地などを撮って、バスにて両津に出、汽船で新潟に出た。

為兼の遠島体験

為兼の在島中の歌は、以上に掲げたほかに、彼自身の後年の日記（『為兼卿記』、乾元二＝一三〇三年の分が残る）に、

(十月)六日、仰に依つて永仁六年、遠島に於て、堀(河)川院の題を以て、悉《ことごと》く歌鹿《かろく》を詠むなり。而《しかう》して春日社に納め奉《たてまつ》らしむ夢想に。依るなり

とあり、流されたその年に『鹿百首』を詠んだことになっている。それを都に帰還した乾元二年十月

に、夢想によって春日社に奉納したのである。この他『為兼卿遠所所詠』三十首があり、さらに禅長寺で作ったとされる名号歌三十二首が知られる。遠所所詠のうちの一首、

待つ事もなき年月の明け暮れて
　積もれば老とやがて成ぬる

の吟を、田中圭一氏は焦慮と動揺を込めた「絶望の歌」として紹介されている。さきに掲げた海士の塩焼の歌もそうであるが、在島中の体験は、為兼の歌境と思想を確実に拡大し彼の生涯に大きな収穫となったと思われる。この点で、田中氏の次の指摘は、佐渡を駆け足で回ったにすぎない私の印象からも充分納得できるものである。

京極為兼の場合、配所が為兼に与えた影響は、質的にも量的にもはるかに配所の厳しさを超えるものであった。配所から帰った為兼の編んだ『玉葉和歌集』がそれまで形式どおりに作られ、ぬるま湯の中にひたってきた日本の歌を、激しさと厳しさの中に置いてみせた原動力の中心に、佐渡の配所で味わった、人間業の及ぶべくもない自然の力、神仏の加護のもとに生きられたことへの感謝があったことは疑うべくもない事実である。
（前掲『定本　佐渡流人史』）

石田博士は、在島の為兼の生活は「詠歌と帰洛の祈り」が殆んどを占め、名号歌のごときものを詠むほど無聊徒然の生活であったことが推測される。

と指摘されている。たとえそうであったにしても、京都の生活とは全く異質の遠隔地に於ける種々の体験は、少々のことでは動揺しない大きな拠り所となって、以後の彼の人生に反映していった。それは次章で言及する、宗家二条為世との論争に於て、明白に読み取ることができる。

第五章　玉葉集の独撰

1　赦免・再出仕

為兼在島中の転変

佐渡に在ること五年、乾元二年（一三〇三）閏四月、為兼はようやく赦免されて京都へ召還された。『公卿補任』には、

閏四月日、関東より免除を蒙り、佐渡国より召し返さる。

とあり、幕府の決定によって流罪拘禁が解除されたことが知られる。幕府が「名号歌」如きに同情して動かされたとは考えられないから、恐らく別の理由で赦免されたものと思われる。為兼は五十歳に

達していた。

彼の在島中に、天皇は二度替わり、治世も動いていた。まず永仁六年（一二九八）七月、伏見天皇は嫡子胤仁に譲位して後伏見天皇の践祚となったが、伏見上皇が院政を聴き（『継塵記』『園太暦《えんたいりゃく》』）、政務は依然として伏見の手中にあった。ついで翌八月、後宇多上皇の皇子邦治が立坊して太子に立てられた（『増鏡』）。ここでようやく、数年後に大覚寺統が復活する見込みが出てきたのである。後伏見天皇の在位期間は短く、二年半で幕をとじ、正安三年（一三〇一）正月、関東から両使が到着して邦治の践祚と治世の交代を告げた。後二条天皇、院政は後宇多上皇である。同年八月、また東使入洛して、後伏見上皇の弟、富仁《とみひと》親王（のちの花園天皇）が太子に立てられた（『増鏡』）。治世の交替は、またも公卿界に悲喜劇を現出した。後宇多の仙洞、万里小路《までのこうじ》御所は、

人々済々《せいせい》参集、群れを成す所なり。（『実躬卿記』）

と歓喜に溢れ、大覚寺統の吉田定房は、

聖運の主、凡慮を以て思ふべからず。悦ぶべしく〳〵。（『吉口伝《きっくでん》』）

と喜びを隠せなかったが、余りに短い後伏見の在位に同情した実躬は、

凡そ言語の覃《およ》ぶ所に非ず。末代の至極、歎くべく悲しむべし。（『実躬卿記』）

とまるで持明院系の公卿のような口ぶりで記し、同統公卿の三条実任は、

上下惘然《まう》、（中略）忽ち以て此儀《この》に及ぶ。仰天臥地《ぎやうてんぐわち》、歎きて余《あまり》あるもの歟《か》。（『継塵記』）

と悲歎した。

両統の融和

しかし、持明院統の統領、後深草上皇は、富仁の立太子が実現したことで満足しており、子の伏見、孫の後伏見に対して、大覚寺統とことを構えたり疎遠にならぬように戒めていた。乾元元年から翌年（一三〇二〜三）にかけて、両統の諸上皇の間では、意外にも「親善の風」がみられるようになり、乾元元年二月十七日、後嵯峨上皇八講結願《けちがん》の日は、後深草・伏見・後伏見と亀山・後宇多の五上皇が一堂に会し、「今回両法皇・三上皇各烏帽子直衣御座、希代の事歟」と称され（『実躬卿記』）ている。さらに、後伏見上皇が亀山上皇の蹴鞠の弟子となる契約がかわされ、同年二月二十三日には作法を教えるためと称して亀山殿で盛大な鞠会が開かれた。これには、やはり五上皇が揃って参集し、会果《は》てての小宴には、和気藹《あい》々のうちに伏見・後伏見・後宇多の三上皇の笛・琵琶の合奏があり、

頗る乱酔に及ぶ。院（後宇多）御笛、中院（伏見）・新院（後伏見）は御琵琶、法皇（後深草）御朗詠、院（後宇多）御助音殊勝の儀なり。（『実躬卿記』）

と記録されている。

感激した三条実躬は、

凡そ今日の儀、事に於て珍重、希代未曽有の事等《ことども》なり。（『実躬卿記』）

とその日記に特筆した。他にも、両法皇三上皇が参集あるいは一堂に会した行事・儀式・会等の例を列挙すると、

正安3・5・10　長講堂行事
乾元元・5・10　長講堂供花臨幸
　　・9・27　北山第舞楽

の三例があり、両統の四上皇又は三上皇が交遊した例は十指に余る（いずれも『実躬卿記』）。このような状況は、温和で寛厚な後深草上皇の配慮によるものという（三浦周行『鎌倉時代史』、新田英治「鎌倉後期の政治過程」）。このように後深草上皇には長者の風があり、破綻に瀕《ひん》していた天皇家の一体性を、かろうじて支えていたといえる。為兼が佐渡から京都に帰還した頃というのは、右のような両統の融和の時期に当たっていたのである。

早速歌会に列席

為兼の帰洛は、持明院統の人々に喜び迎えられた。彼が入洛したのは、閏四月二十日頃と思われるが、そのわずか九日後の二十九日には、伏見上皇の仙洞持明院殿（富小路殿）に於て、仙洞五十番歌合が行なわれ、為兼は作者となり、判詞《はんし》（勝負判定の根拠を記したもの）も書いているのである（『為兼卿記』）。この歌会は「衆議判《しゅうぎはん》」であって、判者を置かず、列席者の衆議によって判定する歌合《うたあわせ》であったが、為兼が少くとも京都の歌壇に復帰したことを内外に告げる行事であったといえる。内々には、要するに為兼の赦免祝い、帰参記念の歌会であったといえよう。出詠者（歌の作詠者）は伏見上皇、前権中納言平経親、非参議藤原兼行、前右兵衛督冷泉為相《ためすけ》（年齢は下だが実は為兼の叔父）、藤大納言典侍（為兼の姉、為子）らであった。

ところで、この歌合に西園寺実兼が参会し、しかも事前に為兼から指導を受けた歌を出詠しているのが注目される。また九月二十三日にも北山第へ為兼自ら出向き、前右大臣の公衡らと雑談している（『為兼卿記』）。従って元来為兼と西園寺家とは何の隔意もなかったのである。実は戦後の為兼研究に於て、佐渡配流の主因に為兼と実兼との確執を指摘される向きがあるのだが、そうだとすれば、佐渡から帰還直後の歌会に、実兼がわざわざ参会して、しかも為兼の指導を仰ぐのは不自然とみるのが妥当であろう。実兼原因説の学者には誤解が解けたからとか、為兼の歌の実力に一目置いていたとか、種々弁明を試みられているが、如何にも苦しまぎれではあるまいか。実兼が和歌の指導を仰ぐならば、二条為世の許《もと》に行けば済むことである。まして当時は大覚寺統の治世、ことさら持明院統の歌会に列席せねばならぬ必然性はない。実兼も為兼の配流は遺憾に思っていて、その帰還を喜んだからこそ、

冷泉為相（冷泉家時雨亭文庫所蔵）

この仙洞歌会に列席したものであろう。以上によって、佐渡配流の背景に実兼のさし金があったとの説は成立ちがたいことを確認しておく。西園寺家と京極為兼の間が険悪となるのは、もっと後のことである。

為相への教訓

もう一つ、注目すべきことは、為兼と為相の関係である。五月一日に、為相から歌会に於る「五首の題書き様《よう》」や短冊の書き方を尋ねられたのに対し、為兼は懇切に指南している。また五月四日の三十番歌会の判詞について、

今度の出題、再び評定詞を書くべき由の事、為相朝臣に仰せ下され了《をは》んぬ。予《（為兼）》申し行なふ所なり。
（『為兼卿記』）

とあって、はじめは為兼が判詞を書く仰せであったのを、とくに為兼の申し出によって、為相が書いたのであり、為相に対する後見人を以て任じていたことがわかる。為相にとっては為兼は甥ではあるが、先輩として立てており、為兼また為相を引き立てようとしている関係が垣間みえる。為兼のいわば歌の師匠である為家と阿仏尼に対する、報恩のつもりであったのではなかろうか。

五月十五日には、

為相朝臣来臨、和歌已下《いか》の事、数刻雑談。　　（『為兼卿記』）

とあり、二十八日にも「和歌の難」を手紙で尋ねてきたので、大納言典侍（為子）と相談の上回答した。翌二十九日、為相は京都を出発して鎌倉へ旅立った。「柳営に居り、奉行に付すべし」とあるので、将軍の和歌師範として下向するつもりであったらしい。この日為兼はわざわざ為相の冷泉邸へ出向いて「相談」あるいは「教訓」を垂れた。

右大臣冬平に抗議す

八月十三日、右大臣鷹司冬平《ふゆひら》の家司治部権少輔光業《みつなり》の所から、為兼宛に御教書を送ってきた。

鶴齢《よはひ》を契《ちぎ》る

右和歌の題、来《きた》る十七日披講《ひかう》せらるべし。参り給ふべきの由、右大臣殿（冬平）申すべき旨に候なり。仍て言上件の如し。

八月十三日　　　　　　治部権少輔光業奉

進上　前権中納言殿（為兼）

これを見て驚いた為兼は、鷹司邸へ出向き、平経親、中納言日野俊光らと面談して、定家以来の和歌故実を申し立て、後京極（九条良経）摂政以来和歌会の招集はすべて直書《じきじょ》、直消息を以て呼び出されることを指摘し、

何ぞ況《いは》んや前途以前、何事に依《よ》つて此《かく》の如く候《さふらふ》哉《や》。若《も》し其例分明《ふんみやう》の所見候《さふら》はば一見を加へ相《あひ》計《はか》ひ、御返事を申すべきなり。

と、「いかなる理由、いかなる先例があるのか」と厳重にネジ込んで退出した。土岐善麿は「いかにも為兼らしい一徹なところがみえる」と解釈されている。結局、数日後、この件は光業が故実を知らずにやったこととして、平経親のわび状と、十四日に溯る右大臣冬平の次の直書が発給され落着した。

抑《そもそ》も十七日和歌会の事、相講へ来臨候はゞ本意《ほい》たるべく候。寛元（定家）の例、殊に庶幾《しょき》候なり。委細の旨、見参《けざん》を期《ご》し候。謹言。

八月十四日

判（冬平）

（以上、『為兼卿記』）

このように、為兼は刑余の身でありながら、筋を通して理非を明らかにした。

右の事件は、為兼の性格がよく表出している点、なかなか興味深いものがあるが、さらに摂関家側の低姿勢が注目される。すなわち永仁の南都闘乱で、為兼ひとり犠牲になったことで、大和の領国主である摂関家としては、為兼に大きな借り、ひけ目を感じざるを得ず、それが右のような為兼に対するハレ物にさわる扱いとなったのではなかろうか。佐渡配流の背景を暗に示唆する為兼の強硬な横《よこ》車《ぐるま》とみれば、冬平の陳謝も納得がいく。従来言われてきたような理由で彼が配流されたのであれば、赦免後わずか四カ月にしてかような強談を為兼が出来るとは思えないし、たとえ出来たところで、このように易々諾々と彼の横車が通るとは考えられないのである。

八月十六日、伏見・後伏見の両上皇の宇治御幸に陪従し、還御の後、上御所で観月の和歌会が催された。為兼の詠歌五首中、

雲の上に三代《みよ》を重ねて見し君の
　　影を並ぶる宿の月陰《かげ》

が両院のお気に召された。為兼の日記に、

未だ其《その》例なし。三代相並《あひ》ばしめ給ふかくの如し。同時二月を御覧ぜらるゝの条、珍重殊勝。仍てかくの如し。両御所より叡感に預り了んぬ。
（『為兼卿記』）

と得意気に記している。

両上皇に古今伝授

同月二十八日には、富小路殿の仙洞に参上し、両院（伏見・後伏見）に古今伝授を行なった。この日為兼は『古今集』の定家自筆本、後高倉院所持本、阿仏尼写本（前述）の三冊を持参し、両院に一冊ずつ貸与し、講義した。永福門院も簾中で聴講し、姉の為子も傍聴を許された。為子は両院に、文永年中の嵯峨中院山荘における姉弟揃っての勉学の日々を申し上げた。以上は『為兼卿記』の伝えるところだが、宮廷に於る古今伝授の実態を伝える貴重な記録とされている。

九月十八日、恐らく伏見殿かと思われるが某所に伏見上皇が御幸になり、為兼も扈従《こしょう》したところ、「夕陽影」がことによろしいとあって、上皇がまず一首詠んだ。

暮れ昇る峰の日影は少なくて
　松原清き夕山の色

これに和す（同趣の歌を詠む）ように為兼に命ぜられ、懐紙も用意しなかったので、あり合わせの畳《たとう》紙《がみ》をあわてて取り出し、次の歌を献じた。

峰にのみ入日の影は移《うつろ》ひて

麓の野辺ぞ暮れまさりぬる

この為兼の歌は、本書冒頭で掲げた「奥の峰」の歌を思わせる叙景歌で、同時に彼の代表作の一つとして『玉葉和歌集』巻十五に収められている次の歌、

波の上にうつる夕日の影はあれど
　遠つ小島は色暮れにけり

をも思い浮かばせるものである。いずれも京極派の特徴である、光における明と暗のあざやかな対比を三十一文字の上に表現したものとして、為兼作歌の特色の一面をよく示しているといえよう。

以上、帰還直後の動静がたまたま平松家伝来の『為兼卿記』(京都大学付属図書館所蔵)によって比較的詳細に知られるので紹介してきたが、同記は元来為兼の猶子正親町忠兼が、養父の日記から和歌関係の記事のみを抄出したもの(土岐善麿『新修　京極為兼』角川書店)といわれており、記事が和歌以外には及んでいない。それは大覚寺統の治世下で、復帰した為兼に政治力の振いようもないことの反映でもあるが、運命は急転して、彼にやがて勅撰集の独撰という異例の活躍の場を与えることになる。政治家為兼が彼の面目の一半であるとすれば、歌人為兼もまた他の一半に相違ない。舞台はこうして、京極為兼にその真骨頂を提供することになったのである。

2　永仁勅撰の挫折

嘉元二年（一三〇四）七月、両統の融和を支えていた後深草上皇がついに崩じ、翌年九月、跡を追うように実弟の亀山上皇が崩じた。為兼は両上皇を悼む歌を伏見上皇に奉った。

亀山院かくれさせ給ひにし頃、去年《こぞ》の秋後深草院失《う》せさせ給ひしを、又程なく哀れなる御事等、女房の中へ申送り侍るとて

二歳《ふたとせ》の秋の哀れは深草や
嵯峨野の露も又消えぬなり

（『玉葉集』巻一七）

為兼、朝政に復帰

両仙洞の崩去は、両統の対立が抜き差しならぬ状況へ向う始まりのように言われている。ともかく、その後は、為兼の身辺にもあえて特筆すべき事件のないまま、徳治三年（一三〇八）に至った。八月、後二条天皇が二十四歳の若さで急逝する。『増鏡』には、

八月の始めつかたより、内後二条のうへ例ならずおはしますとて、さまざまの御修法（中略）さわぎつれど、むげに不覚にならせ給ひて、廿三日御気色かはるとて、（中略）いとかひなく、廿五日子《ね》

の時ばかりに、崩御《はて》させ給ひぬ。

と記されている。翌日、十二歳の富仁親王が正親町《おおぎまち》殿に行啓あって、諒闇《りょうあん》践祚がとり行なわれた。持明院統にとっては、待ち焦がれていた春が到来したのである。為兼は新帝花園天皇の御乳父、姉の為子は御乳母となり、即位礼には為子が褰帳《けんちょう》典侍をつとめ、文字通り後宮を取り仕切る勢力となった。なお乳母・乳父制は、実際の乳母ではなく、乳母等の集団を統括する立場の意で、為子が御乳母と指定されたものである。

ここに為兼は、前中納言として朝政の枢要に復活したわけであるが、その話はあとまわしとして、歌人として為兼一代の晴れ舞台といえる『玉葉和歌集』独撰に至る経緯を以下に辿ることとしたい。

永仁勅撰の議

『玉葉集』の撰進は、実は深く地下で潜行していたもので、和歌の宗家、二条為世《ためよ》（前権大納言・民部卿）は延慶二年（一三〇九）末ごろ為兼による撰集の進行を噂で聞きつけ、驚いて翌年正月、出訴に及び、ここに表面化したものである。そこで、話を少々さかのぼらせ、持明院統による撰集の企画の始めから回顧してみよう。東宮時代から和歌に親しみ、師範為兼の指導下、妃の永福門院とともども歌道に精進してきた伏見天皇が、自らの治世中に歌集を編みたいと念じたのは当然である。そこで永仁元年（一二九三）八月、伏見天皇は四人の歌人を招いて、勅撰のことを議定せしめた。これを和歌史上、「永仁勅撰の議」と呼んでいる。

この年八月二十七日、三条実躬が参内すると、「勅撰御百首出題以下の事」で評定が行なわれる予定であると聞かされた。ともあれ実躬の記すところを見よう。

仍《よっ》て右大将(西園寺公衡)奉行として、前藤大納言為世直衣、権中納言為兼同・二条前宰相(飛鳥井)雅有・九条二位隆博衣冠等召さる。雅有卿の外皆《みな》参り候。已上上結なり。内々出御(伏見天皇)あり。評定あるべき歟。然れども予差《さ》せる事ありて早出す。

このように、実躬は差支えがあって会議が始まって程なく退出し、後半を記録していないが、天皇は為世・為兼・雅有・隆博の四人を招かれ、雅有が病気のため欠席したので、三人が参集したわけである。天皇は為世と為兼の二人を撰者とする心づもりであったようだが、知られるように両者は犬猿の仲なので、紛争を恐れ、歌壇の長老である雅有と隆博の両人をあえて加入させたのであろうとされる（石田博士「京極為兼」）。この点で、伏見天皇の態度は公正であったといえる。後年、為兼の佐渡在島を奇貨として、後宇多上皇が為世ひとりに『新後撰集』を撰集させた方針と比較すると、伏見天皇が寵臣為兼だけでなく、為世をも撰者に入れようとした方策は、評価されてよい。

為世の主張通らず

さて八月二十七日の議定の後半は、伏見天皇自身に日記が残っていて、詳細に知ることができる。「右大将(公衡)を以て条々問答、一々仰せらる」とあるように、天皇の諮問は公衡の口を通じて一問ずつ三卿に伝えられた。第一問は勅撰下命の時期で、何月がよいかというものである。為世の回答は、前々必ずしも先規に依らず。宜《よろし》く時儀《（聖断）》あるべき欤。然れども、十月後撰の佳例近きに在り。同じくば彼例を追はるべき欤。

これに対し為兼は、古今が四月、後撰十月、後拾遺九月、詞花六月、千載二月、新古今十二月、続後撰七月、続古今三月とバラバラな実例を列挙し、

此等皆以て先規を守られず、今月仰せらる、事その例なし。自然《じねん》先規に似るべき欤。先例に依るの由、曽《かつ》て以て所見なし。

と、先例に依らざるべきを具申した。為世の十月がよいという意見に根拠がないと論駁《ろんばく》したのである。隆博も為兼の意見に賛成した。

第二問は、撰者に対しての下命の方法で、御教書か口頭かいずれがよいかというもの。これは三卿ともに、

撰者一人の時は召さる《（口頭召集）》、の事ある欤。後撰の時宣旨を下され、謙徳公《（藤原伊尹）》蔵人少将としてこれを奉行す。新古今・続古今等同前。今度綸旨を以て仰せらるべき欤。

と、三人共に、綸旨での下命がよいと具申している。

万葉以降採択に決す

以上は形式についての下問だが、第三問は、この歌集の本質にかかわる重大な問いで、

時代、何《いづれ》の比《ころ》よりの歌を撰び載せらるべき哉。

と、撰歌の時代範囲を問うものであった。為世の回答は、

続古今沙汰の時、民部卿（定家）入道申す旨あり。これに依つて故大納言（為家）入道続拾遺の時、中古以来の歌を撰ばれ了んぬ。所存に於ては同前。誠に上古の歌、代々集撰ばれ残るは下品《げほん》の物たる歟。

というもので、上古（奈良以前）の歌はすでに代々勅撰に入っていて、残るは下品、つまりカスばかりであるから撰ばない方がよいというものである。これに対し為兼の回答は、

近日専ら古風を慕はる。尤も上古以来を撰ばるべき歟。

と、奈良以前を含めることを強く主張するものであり、隆博もこれに同意している。

第四問は、撰集に当り常例となっている百首歌の献上は、撰集下命の前がよいか後がよいかというもので、これは三人共に

前後は時に依り同じからざるなり。

と拝答した。以上の勅問・勅答に対して、天皇の裁決が下り、公衡の口から仰せが伝えられた。それは、

度々《どど》の佳例は各《をのく》別月なり。今月宜《よろしか》るべし。又上古の歌、棄てらるゝの条尤も無念。今度撰び載《の》すべし。今日即ち吉日たるの間、俊光を以てこれを仰す。

という内容で、為世の主張はすべて却下された。すぐに蔵人日野俊光に綸旨の草案を命じ、公衡が綸旨案を奏した。文面は次のようである。

綸言を蒙るに偁《いは》く、万葉集の他、代々集に入らざる上古以来の和歌、宜《よろし》く撰進せしめ給ふべし者《てへれば》

このまま綸旨とするよう下達が指示された。

撰者決定す

同時に撰者も、本日召された為世・為兼・雅有・隆博の四人と定められた。隆博は七十二歳で、今日も単に議定に与《あずか》るのみで、撰者に入るとまでは思っていなかったらしく、

隆博、喜悦の余、落涙と云々。道の執心《しふしん》、尤も感ずべき歟《か》。

（『伏見天皇宸記』）

と、感激のあまり涙を流して喜び、天皇も思わず胸を打たれる程であった。これに対し、為世は自らの主張が容れられないばかりか、撰集の方針が自分の歌論とかけ離れているのを知って面目を失ったであろうと思われる。程なく為世が永仁勅撰の撰者を辞退した（『伏見宮旧蔵文書』）のも当然であろう。ところで当時、冷泉為相は鎌倉に滞在していたが、この噂を聞いて自分も撰者に加えられたいとして、自薦の愁状を内裏に上《たてまつ》った。この自薦状は『高松宮所蔵文書』（現国立歴史民俗博物館所蔵）に残っていて、要点を示せば以下のようである。

勅撰々者に召加へられんと欲するの事

右（中略）則ち四人の英俊に課し、数代の華什《くわじふ》を撰ばる。誠に是《これ》聖代の佳猷《かいう》に候歟。為相苟《いやしく》も累家の余業を嗜《たしな》み、幸ひに吾道の中興に逢ふ。悦ばざるべからず候。早く撰者の人数に加へられ、

方《まさ》に明聖の仁恩を歌はんと欲し候。（中略）此等の趣を以て、然るべきの様御詞を加へらるべく候。

恐惶謹言

四月三日（永仁二）　　　　　　　　　　　　右中将為相（冷泉）

謹上　頭左大弁殿（日野俊光）

しかし結局この為相の自薦は日の目を見ず、愁状は捨ておかれた。伏見天皇が為相の歌を左程に評価していなかったことが原因であろう。

伏見天皇の信念

さて上古以来の歌を撰択すべしとの聖断が下ったことについて、村田正志氏は、この伏見天皇の裁断が「一時の素朴なる好みや、或いは流派の対抗意識から出たものではなく、確実なる自覚認識に出発したもの」であるとして、次のように評価されている。

即ち為兼及び伏見天皇は当時に於ける一般風潮から超脱して万葉集の文学上の価値を認識し、文学的自覚に基づいて自己の創作に従つてゐたと申してよろしいと思はれる。

（同氏「京極為兼と玉葉和歌集の成立」）

その根拠として村田氏は、持明院統には伏見天皇以来相伝の『万葉集』があり（『花園天皇宸記』『看聞日記』）、桂本『万葉集』は伏見天皇伝持のものであったこと、いわゆる『広沢切』（伏見天皇宸翰詠草）

中に万葉の語句を題に詠んだ和歌が多くみられる等を指摘し、さらに『為兼卿和歌抄』による為兼の歌論からも充分裏付け可能とされている。

撰集沙汰止みとなる

こうして為世は撰者を辞退したのであるが、隆博については、『続門葉和歌集』に、

永仁の頃勅撰の沙汰侍りけるに、大蔵卿隆博歌を尋ねけるを遣《つか》はすとて添《そ》へ侍りける

とあり、隆博は少くとも撰集の準備は進めていたことが知られる（石田博士前掲論文）。しかし、先述のように為兼は永仁四年（一二九六）辞官籠居、同六年配流となり、九条隆博は同年死去、飛鳥井雅有も正安三年（一三〇一）に逝去し、それより少し先、伏見上皇も政務を大覚寺統に明け渡すこととなったから、勅撰の件は自然消滅、立ち消えの事態となった。『増鏡』はその間の事情、経緯を次のように回顧している。

院（伏見上皇）のうへ、さばかり和歌の道に御名たかく、いみじくおはしませば、いかばかりかとおぼされしかども、正応（永仁元）に、撰者《せんざ》どもの事ゆゑにわづらひどもありて、撰集もなかりしかば、いとゞ口をしうおぼされて、

わが世には集めぬ和歌の浦千鳥

空しき名をやあとに残さむ
など、よませおはしましたりしを、

いうまでもなく、為兼も鋭意和歌を集めてはいた。そのことは「為兼卿撰歌を遂げざるに刑の重科を蒙《かうむ》る」と、延慶の訴陳（後述）に於て相手方の為世も認めていた。しかし一切は為兼の流刑と治世の交替によって御破算となった。

為兼の異議申立て

こうして時が流れ、為兼が佐渡の配所で月を眺めている間に、また治世が大覚寺統に移ったのを奇貨として、為世は『新後撰集』の独撰に成功した。鬼の居ぬ間に洗濯のたとえ、為世は幸運にも恵まれて素志をつらぬいたのである。伏見上皇の無念は、さきの浦千鳥の歌に表れているが、為兼も切歯してくやしがったのは言う迄もない。嘉元元年（乾元二年、一三〇三）十二月、為兼の帰洛後半年、為世は後宇多上皇の院宣によって『新後撰集』を奏覧する手続きにこぎつけた。

この事を耳に挿《はさ》んだ為兼は、前中納言坊城《ぼうじょう》俊定を万里小路仙洞（後宇多院御所）に呼び招き、次のような所存（申し立て）を述べた。

撰者父子（為氏・為世）の歌、千載集より以来代々堪能と云ひ、稽古と云ひ、及び難きの身を以て其例に任じ過分の員数を入る。愚詠（為兼）に於ては旁《かたが》た加増すべきの処、撰者の歌より猶以て減少、甚だ先規に叶は

ざる歟。（中略）

まず為世が撰者の任に堪えぬ不器量であることを述べ、為兼の採択歌が為世のそれより少いことを、先例を列挙して難じた（先例は省略）。次に、

為兼前御代（永仁）、同時（為世と）の撰者たり。これ一。其《その》上撰ぶ所の和歌公宴に接するの分猶《なほ》数万首なり。当家他家に於て未だ其例を聞かず。これ二。持明院殿（伏見）并《ならび》に新院（後伏見）御製等これを下さる。而《しかれど》も拝見せしむるの仁又愚身の外これなし。当世歌仙、前関白・相国禅門（西園寺実兼）已下、当道の事大略相訪《あひとぶら》はるゝ事、誰人か比肩すべき歟。其上勅撰口伝故実一身にこれを伝ふ。

と、為兼の撰者適格性を列挙し、永仁勅選の撰者であって、公宴の詠歌数万首、伏見・後伏見両上皇の御製を拝見するのは為兼唯一人、前関白以下の歌仙はすべて自分に指南を仰ぎ、口伝故実も一身に伝授していること等を述べ立てた。最後に、

若し不堪（為兼が）の由前藤（為世）大納言申さしめば、彼と云ひ是と云ひ一々召決《めしけつ》せらるべし。諸道又課試せらる、最中なり。当道に於て何ぞ此儀なからん哉《や》の由、これを申入る。道のため為世定めて閣《さしおか》れ難き歟。尤も其沙汰あるべき歟。

と、以上の広言を信じられぬならば、糺明《きゅうめい》して頂きたい。為兼の言い分は定めし為世としても無視はし得まい。善処を願いたいと結んでいる。

為世、為兼から逃げ回る

いかにも為兼らしい自己主張と自負であるが、奏覧直前での異議申し立ては手遅れ、負け犬の遠吠えであった。十九日にも為兼は万里小路仙洞に赴いて要路者らに申入れ、俊定からも、為兼の云い分は後宇多院に伝えたとの言質を得たが、所詮狂瀾を既倒に廻《めぐ》らす術はなかった。二十日、為兼は実兼の北山第にも推参した。折から為世が来訪して実兼と面会中であったが、為兼が怒鳴り込んで来たと聞いて恐れをなし、為世は裏口から退散した。土岐善麿が「為世は為兼を避けていたらしい」としているのはその通りで、むしろ「逃げ回っている」感じである。この後、為兼は実兼と面談して『新後撰集』の不都合な点を種々述べ立てた。この話しぶりから推測しても、実兼と為兼に隙があったとの説はいよいよ信じ難い。その足で、為兼は富小路仙洞に回り、伏見上皇の御前で、今日の模様を申し上げた。「御入興あり」つまり、上皇も面白がって聞いたのである。

こうして『新後撰集』は成立したが、二条宗家と京極家は全く不倶戴天の間柄になっていることが知られる。

3　延慶《えんぎょう》の大論戦

為兼独撰を妨害の動き

正安《しょうあん》の勅撰すなわち『新後撰集』の争いに敗れた為兼は、捲土重来《けんどちょうらい》を期して、永仁勅撰で唯一人残った撰者として、撰集の準備を進めた。太子は富仁で、いずれ彼の践祚が予想される以上、持明院統の治世は確実に巡ってくる。その時に備えた訳である。その後六年を閲《けみ》し、花園天皇の践祚が実現し、伏見上皇の院政下、挫折した永仁勅撰の議が再燃した。為兼の撰集の仕事はここに於て大いに進捗し、奏覧に供する清書の色紙の色まで決めるという噂が流れ、延慶二年（一三〇九）の冬頃これを聞いた二条為世・冷泉為相は驚いて、為兼の独撰を妨害しようと運動に着手した。ただし、為世と為相とでは、為兼に対する態度がまるで異っており、為世は為兼の撰集干与すら許せずとの立場であり、これに対し為相は、為兼の撰者としての立場は尊重しつつ、願わくば自分もそれに加えてもらいたいという、どちらかと言えば懇願の態度である。すなわち、阿仏尼（安嘉門院四条）以来の冷泉・京極両家の好誼《こうぎ》は続いており、為相は為兼の撰進に便乗しようと願ったものといえよう。

撰集をめぐる為世・為相・為兼の争いは、国文学史上〝延慶の訴陳《そちん》〟と称され、単に和歌史上の争いにとどまらず、中世文芸史上、稀にみる激しい論争、論戦として早くから注目され、村田正志氏・久曽神昇《きゅうそじんひたく》氏・福田秀一氏らの研究があり、ことに福田氏の研究は、同氏が大学院生の頃の業績であるが、決定版的な重みをもつとして定評があり、以下主として福田氏の論文に拠りつつ、論争の概略をなぞっていくこととしたい。

為兼、論争を受けて立つ　延慶三年（一三一〇）の正月二十一日、参議左中将二条為藤《ためふじ》は、父為世の名代として一条京極邸に為兼を訪れ、撰集について尋問した。これについて後日、為相の語るところは、

去廿一日夕、左宰相中将（為藤）京極黄門（為兼）亭へ来候て、撰者の事ハ何様候哉の由、尋ね申しけれハ、

（『彰考館所蔵文書』二月八日付為相書状案）

とあって、「撰者はどうなっているか」との趣旨であった。これに対する為兼の回答は、後日為兼の語るところによれば、

宰相中将猶《なほ》種々申さしめ候の間、去る廿一日入来《じゆらい》候の時、為兼申し候の趣、永仁辞退候上は、今更争《いかで》か申し出《い》づべく候《さふら》はん。愚撰出来《しゆつたい》の間、清書せしめて奏覧すべきなり。清書すべき色紙も存知候云々。と分明《ふんみやう》に申さしめ候。

というものであった。為世はすでに永仁勅撰の時、撰者を辞退した以上、今更異議を唱える謂《いわ》れはな

い。為兼の撰集は完成しており、色紙も決めている、とはっきり答えたのである。しかし為兼は同時に、

各申《（為世・為相）》さるべく候はば、治定心もとなく候。急《いそ》ぎ申さるべく候歟。　（前掲為相状案）

と、言い分があれば、解決は難しいかも知れぬが、とにかく出訴するようにと助言もしているのである。為兼としては、この争論は、以前の為世のように逃げ回るのではなく、堂々と受けて立つことを宣言したのである。

為世、伏見上皇に出訴

かく重大な話でありながら、為世自身が出向かず、子息を代理に立てている点をみれば、為世はなお為兼を恐れ、対面を避けていたように見受けられる。とにかく、この延慶三年正月廿一日が、有名な訴陳（訴は原告の訴え、陳は被告の抗弁）の始まりであった。為世はたまたま関東へ下向する医師の時世《ときよ》朝臣に托して鎌倉へ愁状を上《たてまつ》る一方、正月二十四日に伏見上皇に対して正式に訴状を呈出した。

ところで、為世はさきに正安の院宣に基いて、為兼配流中を奇貨として、『新後撰集』を独撰することができた訳であるが、何故為兼の独撰に我慢ならず、出訴に及んだのであろうか。勅撰集の独撰が未曽有ならばともかく、自分がすでに行なった独撰を、為兼が倣《なら》わんとしているにすぎないのに、それを座視できないとは、公平に見ても為世の態度に倨傲さが感ぜられる。

まず考えられるのは、為兼が佐渡流罪から帰還したという〝刑余の身〟でありながら、撰者に入り、剰《あまつさ》え独撰で撰集を行なうというのが、為世からみて許しがたく映ったのであろう。今一つは、宗家の自分を閣《さしお》き、庶家の身でありながら独撰の栄を得るのは許しがたいとなす、宗家の面子《めんつ》であろう。この二点は現に、争論の過程で論点となっており、両者の間で応酬がくり返されている。しかし一見して不思議なのは、持明院統の治世下に、為世はこの訴訟で勝つ見通しが果してあってのことだろうかという点である。

為世、関東に期待

右の点に関して、この訴陳が落着したはるか後になって、為世が西園寺家の若当主、実衡に述懐した書状がある。その中に、

> 凡そ為兼卿、天下の機務小大となく掌握あるの上は、京都(伏見上皇)の御計に於ては大略存《ぞん》の中《うち》たり。而《しかれど》も関東叡慮に任せらるべきの旨、計らひ申さると云々。此条殊に歎き存ずる所なり。(中略)寛元宝治以来、天下の紀綱若し道理に背かば、則ち諷諫《ふうかん》申さるゝの条、今に流例たり。執政(上皇)・博陸(摂関)・相門(申次)・幕府、乱階超越の時、関東清直の義を以て計らひ申さるゝの間、累家の名跡継塵《けいぢん》せしむ。併《しかしなが》ら武将の御仁慈なり。(下略)
>
> (『栗山甚之助氏蔵五月廿六日付為世書状』)

なる句があり、明らかに為世は幕府の判断に期待していた節《ふし》がうかがえる。寛元宝治以来とは、かの宮騒動で九条道家が失脚した事件を指し、京都で不道理が行なわれれば、それを正すのが幕府であり、

武家の仁慈であるとまで述べている。

為世が、ここまで幕府の政道に幻想を抱き、期待をつないでいた理由は何なのであろうか。私は、他ならぬ為兼の佐渡配流の罪状について、為世は誤解ないし錯覚していたと思うのである。つまり、武家敵対の科《とが》で為兼は流された以上、赦免されたといっても、そのような刑余の人物の跳踉《ちょうりょう》を幕府は許すはずがあるまい、と為世は確信していたのではなかろうか。この確信があったので、伏見上皇が如何に為兼を贔負《ひいき》しようとも、関東はそれを許さないだろうと想像して、訴訟に踏み切ったのではなかろうか。

ところが、為兼の配流に関する幕府の心証は、為世が推測していた程、為兼に厳しいものではなかった。天皇・摂関・申次・為兼（実質伝奏）の四者の中で、武家敵対事件に発展した以上、誰か処分者を出さざるを得ず、為兼が幕府にとって最も処罰しやすい立場に居た、ということを、外ならぬ幕府自身が自覚していたのではなかろうか。花園天皇践祚後、為兼が政界に復帰し、しかもこの撰集のあと大納言に昇っているが、それを黙視していること自体、幕府が為兼をどう考えていたかを示唆するものであろう。換言すれば、幕府は為兼について刑余の人物扱いしておらず、従って警戒すべき公卿とは位置付けていなかったのである。その点を為世は錯覚して、関東の処置に期待してこの争論に臨んだのである。

為相、為兼と連携

さて冷泉為相はこの頃在京していたらしい。為藤が為兼を訪れた翌日かと思われるが、為相も為兼と連絡をとり、訴訟に持ち込むことを確認した。後日の史

料に、

一身（為兼）撰進の分ハ、永仁撰者四人中、雅有・隆博等卿は早世す。戸部（為世）は辞退し、一人（為兼）あひ残るの間、漸〻《よう〱》御前（伏見上皇）に於ても沙汰、私にも撰じ寄《よ》すの上は、早速の儀を以て奏覧すべしと雖も、戸部并《なら》びに為相等、所存あるの由申し候上は、忩〻《いそぎ〱》申し入るべきの由、隔心なく申し談じ候。

（『彰考館所蔵文書』二月八日付為相書状案）

とあり、別の為相書状にも、

然れども一人撰者は、永仁以後自然《じねん》ニさこそ成候らへども、戸部も御分（為相）も御所存の上は、早速ニ治定宜《よろしか》るべく候。然れば使者を遣《つか》はし忩《いそ》ぎ言を発すべきの由、催促すべきの旨、同廿二日申し談じ候《さふ》らひき。

（『伏見宮記録』正月廿七日付為兼為相勘返状《かんぺんじょう》〔為兼の書状に為相が朱筆添削して返したもの〕）

とあり、正月二十二日、為相と為兼は面談して、従来の経緯、すなわち為世辞退、雅有・隆博死去の上は、為兼一人の奏覧は充分納得できることを確認しつつも、為世・為相の申し立てに配慮し、訴訟に持込むから奏覧を一時見合わすことで両者合意したことが確実である。会談は恐らく為相が為兼の一条京極邸へ出向いて行なわれたものであろう。

ところが、二十一日に為兼邸を辞去した二条為藤は、右のような為兼の配慮を無視し、為兼はすでに一人で奏覧しようとしているという嘘《うそ》の報告を父に対して行なった。福田氏によれば、これは為兼の言を為藤が誤解したのではなく、悪意から曲解したのではないかと推測されている。しかも為世は、この旨関東へも報知したから、為兼は非常に迷惑をこうむることになった。この経緯を、のち為相は、

已《すで》に（為兼が）一身奏覧すべきの由、申す旨（為藤が父に）あひ談じ候らひける間、（中略）廿三日時世朝臣下向の便、使者を副《そへ》て関東へも此子細を訴へ申すの由、風聞候の間、黄門（為兼）仰天し、迷惑せしめ候。

（前掲二月八日付為相書状案）

と述べている。これによれば、為世は伏見上皇の聖断（仙洞の裁定）をあまりあてにしておらず、最初から幕府の公裁に望みをつなぎ、為兼の悪らつなやり口を誇張して関東に報じていたことがわかる。

以上のように、為世の底意も為兼の側に見えてきたので、黙っていては、如何なる誇張や虚言が関東に伝わるか知れたものではないと危機感を抱き、為兼自ら幕府に使者を急派して、「決して一人で奏覧しようとはしていない」事情を関東に申し立てた。これは為相の勧めにも従ったもので、為相も追っつけ、使者を東下《とうげ》させた。この点では、為兼と為相は二人三脚で、為兼の立場を為相は全面的に支援し、為世の所行を憎んでいたのである。

延慶両卿訴陳状

正月二十四日、為世は富小路仙洞に訴状を呈出した。これが第一回の訴状で、当時の公家法では二問二答、すなわち原告被告の間で二度ずつ弁論を行なうのが公式であったが、武家法による幕府のやり方が例となり、三問三答が行なわれることになった。為世の三度目の訴状が、現在『群書類従』和歌部に収められている『延慶両卿《りょうけい》訴陳状』と称される史料である。従って現存の為世の状は、厳密には「二条為世三訴状《さんそじょう》」というべき文書であるが、その為世三度目の訴状は、被告為兼の二度目の抗弁（為兼重陳状）をいちいち引用して、逐一それに反駁《ばく》する形式を取っているので、二度目と三度目の問答を概略うかがい知ることが出来る内容となっている。そこで両卿訴陳状の名が付けられたのであろう。

なおこの『群書類従』の訴陳状（為世三訴状）のほかに、再三引用してきた『伏見宮記録』とか『彰考館文書』など、この裁判の付属文書が豊富に残っているので、為世・為兼両者の言い分や、裁判の経緯は概略復元されている。これらの史料発掘の上で特に功績のあったのは村田正志氏（前掲「京極為兼と玉葉和歌集の成立」）であり、分析、復元の作業を完成されたのが福田秀一氏（前掲「延慶両卿訴陳状の成立に関する資料」「延慶両卿訴陳状の成立」）ということになる。

為世初訴状の内容

さて、為世の初度訴状の内容であるが、これは為相が鎌倉へ急派した書状の中で摘記されている。いわく、

抑《そもそ》も撰者の事、珍事出《い》で来《きた》り候《さぶら》ひ了んぬ。去る廿四日、民部卿為世卿欵状（初訴状）を捧げて云《いは》く、京極

中納言（為兼）一身奏覧すべきの由、自ら構《かま》ふるの条、歎き入り候。嫡家《ちやつけ》を閣《さしお》き、庶子撰者の号、然るべからず。その上、その器《うつは》に非ざる哉否《や》や不審。また配所に赴くの仁、君として朝として不吉と云々。自余これを略す。簡要は只《た》だこの分に候。案文に於ては定めて御目に触れられ候ふか。

（『土橋嘉兵衛氏蔵』二月一日付為相書状案）

これによれば、為兼独撰の難、宗家を閣《さしお》き庶家が撰者に当るの難、刑余の人物撰に当るの難の三カ条で、加えて為兼の撰者としての器量にも疑問を呈している。これに対する為兼の抗弁（初陳状）は現在何も残っておらず、もし残っておれば、佐渡配流の背景や原因が明らかになったかも知れないが、残念ながら伝わっていない。ただ、為世三訴状（いわゆる延慶両卿訴陳状、以下「三訴状」と略す）に引く為兼重陳状に、

為兼配所に趣く。その難たるべからざるの趣、粗《あらあ》ら先陳（初陳状）に載せ畢《をは》んぬ。吹毛《すいまう》の難、言ふに足らざるなりと云々。

と述べられており、為兼の初陳状は、主として配流者が撰者たり得るかについて、抗弁、あるいは弁明が展開されていたことが知られる。

ところで、この為世初訴状の内容から、私達はこの裁判の行方を早くも占うことが出来るように思う。それは、和歌の撰集という根本の論題に入らず、為世が為兼の撰者としての資格（適格性）を専ら問題にしていることである。為兼自身、「毛を吹き瑕《きず》を求めるもの」と切り棄てている通り、問題の本質に迫っていないと言わざるを得ない。このような論争では、幕府も為世の肩を持ちようがなかったであろう。刑余の仁とか、庶家の出身とかは、歌道の器量に何の関係もないことぐらい、坂東の武士たちにも見やすい道理であった筈である。鎌倉中後期の裁判に於て、「相伝の由緒」以上に〝器量〟〝器用〟が重視されるようになったことは、従来から言われているところで、これは『貞永式目』の精神からも為世の主張は最初から受け容れ難いものであることは明白であろう。石田博士がいみじくも、

為世訴状の難点

攻撃的なのはむしろ為世の方であり、為兼の方は受身である。それに為兼には堂々と正論を掲げ、男らしく理論でゆくというところがあるのに、為世の方は女性《（ママ）》的・陰湿的で、相手の私事や小瑕瑾をあばき出すというようなやり方が見られる。（中略）為世の方では宗家の権威を笠に着て、高飛車に出ているのに、為兼は一々先例を挙げて不当不吉でない旨を論じている。為兼の方が筋が通っており正々堂々としている。

と結論されているように、為世の訴訟に臨む態度は、重箱の隅をつつき、瑣末《さまつ》・末梢をとり上げて相

手をやり込めようとするものであった。要するに「関東清直の義」や「武将の御仁慈」にすがるには、為世の尊大な訴えは余りに無力であったといえよう。

為兼の反論

さて為世初訴状の呈出後、仙洞からその内容を聞いた為兼は即座に陳情を執筆した。

先に引いた正月廿七日付勘返状に、

兼ねて又彼陳状の草出来《いできた》らば、御覧あるべきの由承り候ひつる。元よりの所存に候。其次第申し落し候。思ひ出し候の間、尾籠の至、謝《あやま》り申し候なり。

と為兼が書いたので、為相が、

治定の後参り承るべきの由、存じ候処、故《ことさら》に仰せ、畏悦《ゐえつ》し候。

と勘返しており、為兼は初陳状案を為相に見せることを快諾し、為相またそれに恐縮していることが知られる。陳状の仙洞への提出時期は、二月八日付為相書状に、

然れども、黄門（為兼）陳状を捧《さゝ》げずんば、又承伏に似るの間、内々申し入るべきの由、承り候。

（『彰考館所蔵文書』）

とあり、二月初めには朝廷に呈出されたとみられる。その後、三月二十六日になって、次のような伏見上皇院宣が発せられた。

勅撰の事、初度第二度陳状并びに先度仰せられ候故《もとの》民部卿（為家）入道譲状正文等、忩ぎ進《まゐら》せらるべきの由、仰せ下され候。仍て執達件の如し。
（延慶三）三月廿六日　（前中納言平）経親
謹上　民部卿（為世）殿

この院宣は、第二回の問答までに問題となっている為家の譲状（弘長二＝一二六二年五月付の文書）の原本を呈出するようにと、為世に命じたものである。従って三月下旬までに、二問二答が終っていたことが知られる。ところが為世は、言を左右にしてこの譲状の提出を拒《こば》み続け、ついに出さなかった。

村田氏は、

思ふにそれは為世に後めたきものがあり、彼自身によって擬作せられた疑が存すると見てよろしいであろう。（村田前掲論文）

と推測されている。従うべきであろう。為世は、偽文書を捏造せねばならぬ程、追い詰められており、訴訟は不利に傾いていたのである。

狂人の跡を追う如し

　為世が証拠書類の弘長譲状の提出をこばみ、あまつさえ、為兼の重陳状を覧《み》てからでなければ出せないと開き直ったので、伏見上皇は余儀なく、五月に至って為兼重陳状を為世に下賜した。この重陳状は、和紙数十枚に書きついだ長文のもので、伏見上皇としては最大限の譲歩である。これに対し、為世は、次のような請文《うけぶみ》を院司の平経親に呈出している。この請文は、論争に行き悩んだ為世の立場と憤激の様子がよく伺われるもので、少し長いが全文を以下に紹介する。

撰歌間《あひだ》の事、為兼卿重陳状下賜《かし》了《をは》んぬ。凡そ文章の無礼《ぶれい》、その辞の覃《およ》ぶ所に非ず候哉。為世苟《いやしく》も一宗の正嫡《しやうちやく》に稟《ひん》し、已に吾道《(歌)》の宗匠たり。而《しかれど》も為兼卿、門塵《もんぢん》末族の盾を以て動《やや》もすれば家督対揚《(敵対)》の憤《いきどほり》を発す。奇怪の所存、過分の至極なり。礼儀を仕るの卿、礼儀の道を忘る。偏《ひとへ》に人倫の法に非《あら》ざる歟。縦《たと》ひ閑雅の性を隔《へだ》つと雖《いへど》も、豈《あに》相鼠の篇に恥《はぢ》ん乎《か》。将又《はたまた》数十枚の奏状、先規未《いま》だかくの如きの例を聞かず。自由《(勝手)》の所為、雅意《(我)》の張行歟。一々参差《しんし》、条々奸《かん》乱、具《つぶさ》に申し披《ひら》かんと擬《ぎ》さば、狂人の蹤を追ふが如し。簡略を存ぜんと欲せば、承状の義にあひ似る。進退これ谷《きは》まる。仍《よつ》て子細を勒《ろく》し、一巻の事書《ことがき》を副《そ》へ進《まゐら》す。為兼卿これら事書について重ねて奸曲の浮言構へ出《いだ》し候はゞ、何度と雖も奏状を下し給はり、所存を言上せしむべく候。殊に唇吻《しんぷん》を加へ、洩れ奏達せしめ給ふべし。恐々謹言

（延慶三）
五月廿七日　　　　　　　　　　民部卿為世
謹上　前平中納言殿（経親）
（『東山御文庫記録』）

このように、為世は口を極めて為兼の文章を詰《なじ》り、その人柄を罵倒し、反論しようにも、「狂人の蹤を追ふが如し」とまでこき下している。

為世の追及厳しく

一体為世をここまで激怒させた為兼の重陳状とはどのようなものだったのか。およそは先述のように、この後仙洞に奉られた為世三訴状に引用されているので、概略は知ることができる。主な点（為兼重陳状の）を次に抜き出してみよう。

雅有・隆博等の卿世に即《つ》くの事、古今集以降撰者に加はり、その節を遂《と》げず夭亡の輩《しもがら》これありと雖《いへど》も、更《さら》にその集の不吉と為《な》さず。古今集紀友則、新古今寂蓮、続古今衣笠内府等なり。永仁元年撰集を仰せられて以後、数年の間、両人帰泉、自然《じねん》の儀なり。為兼配所に趣《おもむ》く。その難たるべからざるの趣、粗《あらあ》ら先陳に載せ畢《をは》んぬ。吹毛の難、言ふに足らざるなり。

この為兼の抗弁は、為世の、永仁勅撰は撰者両人死去し、一人が流刑に処せられ不吉だというように答えたものであろう。為兼は、撰者の死去は〝自然の儀〟で、為兼の流刑も難とするに当らないことは、

初陳状に述べてあるとし、要するに、為世の言いがかりは「吹毛の難」であると批判している。これに対し為世の三訴状では、

新古今・続古今の時は、撰者数輩の内、一人夭亡。永仁撰者は四人の内、三人子細あり、准的《じゅんてき》とし難き乎。

と、今迄は数名の内一人死去であったのが永仁の場合は四人の内三人が死・刑というのは異常であって準的（先例）とせられぬ、というのである。

次に為兼の配流については、

また配所に赴くの事、一切吹毛の難に非《あら》ず。事なく非據《ひきょ》の罪科に行はる丶の由、駅の次を以て関東に訴へ申す歟。この条に於ては曽てこれを存知せず。唯《た》だ撰歌を遂げずして配流の条、不吉の由を申す許《ばかり》なり。

と、やや腰くだけの言及になっている。為兼が恐らく初陳状で「無実で冤罪であることは鎌倉に申し入れてある」と述べたのに対し、「曽てこれを存知せず」と、為兼の罪状については争わない姿勢を見せていることは、為世も為兼の流罪が余儀ない連座にかかることを窺知していた証左ではあるまい

か。「撰歌の完了を見ず配流」になったことが不吉だという為世の後退は、暗に為世も為兼の無実を承認していたことになるのではないか。為兼に謀叛とか呪咀とか、皇統の大事に干与した等の罪状があるならば、ここぞとばかり、為世は追及せねばならぬ筈だからである。

為世は撰者の器に非ず

さていずれにせよ、右に引用した程度の為兼の陳弁では、為世が烈火の如く怒る必然性は薄い。重陳状の語句を拾っていくと、次のような章句が目につく。

虚訴とは何事哉《や》。自身《（為世）》の訴を以て、偽《いつは》つて為兼の直言を掩《おほ》ふ歟。冥の照覧に於ては、微臣殊に作《な》す所なり。我が朝は神国なり。（第二条）

為世卿旁《かたが》た以て撰者の器に非《あら》ず。その身の不可《ふか》を顕《あら》はさんが為、猥りに無道の濫訴に及ぶ歟。俊成・定家・為家等の卿は、庭訓相続《ていきんあひつ》ぎ、故に□《（歌カ）》道の奥義と云々。（第三条）

為世卿文書を伝へず。口伝を受けず。和歌の是非を弁《わきま》へず。道に於て最も中絶と謂ふべし。父祖に於て庭訓なきに依つて、雅有卿をあひ頼み、歌道の事を訪《とぶら》ふの条、存知の仁、数輩に及ぶ者歟。為相卿・雅教朝臣等申す旨候。（第六条）

なる程これでは為世が怒るのも無理はない。売り言葉に買い言葉で、罵詈《ばり》雑言の投げ合いの様相を呈している。三訴第六条では、為世が父祖の教訓を受けなかったので、飛鳥井雅有の教示を請《こ》うたことは、為相らに聞いてみれば判るとまで言っている。また為世が文書・口伝を受けず、為兼ひとり伝授していると自信を以て述べている点は、為兼がかねて冷泉家と親しく、かつて阿仏尼が宗家から運び入れたと言われる家伝文書等を自由に閲覧できる立場にあったことを示唆している。この点で為相は一貫して為兼の味方であり、為相の出訴は為世を挟撃する形となり結果的に為兼一人を益することになったのである。このような為兼の悪口に堪りかね、為世も為兼の父の為教の歌の下手ぶりを取り上げ、第二章で触れたように、為教が為氏に侘《わ》びを入れた話などを持ち出すことになったのである。

為世、証拠書類を呈出せず

さて右に引用した五月廿七日付の為世請文の副文《そえぶみ》が、他ならぬ為世三訴状であって、今日『延慶両卿訴陳状』の名で伝わる文書である。しかも、事ここに至ってなお、為世が例の弘長譲状を提出しないため、六月に入って伏見上皇は再び次の院宣を発して為世に命ずる所があった。

勅撰々者の事、尋ね下さるゝ条々、両月に及び未だ左右《さう》を申されず。何様《なにさま》候哉。先日御請文の如《ごと》くんば、重申《まうし》状に載せ申さるべしと云々。三問(訴)状に就て別の御不審事等、上(上皇)に於て尋ね下さる。訴陳状に混《こん》ずべからず。急ぎ申さるべく候。弘長二年民部卿入道状正文、叡覧に備《そな》へ進《まゐら》すべきの由、度々《とど》仰せられ候《さふら》ひ了んぬ。急ぎ進覧《しんらん》せらるべきの由、仰せ下され候なり。恐惶謹言

(延慶三)六月十二日　経親

民部卿(為世)殿

この伏見上皇の叱責に近い命令に、為世がどう対応したかは不明である。為世三訴状に対する為兼の三陳状は、七月十三日に提出された。その本文は伝わっていないが、院司経親に宛てた自筆書状が幸いに現存している。それは次のようなものであった。

勅撰間《あひだ》の事、為世卿三問(訴)状に就て、事書一巻これを進《まゐら》せ候。この事書言を尽さず、文意に及ばず候歟。勅撰の奥頴《あうえい》と云い、和歌の実体と云ひ、尤も召し決せらるべく候歟。謀計尽期あるべからず候哉。これ等の趣を以て、計《はから》ひ披露《ひろう》せしめ給ふべく候歟。恐々謹言

(延慶三)七月十三日　　為兼

謹上　前平中納言(経親)殿

(『岩崎小弥太氏所蔵文書』)

これによれば、勅撰の奥義と和歌の実体については到底文言を尽くせないから、法廷で対決させて欲しいと言っている。ともあれ、当時の裁判は三問三答を越えてはならぬとされ、両者の言い分はこれで打ち切りとなった訳である。裁廷は、いわゆる院評定制であるから、第三章第一節で論じたように、摂政鷹司冬平、左大臣西園寺公衡、中納言葉室頼藤、吉田定房の議定衆による審議にかけられていた筈である。そしてこの公裁を経てなお、為世に有利な裁決案は出てこなかったのである。

この問題は、和歌の奥義を判断する争いであるから、摂政以下の議定でも、結局伏見上皇の裁断（叡慮）に委ねられることになったようである。延慶四年（一三一一）の春頃と推定されている伏見上皇の次の宸翰《しんかん》は、上皇の苦悩をよく物語っている。

勅撰の事
民部卿（為世）と京極大納言（為兼）と相論の訴陳状等これを遺《のこ》さる。これに就て何様《なにさま》沙汰あるべき哉《や》。凡そ叡慮に叶ふの風体を以てその集を撰ばる、の条、年来の（伏見上皇の）御本意たり。（中略）為兼卿一人あひ貽《のこ》り、叡慮の風体を存ぜしめ、その功を終るの条、且《かつう》は早速として旁《かたが》た然るべしと雖も、為世・為相等の卿頻《しき》りにあひ加はるべき旨、競望《けいまう》の所存ある歟。面々撰者に仰せられ各々これを奏覧す。作者と云ひ撰歌と云ひ、殊《ことな》る参差《しんし》の事あらば、改めらるれば大概撰者の所存を宥《なだ》め用ひられ、彼是《かれこれ》各別の撰集として披露あるの条、各所存を達し人望に叶ふべき歟。同時に数箇の撰集出来《いできた》るの条、新儀に似たりと雖も、強《あなが》ち巨難に及ぶべからざる乎《か》。且は面々の所在露顕の条、中々その興《きよう》あるべき乎。
（『伏見宮旧蔵文書』）

この宸翰は、文中に為兼を大納言と呼んでいることから、彼が大納言に昇る延慶三年十二月以降であることは確実である。この書状は摂政か誰かに宛てられたものと思われるが、上皇は一時、「為世・為兼・為相の三人に、別々の撰集をさせよう」（石田博士前掲論文）とまで考えていたことが知られる。

為教の愁状を、「尾籠過分《びろうかぶん》」の一語の下に却下した亀山上皇の態度と比較しても、伏見上皇の裁許に臨む姿勢は公正であり、寛大である。寵臣為兼に充分な理があると認めても、なお為世・為相の立場にも配慮しようと言うあたり、記録所に庭中を設け、訴訟の過誤救済をはかろうとした正応徳政（本書第三章参照）の精神は、この時期の伏見上皇にも依然としてうかがえるのである。

関東、伏見上皇を支持

しかしながら、同時三種の撰集奏覧という異常事態は、当時の公卿界の常識を超えるものであった。三種奏覧の案は、恐らく摂政冬平あたりが反対して潰されたのであろう。結局伏見上皇は為兼独撰の線で朝議をまとめ、内々鎌倉に対し協議を諮《はか》った。この鎌倉との協議こそ、為世側が秘かに起死回生を狙い、期待をつないでいたものであるが、前にも触れたように、鎌倉の判断は、上皇の叡慮に任せるというものであった。ときの持明院統の治世は幕府が撰んだものであり、執政上皇の裁定を幕府が覆《くつがえ》すことは、余程強力な理由が必要であるが、問題が歌道に関することであり、最初から幕府は京都の裁定に干与する腹はなかったとみられる。こうして関東も伏見上皇の判断を支持したため、応長元年（延慶四年）五月、上皇は為兼に勝訴を申し渡した。それは敗者側の為世が、鎌倉へのとりなしを願い出た愁状（一部は前掲）によって知られる。

勅撰間の事、基仲朝臣帰洛の後、為兼卿一人を以て、撰用せらるべきの由、関東勅答を申さるゝの旨、世上鼓噪《こさう》せしむと雖も、頗《すこぶ》る信受に足らざるの処、去る三日已に彼卿《かのきよう》に仰せられ畢んぬ。御沙汰の次第迷惑他なし。訴陳未だ整はず、還非一決なく、妄《みだり》に理不尽の義を以て人（為世）の一期《いちご》を失はるゝの条、豈《あ》に政道の法と謂ふべき乎《か》。

このように、為兼独撰決定の噂がまず流れ、為世はなお真《ま》に受けないでいた所、五月三日に至って院宣が為兼に発給されたことを知った。

為世の執念

しかしなおこの期《ご》に及んでも為世は諦めず、最後の執念をふり絞《しぼ》って、関東への取りなしを西園寺家に願い出ているのである。妄執というか、鬼気迫るものがある。

右の文にひき続いて、先に引いた関東の朝政粛清の故実を引き（本書一九一頁参照）、続けて二条家の立場と窮状を訴え、次のように泣き落とし戦術に出る。

爰《ここ》に為世憖《なまじひ》に一家の正統を稟《ひん》し、独り吾道の余風を伝ふ。俊成卿より以後、已に五代相続の撰者たり。今、当代に限り其《その》名を削らるゝの条、別の罪責あるに似たり。老臣（為世）苟《いやしく》も将軍家御師範の名を籍《か》り、加之《しかのみならず》、私の御師範たり。而《しかれど》も忽ち眉目を失ふ。粗《あらあら》先規なく傍例なし。（中略）老臣の不肖により、関東の勢力を軽《かろん》ぜらるゝに似たり。歎かざるべからざる乎《か》。（中略）微臣（為世）其《その》家高貴に非ず、其《その》身賤愚と雖《いへど》も、家業を伝へ久しく朝列に接す。一流滅亡に及ぶの条、何ぞ無偏《むへん》の哀恤《あいじゅつ》に漏れん乎《か》。当代に於ては徒《いたづ》らに奇捐《えん》（棄）に預るの上は、子孫永く拝趨の望《のぞみ》を絶つ。為世、何の面あってか跡を朝市愁繋の塵に留めん乎。速《すみや》かに辺境に卜居し、余算を終ふべきものなり。糸髪の運命、只《ただ》東風（幕府）の無偏を仰ぐに依《よ》る。紅涙を拭《ぬぐ》ひ、紫毫《しがう》を馳《は》す而已《のみ》。

（応長元）五月廿六日　　為世

（西園寺実衡）権中納言殿

さすがの為世も、激しい言句は影をひそめ、山里に隠遁し、余命をはかなく終る他ないといい、只管《ひたすら》、同情を誘う作戦に出ているが、時すでに遅く、いわゆる後の祭りであった。もとより関東からは何の音沙汰もなく、ここに為兼は父為教の無念を雪《そそ》ぎ、宗家二条家に勝ったのである。

4　『玉葉集』の内容と歌風

宿願成る

『玉葉《ぎょくよう》和歌集』の奏覧は、正和元年（一三一二）三月二十八日で、さきの勅撰院宣の翌年で、下命からわずか十カ月で完成したことになる。しかしこの撰集は、為兼の努力とはいえ、佐渡配流以前から営々《えいえい》孜々《しし》と続けられてきたもので、事実上は十数年ごしの業務であったといえよう。『増鏡』は、

今だにと、急ぎたゝせ給ひて、為兼の大納言うけたまはりて、万葉よりこなたの歌ども集められき。正和元年三月廿八日奏せらる。玉葉集とぞいふなる。この為兼の大納言は、為氏の大納言の弟に、為教の右兵衛督といひしが子なり。限《かぎり》なき院（伏見）の御おぼえの人にて、かく撰者にもさだまりにけり。

そねむ人々多かりしかど、さはらむ《障》やは。院の上《伏見上皇》、好みよませ給ふ御歌のすがたは、前の藤大納言為世の心にはかはり《変》てなむありける。御手《書跡》もいとめでたく、昔の行成大納言にもまさり給へるなど、時の人申しけり。

とこの間の経緯を叙している。とにかく、持明院統の撰集としては、待ちに待ったものであり、京極派の待望の集としての、宿願と意気とを示している。

（石田博士前掲論文）

とされる大部なものであった。

読み人の顔ぶれ　奏覧後もいく度か補訂、修正が行なわれたが、現在伝わっている公式の見解では、総計二千八百一首、歴代勅撰集中、歌の多さで最大規模であり、古来『万葉集』に次ぐという。主要作家の歌数を、久松潜一氏の紹介によって多い順に列挙すると次のようである（『中世和歌史論』）。

伏見上皇	93首
定家	69首
実兼	62首
為子	60首

俊成	59首
西行	57首
為家	51首
永福門院	49首
為兼	36首
和泉式部	34首
（西園寺）実氏	31首
従三位親子	30首
慈円	27首

これで注目されるのは、撰者為兼の自作がわずか三六首と意外に少ないことで、これは先述のように嘉元元年（一三〇三）十二月に為兼が『新後撰』の撰集につき為世にかみついたように、撰者の歌数は一般に少な目に載すべきだとの持論に基づいたものである。また次に西園寺実兼が六二首、実氏が三一首採用と西園寺家に配慮を加えていることで、これは幕府対策であるとともに、当時から一貫して関東申次と為兼の間は、何ら疎隔はなかったことを示している。

新古今の影響

伏見上皇、永福門院、姉為子と、京極派の代表的歌人の歌が多く採られていることは当然として、定家・俊成・西行・慈円と、いわゆる新古今歌人が上位に名を列ねていることは、別の意味で注目される。石田博士は、為兼の歌の特色の一つに、「新古今的」なるこ

とを挙げておられる。その代表作として

梅の花紅《くれなゐ》匂ふ夕暮に　柳なびきて春雨ぞ降る　（『玉葉集』巻十）

寂しさは花よいつかの眺《なが》めして　霞に暮るゝ春雨の空　（『風雅集』巻二）

夢路まで夜半の時雨の慕ひきて　醒《さ》むる枕に音まさるなり　（『新拾遺集』巻六）

等の歌を思い浮かべることが出来る。

と紹介されている。このように、『万葉』の宣揚を一方で標榜する為兼が、他方で『新古今』調の作歌を行なっていたという矛盾について、石田博士が第一に指摘されていることは、定家への思慕、傾倒であるという。若年時は再三触れたように、為家・安嘉門院四条から歌の手ほどきを受けたのであるが、京極派として独立した頃には、為家よりも曽祖父の定家の継承を強く意識していたという。

定家への傾倒

『為兼卿和歌抄』は為兼の歌論書として殆ど唯一のものであり、久曽神昇氏の研究によって弘安八〜十年（一二八五〜八七）の成立とされているものだが、時あたかも

伏見天皇の東宮末期の時代で、東宮凞仁の絶対的支持を得た京極派歌壇の聖典であるといわれる。この歌論書のなかで、為兼は、

京極入道中納言定家、千首を詠み送る人の返事にかける如く云々、
中納言入道《(定家)》申しけるやう上陽人をも題にて云々、

などと、再三定家の言を引用しており、石田博士は五例を列挙しておられる。この理由として、博士は為家の歌が「二条派の歌に直結するもの」である故に、二条派との差異を強調すべく故意に定家を慕ったという。今一つ博士は為兼が「定家に近い人間」であったとされるが、これには私は少しく異論がある。「煙競べ」の歌で後鳥羽上皇から出仕差止めとなったように、佐渡に流された為兼と似ている境遇も若干あり、性格の激しさも共通するかも知れないが、何より定家は、「紅旗征戎吾事に非ず」という政治嫌いであり、後鳥羽院への反感を隠さなかったことで有名であり、『明月記』をみてもそれは明瞭である。然るに為兼は、花園上皇も追憶するように、「愛君」熱誠の人で君に仕えること極めて生まじめで、定家のような皮肉さは微塵もない。従って為兼の新古今回帰は、定家の歌論への傾倒であるにしても、定家の人間への親近感ではなかろう。

万葉・新古今の調和

このように、石田博士は為兼の定家敬慕を強調されるが、その一方で万葉風の詠歌も指摘されている。それは次の三首である。

思ふ方に見えつる夢をなつかしみ
　今日は眺めてわれ恋ひまさる　（『玉葉』巻十一）
浪の上にうつる夕日の影はあれど
　遠つ小島は色暮れにけり　（『玉葉』巻十五）
高瀬山松の下道分け行けば
　夕嵐吹きて逢ふ人もなし　（『風雅』巻一）

博士は右三首を格調・率直さに於て万葉的とはされるが、「色暮れにけり」等は新奇な言い方で、「為兼の歌を万葉的だということはきわめて限定した意味の外は言えない」と、かなり懐疑的、否定的である。

これに対し、久松潜一氏は、『玉葉集』中に採択された『万葉集』の歌が、『新古今集』のように改作されて載せられているのではなく、殆ど原作のままに載せていることを指摘し、

彼の歌論の根本は万葉的な率直な心を尊重するとともに、新古今的な表現をも認めてその両者の自然の調和に理想をおいたと見られる。

と総括されている。私もこの意見にほぼ賛同する者である。土岐善麿が、天智天皇の「わだつ海の豊《とよ》

旗雲《はたぐも》」の歌に匹敵するとして示された伏見天皇の、

宵のまのむら雲づたひ影みえて
　山の端めぐる秋のいなづま
（『玉葉』巻四）

の如きは、まさに久松氏の総括に合致する歌としてよいのではないか。雄大な叙景の中に、しかも動きがあり、王者の歌として、「わだつ海」に遜色なかろう。万葉への回帰といっても、語句まで万葉調を歌った実朝の回帰とは全く違うことに留意したい。

二条家の歌も採択

ところで、ここで延慶の争論で敵対した為世らの歌がどう扱われたかを見ておきたい。

為氏（為世の父）　16首
為相　13首
為世　10首

とあって、あれだけ大喧嘩した為世の歌を十首も採っている。しかも

入日さす峰の梢《こづゑ》に鳴く蝉の
　声を残して暮る、山元《やまもと》

空は猶まだ夜深くて降り積《つも》る
　　雪の光にしらむ山の端

など、驚くほど京極風、玉葉風で、為兼はこのようにライバルの歌の中にも玉葉的な歌を認めて採択している点、

為兼の態度はかなり公平であったと見られる。

と久松氏が指摘されているのは、その通りであると思う。これに対し、為兼再失脚後、二条派により編まれた『続千載集』『続後拾遺集』には、為兼・為子の歌は一首も入れていないのであるから、京極派のフェア、二条派のアンフェアぶりはきわ立っている。このような為兼の公平さは、伏見天皇(上皇)の裁判に臨む態度にも共通するもので、広い意味で〝正応徳政〟の精神のあらわれと言っても差支えないと考える。

為兼の持論

ここで為兼の持論である「和歌の本質とは何か」について触れておく。先述の『為兼卿和歌抄』に於て、彼はいきなり「和歌と申候物は」と大上段に振りかぶる。

境に随ておこる心を声に出し候事は、花に鳴く鶯、水に住む蛙《かはづ》、総て一切生類皆同じ事に候へば、

生きとし生ける物何《いづれ》か歌を詠まざりける。

となし、

内に動く心を他に表はして、紙に書き

たるが歌あるいは「心のままに詞の匂ひゆく」のが歌であるとした。人間の自然の感動を声にあらわしたものが歌の本質であり、だから鬼神をも動かすとした。要するに歌は自由に、感覚を尊重して詠むべきであるというのである。これは彼の神仏観にも通じ、歌仏一如の境地を強調し、後年配所から花園上皇の下問に答えて、

仏法と和歌と、更に差別あるべからず。

(『花園天皇宸記』元弘2・3・24条)

と言い切っている。

和歌の本質は人間自然の感動であるという彼の説は、空海の『文筆眼心』や『古今集序』から感得されたというが、彼の偉大さは、

それらの文献から単に言葉として受け取らず、深い思索と体得とで受け取り、そこからすべての和歌活動を導き出している。（石田博士前掲論文）

ことにあるとする、石田博士の結論は説得的である。当時は宋学の勃興期で、仏学も大陸の教説が流入して儒仏の学が上流社会に普及した時代である。諸学に通じた伏見上皇・花園天皇らは、先例と故実に縛られる二条派の歌学に飽き足らず、花園天皇の如きは

浅近、用ひられ難し。（浅近は深遠の反対概念）（『花園天皇宸記』）

と軽蔑の色をあらわしている。同じ花園上皇が、

為世卿の歌（中略）その本に暗し。
為世、都《すべ》て和歌の本意を知らず。
当時は皆、その本を知らず。
天下の人、皆その本を知らず。（『宸記』元亨4・7・26）

と日記で漏らしているのは、右の為兼の和歌本質論を理解していない、ということなのである。以上

のように、為兼の歌論は、理論尊重の当代の風潮に投じ、その先進的理解者というべき伏見・花園両上皇の庇護を得、開花することができたのである。

恋の歌に難点

『玉葉集』の歌風に対して、当時から批判・非難は水面下で活発であり、『野守鏡』（参議六条有房の作かとされる）や正和四年（一三一五）八月に公表された『歌苑連署事書』等の揚げ足取りに等しい批判書があるが、花園上皇の評言がすべての意を尽くしているように、取るに足りない。ただ、二千八百首と余りに撰歌の巾が大きく、中には凡作も少なくないことは、諸家も認めるところである。最後に、為兼の恋の歌として、

人も包み我も重ねて問ひ難《がた》み
　頼めし夜半は唯更《ふ》けぞゆく
訪《と》はむしも今は憂《う》しやの明け方も
　待たれずはなき月の夜すがら

等がよく引かれるのであるが、石田博士は「ひいき目に見てもあまりよい歌とは言われない」と厳しく、久松氏は「叙情詩として必ずしもすぐれているかどうか問題」と、どうも文学者の間では評判がよろしくない（私は個人的には右の一首目が好きなのであるが）。為兼に〝有心妖艶〟の才なく、この点で定家に及ばずとする石田博士の言は妥当であろう。

時宗の他阿に帰依

ところで、為兼の歌境（対象範囲）が、佐渡在島で変化した点については既述したが、もう一つ、流人生活による変化として、宗教歌への開眼あるいは、彼の宗教観が深化したことについて言及しておきたい。為兼は、延慶の三問三答の直後と思われるが、伏見上皇に暇を乞い、鎌倉に下向して、要路に運動したと思われるのだが、下向の目的は撰集の相論だけではなかった。『大日本仏教全書』に収められる『他阿《たあ》上人法語』巻八の中に、次のような一文がある。

> 去る延慶三年、為兼卿関東下向のとき見参ありて、念仏往生のいはれ尋ね申されて、信心落居の後、三条新中納言（公雅）その頃宰相中将にておはせしが、上人の御歌を所望あり、為兼卿の許へつかはさる、時、合点の歌の歌卅三首のうち（以下他阿の詠歌三首略）

これによれば、為兼は鎌倉で時宗二世他阿上人（真教）を訪問し、「念仏往生の謂《いわ》れ」を質問し、「信心落居」つまり心から信仰を得て、安心したというのである。その後三条公雅《きんまさ》が他阿の詠歌を所望してきたので、他阿は為兼に依頼して、自分の歌中からよいものを選んでもらった（合点とは、為兼の評定による及第点）という。なお他阿と為兼の関係について、同じ『他阿上人法語』巻八に、

> この歌玉葉集に読人不知《しらず》とて入

として、九首の釈教歌が収められているのである。恐らく、為兼が他阿から提供を受け、帰洛後撰集に入れたものではなかろうか。このように、為兼はかねて時宗に帰依していたことが知られるが、他阿への面会の手引きは冷泉為相が務めたかと思われる。同じ『法語』巻八に、

徳治三年夏の頃、為家卿出題の千首題をよみ給ひしに為相卿合点ありし雑の部のうち

とあり、遅くとも徳治三年（一三〇八）夏以前に、為相は他阿と知音であったことは確実で、他にも為相が他阿の詠歌に合点を打った旨は正和五年・文保二年（一三一八）にも見えている。

このような為兼の時宗入信の契機は、田中圭一氏も推測されているように、佐渡在島であろう。

西へのみ通ふ心を極楽の
　道のしるべと思ひ知らずや

の詠は為兼在島中と伝えられているが、絶望と帰洛願望へ揺《ゆ》れる為兼が、浄土信仰にすがったとしても不思議ではない。というのは、弘安八年（一二八五）四月、一遍が入洛して四条道場で念仏した折、

貴賤上下群をなして、人はかへりみること能はず、車はめぐらすことを得ざりき

と記され、当然為兼も見聞していた可能性があり、前内大臣久我通基が一遍を訪れたことは公卿界でも評判となっていた。また為兼が佐渡に赴いた永仁六年（一二九八）には、他阿は越中から越後に入り、柏崎・国府辺りに居たという。為兼と何らかの接点があったとしてもおかしくない。私は在島中に、為兼が浄土信仰と時宗への帰依に傾いたのではないかと推測する者である。

第六章　再び配所の月

1　春日社参

大納言に昇る

『玉葉集』の争論がようやく決着の見通しもついた頃、延慶三年（一三一〇）十二月二十八日、為兼は権大納言に任ぜられた。『公卿補任』には、

藤為兼十二月廿八日権大納言に任ず。明年正月御元服の上寿たるなり。

とあり、昇任の名目は、明年正月に予定されている花園天皇元服式の〝上寿〟を勤めるためであったとされている。庶家ながら羽林家《うりん》（御子左）の極官《ごっかん》に昇りつめたことになる。彼の任大納言以後数年

間の時期は公卿日記を欠き、為兼の公卿・官人としての動静を記すものが全くない。延慶の相論経過があれだけ付属文書が残っていて詳細に辿ることが出来るに対し、不思議なくらいである。わずかに管見に触れた史料に、次のようなものがある。

覚円僧正来る。去夜上洛すと云々。院最勝講証義、御点を入れざる事、鬱陶《うっとう》の気あり。尤も然るべし。凡そ南都の僧名、偏《ひとへ》に実聡僧正権勢に属し、入道（為兼）内々に計らひ申すと云々。毎事以目《いもく》〳〵。

（『公衡公記』正和四年四月十五日条）

正和四年（一三一五）に於る関東申次西園寺公衡の日記の伝えるところである。当時為兼は伏見上皇の出家（正和二年十月）に従ってすでに入道しており、また同時期に伏見法皇は政務を子息後伏見上皇に譲っているから、為兼に政治力は全くない筈であった。ところが、後伏見上皇は総ての政務を掌握していなかったらしく、南都の僧官人事については、京極為兼が動かしていたことが知られる（ここで名の出ている実聡という南都の高僧は、二条為世の弟である。後述）。新院後伏見は、恐らく父帝伏見に頭が上がらず、為兼の容喙《ようかい》を拒否できなかったものと思われる（これが後年、後伏見上皇の為兼への厳しい処置となって現れることになる）。このような現象は、伏見天皇親政期にもあり、南都の騒擾の件で政務を手離した筈の後深草上皇が臨時に干与していたことが確かめられる（『実躬卿記』）。

伏見上皇の遺言状

正和元年（一三一二）十二月、伏見上皇は恐らく翌年の出家隠居を見通したのであろうか、管領する皇家領荘園の分配・処分を決定し（『伏見宮記録』）、後伏見上皇に譲状を授けたが、その中で次のように、為兼知行の地を指定し、特別に留意するよう申し渡した。

一、為兼卿当知行の所々、改動の儀あるべからず。両御方新院内裏御乳父として勤厚《きんかう》を致す。尤も思し食《め》し入れらるべし。子孫（為兼の）奉公を致すの仁これあらば、相伝知行敢《あへ》て違乱あるべからず。功臣の余胤、殊《こと》に優賞あるべきもの歟《か》。

一、越前の国和田《わだの》庄、余（伏見）の追善別所として、為兼卿に仰せ付くなり。子細別状に載せ、預《あづ》け賜《たまは》り了んぬ。

このように、伏見上皇は為兼が代官（徴税請負人）として関係する皇家領については、改動を厳禁し、自身の追善料所越前和田庄の代官も為兼に指定した。特別の優遇というべきである。ところが後伏見上皇は父帝が崩じると、その遺言に全く背く行動をとることになった（後述）のは皮肉であった。

この頃、二条為世は、『玉葉集』がすでに撰進され、関東への愁訴も全く空振りに終り、絶望からか朝廷を怨んで籠居した。『花園天皇宸記』（以下『宸記』と略す）に、

正和（元年）、為兼卿勅を奉《うけたまは》り玉葉和歌集を撰進す。為世卿頻《しき》りにこれを訴ふ。是《これ》に依つて旨に忤《さから》ふ。

為世また朝廷を怨み籠居、随ってまた職を辞す。数年後為兼事に坐す、仍《よっ》てまた出仕す。
（同記元亨4・7・26）

とあるのがそれである。

天皇、為兼の病を気づかう

正和元年九月、伏見上皇の生母玄輝《げんき》門院が孫の花園天皇に逢うため内裏に「密々《みっく》」御幸したが、内々のためと称し為兼の私車を借召された。上皇の寵臣ならではの出来事といえよう（『宸記』9・13）。

正和二年（一三一三）三月、為兼は鎌倉から帰洛した（『宸記』）。恐らくこの年十月の伏見上皇出家と、後伏見上皇への政務移譲を諮るための勅使ではあるまいか。この年為兼はすでに六十歳の高齢であったが、席の温まるいとまもなく、五月には高野山に院使として下向を命ぜられている。伏見上皇が空海の夢想によって仁王般若経を写し、それを奉納するためであった（『後宇多院御幸記』）。七月、後伏見上皇に嫡子量仁《かずひと》（後の光厳天皇）が誕生した。これで後伏見が嫡流となることは決定的となり、十月の政務移譲の手続きがとられたのである。

一方、度重なる旅行の疲れが積もったのか、六月には為兼が発病した。花園天皇は、

今日聞く、京極前大納言所労、別事なしと云々。昨日火針と云々。その後増さずと云々。朝家について殊に為悦《ゐえつ》の者なり。才《（漢）》学なしと雖も、直臣なり。又深く忠を存ずる人なり。歌道に於ては只一

人なり。旁《かたが》た以て為悦の者なり。

と病状を気づかう。信任のさまが窺える。しかもこの年、花園天皇はわずか十七歳（満十五歳）という若さである。天皇の早熟ぶりが想像される話でもある。

このように、本院（執政）上皇と天皇の絶対の信任を得ていた為兼であるが、彼と新院後伏見および中次西園寺氏との間には、次第に暗雲がただよい始めていた。

西園寺公衡面目を失う　延慶四年（一三一一）二月、後伏見の中宮広義門院（花園天皇の准母でもある、西園寺公衡の娘）が女子を出産し、翌三月、姫宮が持明院殿に御成の行事があり、広義門院の車寄には前大納言土御門親定が候ずることになっていた。ところが親定は姫宮の車に祗候《しこう》していたため遅参し、

仍て当座上首に就て、為兼卿召に応じ参会《さんね》御車寄に候ずと云々。この事太《はなは》だ以て然るべからず。時に三条大納言（公茂）・実衡卿等列に候ず。この役更に位次上下を論ずべからず。然るべきの人召に応ず。乃至《ないし》は宰相中将・三位中将等。猶以て先例かくの如し。而《しかれど》も両卿を置き乍《なが》ら、彼卿（為兼）召に応ずるの条、頗る以て珍事歟《か》。両人面目を失い了んぬ。（『公衡公記』）

便宜為兼が「召に応じて」車寄に候じたが、公衡が記すように、この際は「当座上首」は関係なく、

三条公茂か中納言西園寺実衡でよかったのである。それが、両人を閣《さしお》いて為兼が出しゃばった形となり、公茂・実衡は面目を失ったというのである。この場合は、面目を失った人が悪かった。公衡の子、実衡の顔も潰してしまったからである。為兼を召した後伏見上皇は、翌日公衡に「謝り仰せらる」旨の御書を賜って一件は落着したが、公衡の心証を害することになったのは間違いない。

正和二年（一三一三）十月十七日、伏見上皇は出家し、前述のように政務も後伏見上皇に移譲した。為兼も伏見上皇に従って出家し、法名を静覚《じょうかく》と号した。君臣水魚の君主の出家であるから、それに殉じたのは当然としても、主君に見習って、政務一切から手を引こうと考えはしなかったのであろうか。彼に後深草上皇の謙虚さの十分の一でもあったなら、と想像するのは詮ないことであるが、剛毅・男性的な性格の一方で、彼の欠点は慎重さの欠如であったと言い得る。彼がかりに、この出家を機に、真実の隠遁生活に入っておれば、後年の悲劇は確実に避け得たと思われる。伏見法皇が、彼の性格を危ぶんで、彼の晩年のためにそこまで配慮しなかったことは、為兼のために惜しまれる。

公衡の怒り

正和四年（一三一五）五月、西園寺公衡は病勢が進行し、病を養っている今出川の常磐井殿には珣子《じゅんし》内親王や実衡も同居していることを鑑み、「子細有るに似たり」と称して、別邸の春日屋敷に引き移った。移徙《いし》のあった十日、たまたま検非違使別当堀川光藤が、「直衣《のうし》始《はじめ》」の儀のため、常磐井邸を訪れた。公衡はかねて光藤が、別当という〝顕職《けんしき》〟に栄転して以来、全く自分に挨拶に来ないのを怒っていた。そこで家司の橘知経を呼び、光藤に「どうして今迄訪ねなかったか」と言わせたのである。そこのところを公衡の日記には次のように記録されている。

今日大理(光藤)直衣始と云々。常磐井殿に来る。(橘)知経を以て問答す。凡そ顕職(別当)以後、今に来《きた》らず。内府(洞院実泰)の許《もと》へは連々行き向かふ。去月十種供養免者参陣の次《ついで》も行き向かふと云々。由緒何事《なにごと》哉《や》。彼卿(光藤)家(西園寺)門に於て恩顧の仁なり。伊予国久持別府、父顕世卿、時に左衛門権佐別の恩顧として知行すべきの由書状今にこれを帯す父卿一期昵近《じっこん》、この卿(光藤)に於ては偏《ひと》へに権勢内府并びに為兼入道を存じ、家門を蔑如するは奇恠《きくわい》なり。而《しかれど》も顕職の事、問訪の事等あり。強《あなが》ちこれを審《つまびら》かにせずと雖も、猶ほ然るが如き事として、今日始て入来歟《か》。所存太だ以て可《か》となさず。子孫に知らしめんが為、聊《いさ》かこれを記す。

これを要するに、堀川光藤は、西園寺家恩顧の公卿であるにかかわらず、検非違使別当という顕職に就いたとたん、西園寺家へは立ち寄らず、洞院内大臣邸や為兼邸を訪れ阿諛追従《あゆついしょう》しているのは、けしからぬというのである。関東申次の如き権門に在る公衡にして、洞院や為兼のことを〝権勢〟と称するのは不思議であるが、当時後伏見院政下で為兼らが依然として枢機を握っていること、公衡が病気がちのため、朝政への対応が疎かになっていること等の事情があったと思われる。いずれにせよ以上の『公衡公記』は、従来の為兼研究では全く利用されていなかったので、紹介の意を兼ねて史料を引用した。

為兼の春日社参

ところで、公衡と為兼は、延慶四年の車寄せ事件で物議をかもしたが、元来間柄は悪くなかった。同事件の直後、八月に公衡が前途永くないことを覚って出家したとき、為兼は歌を贈って慰めている。

応長元年八月竹林院前左大臣（公衡）かざりおろして侍りけるを聞きて申しつかはしける

方々に惜しむべき世を思ひ捨て
まことの道に入るぞかしこき

（『風雅集』巻十七）

この歌に対し、公衡からも返歌があった。従ってこの時点では西園寺家との間が険悪化したということはない。その公衡が、「奇怪なり」とか「蔑如し」等の言葉を用いて日記に不満を漏らすのは、よくよくのことと思われる。

公衡が春日第に移住した前の月の二十三日、京極為兼は、「生涯の最後を飾る」（石田博士）といわれた豪華盛大な春日社参を挙行した。公衡の日記には、

今日入道大納言為兼卿、種々の願《ぐわん》を果さんがため、一門を引率し、南都に下向すと云々。その間の事、天下起騒《きさう》、尋ね記すべし。

（『公衡公記』正和四・四・二三）

とあり、病を今出川第に養う公衡は、この騒ぎを皮肉の目で傍観していた。数日して、南都の覚円僧正（公衡の実弟に当る人物）から、為兼一行の詳しい動静を報告してきた。

参列の人々

次にその儀式の一部である二十四日西南院で行なわれた鞠会の記録を次に掲げる。これは、その参加者から、一行の性格が知られると思うからである。

覚円僧正粗《あらあ》らこれを注し送る。

四月廿四日、南都西南院に於て蹴鞠の事あり。京極入道大納言静覚、当社に於て宿願の事あるに依て、これを果たし遂ぐと云々。未《ひつじ》の一点鞠足等群集。房の東面を以て鞠場となす。切り立て松三本柳一本これあり。当寝殿前の庭上、高麗端《かうらいべり》三枚南北行北を以て上となすを敷き見所《けんじょ》の座となす。第一畳の中心、入道一人坐す。装束は墨染薄物文あり衣頸立・袴《はかま》下括《くくり》・円袈裟《まるけさ》これを着《ちゃく》す。

この日為兼は、墨染の薄《うす》ものに円袈裟を懸け、見所《けんじょ》（判定者）の座の第一畳のまん中に一人で座った。以下、参加公卿衆の記録が続く。

第二畳一人の座許《ばか》りこれを置く。資藤卿（二条）・家親卿（堀川）・資親卿（二条）等、各《をの〳〵》浄衣を着しこれに坐す面々入道に向く。座末に円座《わろうだ》三枚を敷く。愛尼丸二藍水干繡生袴青下濃・幸勝丸花橘水干袴縫扇・最上丸薄色水干袴縫扇。南に当り高麗端二枚・紫端《むらさきへり》三枚東西行、以上、上となすを敷く。嘉賀丸二藍狩衣繡以溥生袴青下濃・前右衛門督（花山院兼信）香白裏狩衣・京極宰相（俊言）花田狩衣・前左兵衛督（飛鳥井雅孝）浄衣・資教朝臣（二条）薄青狩衣・忠兼朝臣（京極）花橘狩衣襲汗取・為基朝臣（京極）薄青狩衣。座末に円座六枚を敷く。邦成浄衣・忠光白褁布狩衣・幸継花田狩衣・俊景浄衣・行員二藍狩衣・兼世花田狩衣等これに坐《ざ》す。北に当り紫端二枚を敷く。親康朝臣檜皮白裏狩衣・資清朝臣薄青狩衣・顕兼朝臣薄青狩衣これに坐す。座末に円座二枚を敷く。成兼・知春これに坐す。西に当り引き離し円座一枚を敷く。御随身延方法皇召次所これに坐す。東に当り賀茂社祠官忠久以下の輩基久・仲久貞久・教久円座を敷き列居。（以下鞠次第略）

このうち、公卿の面々を見ると、為兼の猶子忠兼（洞院実明の子、公賢とは従兄弟に当る）は当然としても、二条家から俊言《としこと》・為基（為世の弟為言の子、孫）と二人も参列していることが注目に値する。なお、資藤・資親・資教の三人の二条氏は、御子左宗家の二条とは別で、右大将道綱の裔である二条（中納言が極官）である。右の内、俊言・為基の父子は、二条家ながら為兼とは悪くなかったようで、為基は為兼の猶子となっている。また、花山院流の飛鳥井雅孝も列席していることから、この蹴鞠の会は、為兼の立場からすれば、二条家の一部を抱込み、御子左一門と飛鳥井家を含む、為兼縁故の廷臣達を引率した儀式のつもりだったのであろうか。

臨幸の儀に異らず

ともあれ、さきの公衡の日記にいう「一門」とは、京極でなく、御子左一門を差すことになる。さて蹴鞠は夕刻に終り、さらに演技が続く。

昏黒に及び事訖《をはん》ぬ。秉燭《へいそく》に及び延年の事あり実聡僧正門徒等。これを沙汰す。縁上に高麗端畳を敷く。資藤以下、雅孝卿の外、月卿雲客悉く以て着座。入道大納言座上に加はる。庭上侍二人狩衣を着す両方各《おの〳〵》明《あかり》を立つ。延方則ちかはり北座に着す。幸勝丸・最上丸地下に候《こう》す。入道着座以後、作中綱《ちゆうかう》・作仕丁《してふ》皆以て実聡の門徒なり松明《たいまつ》二つを乗《と》り行入。これに伴ひ遊僧以下進寄り延年、二方の内一方は楽を寄せ、一方は倶舎を誦《ず》す。各延年に参入。次で童舞の事舞童十人舞人童三人あり。青海波・蘇志摩・還城楽・納蘇利《なそり》等これあり。事了りて面々退散。

このように夕刻、薪《たきぎ》が燃える中で延年舞・童舞が奉納された。以上に記してきたように、装束のきらびやかなこと、贅《ぜい》を尽くした儀式次第を記した覚円の報告は、次の感歎の言葉で結ばれている。

凡そ卿相雲客の進退、その礼宛《さなが》ら主従の如し。事の壮観、儀の厳重、臨幸(天皇の)の儀に異ならず。摂関の礼に超過《てうくわ》するもの歟。

つまり、儀式の華美なことや御子左一門の為兼に対する応対は、摂関の儀を超え、天皇の行幸に匹敵するものであったというのである。参列した諸公卿の進退が「主従」の如しというのだから、二条家や花山院家の人々は、為兼に臣従の礼をとったことになる。すなわちこの儀式にみる限り、二条家は宗家の地位から転落し、京極家が宗家となったことを、俊言らが認めたことになる。そのような為兼の〝驕慢僭上《きょうまんせんじょう》〟に、疑問を感じた人々もいた筈で、蹴鞠が終ると退座した飛鳥井雅孝について、覚円の報告は次のように述べている。

抑《そもそ》も雅孝卿一人、両日蹴鞠以後則ち退去。延年以下の儀、見物に及ばず。所存在るに似る歟。

わざわざ覚円が、雅孝の退座についてこのように特記するのは、何か目立つことがあった筈で、「所存」すなわち雅孝の不満があからさまになっていたのではなかろうか。為兼の僭上ぶりを大げさに西園寺家に注進した公卿の中に、雅孝を想定しても左程《さほど》奇異ではなかろう。

実聡僧正の奔走

さて、為兼が如何に伏見上皇の権臣であったとはいえ、表向き政務から身を引き、しかも出家の身で、このような豪華な儀式を演出し得た背景は何であろうか。そのカギは、当時興福寺西南院主で、権別当であった実聡であろう。『興福寺略年代記』の正和四年条に

実聡時に前権僧正、十二月三日宣下大納言為氏息、西南院に住す

とあり、彼が二条家の出身で為世の兄弟であったことが知られるのである。すなわち右の覚円報告書で知られるように、延年舞が実聡門徒の沙汰であり、作中綱・作仕丁もすべて実聡門徒が勤めたように、盛儀の実働部隊は実聡とその門徒達であり、それ以外にも、実聡の奔走と根回しがあったことは容易に推測される。つまりこの盛儀を一段と華美にしたのは、二条家出身の実聡僧正の働きであり、当然為兼の要請に応えてのものであろう。さきに引いた四月十五日の公衡の日記にも「実聡僧正権勢に属し」とあるように、かねてから為兼に接近していたようである。要するに、為世の一流を除いて、二条家は俊言父子・実聡と春日社参に参加し、協力を惜しまなかったことになる。そもそも、摂関家の子弟のポストである興福寺の高官に、御子左家から異例というべき実聡が収まっていること自体不思議で、恐らく為兼の強力な引きと推挙があったからと考える方が自然である。実聡の存在によって、

為兼の春日社参は可能となったのである。

為兼が二条一門の実聡を抱き込んで二条家の子弟らを懐柔する試みはこうして見事に成功を収めたかに思われた。しかし不気味なのは西園寺家の動向であった。四月二十六日には春日社頭で法華一品経・唯識論開題供養等の儀があり、翌二十七日にも続けられ、また内々の蹴鞠があった。二十八日には宮前に於て「一品経和歌」すなわち法華経を讃嘆する和歌の披講があった。詠者は二条・九条・鷹司・近衛ら貴顕を網羅した観があるのに、何故か西園寺実兼・公衡が入っておらず、西園寺一門で奉加に応じたのは、唯識論四巻に名を列ねた公衡の息中納言実衡だけであった。『公衡公記』によると、実兼は為兼に和歌懐紙の書き方を尋ねており、それに懇切に答えた為兼（静覚）の書状（四月廿一日付）が収められている。実兼は当初は詠歌を呈出する筈だったが、何らかの事情で中止したらしい。この辺に何か因縁がひそんでいそうである。

正和四年（一三一五）九月二十五日、かねて療養中の入道前右大臣西園寺公衡は薬石効なく、ついに病死し、関東申次の要職には、父実兼が還補された。果然、為兼の身に一大鉄槌が下されることになり、同年十二月二十八日、為兼は六波羅の軍兵に捕らえられ、洛東の獄舎に下されたのである。

2 辺境の地を転々

為兼の捕らえられた日付は、諸書で一致しない。正和四年十二月とするのは『一代要記』や『皇年代記』であるが、『武家年代記』は翌五年正月三日とする。

日野資朝《すけとも》の羨望

入道大納言為兼、六波羅に召し置かる。（中略）召捕の御使安東左衛門入道父子と云々。

と、追捕使の実名まで記しており、具体的である。為兼の追捕は洛中の耳目を聳動《しょうどう》させた大事件であったとみえ、後年も種々の噂が流れた。その中で人口に膾炙《かいしゃ》したのは、『徒然草』に引かれる次のエピソードであろう。

為兼の大納言入道、召し取られて、武士どもうち囲みて、六波羅へ率《ゐ》て行《ゆ》きければ、資朝（日野）卿、一条わたりにてこれを見て、「あな羨《うらや》まし。世にあらむ思ひ出、かくこそあらまほしけれ」とぞ言はれける。

（『徒然草』一五三段）

この時の為兼について、石田博士は、

少しも悪びれず堂々と引かれてゆく為兼の姿に、この若い革命児（日野資朝）は男子の真骨頂を感じたものであろう。

とし、また、

かれには一面豪快な男性的なところがあり、卑屈の態度など少しもなかったようである。六波羅にひかれてゆく態度なども堂々としていたらしいことは、日野資朝が羨んだという説話（徒然草）によっても推測することができる。

と、彼の剛毅な性格の表われとしておられる。この為兼の姿は、よほど印象的であったとみえて、江戸時代には『絵本徒然草』にも描かれて、普及した。元禄頃上方で活躍した大和絵師西川祐信《すけのぶ》の筆である。しかし、為兼の装束が墨染の法体でないところ、召捕武士の安東入道がこれまた俗体であるところなど、誤まって描かれており、時代考証に馬脚をあらわしている。

西園寺実兼の憎悪

さて今回の捕縛の因は、同時代に再三為兼と接していた花園天皇の観察があり、それが定説となっている。

而《しかれ》ども入道大相国（実兼公）幼年よりこれ（為兼）を扶持す。大略家僕の如し。而も近年旧院（伏見上皇）の寵を以て、彼（為兼）と相敵《あひかたき》す。互いに切歯《せつし》し、正和□（四）年冬に至り遂《つひ》に彼の讒《ざん》に依り、関東重ねて土佐国に配す。

（『花園天皇宸記』元弘2・3・24）

為兼はこのとき六十三歳であった。為兼は捕縛されたとき、

配流の比《ころ》、和歌の文書九十余合、朕（花園天皇）に附属す。忠兼・教兼・為基等《ら》、器量に随って或は一見を免《ゆる》し、或は預け給ふべきの由、これを書き進《まゐら》す。

とあるように、花園天皇に和歌関係の家伝文書一切を依託した。九十余合というから厖大な量である。忠兼以下の三人は養子である。彼は男子に恵まれなかったらしい。彼は捕縛後、一、二カ月は六波羅に留められたが、二〜三月の頃、土佐国へ拉致護送された。『興福寺年代記』は配流を正月十二日として、

為兼禅門配所に趣《おもむ》く。路次立車《りつしや》見物これ多し。

と記録する。しかし同年代記（『文科大学史誌叢書』所収）は、一方で永仁五年（一二九七）に「大納言為兼玉葉集を撰ず」など、官位も年代も誤って記しており、後世の編集は明らかで、あまり信用でき

ない。

連座した人々

前回、佐渡配流の時と違って、今回は宮廷内に連座する者があった。俊言《としこと》朝臣は為世の弟・為言の息で、早くから為兼に可愛がられていたらしく、正和二年（一三一三）頃は蔵人頭の任にあったが、同年六月十三日・十四日には為兼から俊言を以て天皇に申入れている（『宸記』）。恐らく撰集の補訂の件であったと思われるが、俊言は為兼の息のかかった廷臣であり、その息為基は為兼の猶子であった。正和二年九月、俊言は参議に昇ったが、同五年正月に為兼の配流に連座して解官となり、子の為基も従って失脚した（『尊卑分脈』）。また養子忠兼は、正和四年十月、蔵人頭の要職に昇っていたが、この時連座して罷免されている（『職事補任』）。従って今回の処分は、廟堂内に於て為兼派を一掃する目的で行なわれたものとみられる。

また、花園天皇が実兼を専ら配流の原因とするその日記の書き方にも、奥歯に物の挟まった感じがある。まず表向きの罪状は、

罪を得るの故は、政道口入《くにふ》の故の由、関東已《すで》にこれを書き載す。不審に及ばす。

（『宸記』元弘2・3・24）

と花園天皇が記すように、幕府も「政道口入」と公式に認めていた。しかし一方で天皇は為兼のことを、

旧院の寵を以て人に驕《おご》るの志あり。是《ここ》を以て上皇の叡慮に背く。正和以来曽て通ぜず。

とあるように、後伏見上皇は彼の驕慢を嫌い、正和年中は為兼を退けていたというのである。従って、今回の配流の真因は、後伏見上皇と西園寺実兼との共同謀議ではないかと私は推測している。最後まで彼が京都に戻れなかったのも、後伏見上皇の抑塞《よくそく》があったからという。

安芸・和泉に遷る

さて、土佐配流後の為兼の動静は、殆ど知る所がない。為兼が土佐に居たのは短かったようで『風雅集』巻九に、

前大納言為兼、安芸国に侍りける所へ尋ね罷りて、題を探りて歌よみけるに、海山と云ふ事を

海山の思ひ遣られし遥けさも
越ゆれば易きものにぞありける　道全法師

とあるので、彼が安芸に配流換えになったことは確実であるが、その時期は判らない。また『宸記』元弘二年三月条に、

近年聊か優免の儀あり。和泉国に移る。

とあって、元弘二年（一三三二）よりやや以前の「近年」に和泉に移ったことも確実である。

ところで、かつて福田秀一氏が村田正志氏の教示によるとして紹介された、文保三年（一三一九）と推測されている四月廿日付の為兼自筆書状に、

先日参拝、心閑《のど》かに申し承《うけたま》はり候。尤も恐悦候《さふら》ひき。抑も続千載の号改められ候の間の事（以下略）

とあり、この書状宛先の公卿が、「先日参拝」とあるから、配所の為兼の許《もと》を訪問したと推定される（福田「為兼の書状二通」岩波講座『日本文学史』4、月報所収）。とすれば、正和五年（一三一六）の配流から、三年余りして、為兼は畿内の近い所まで移し替えられたことになる。ただし、花園天皇が、元弘二年（一三三二）の時点で「近年」というのが、十三年も前の文保三年に相当するかどうか疑問で、その場合は、四月廿日付書状の年代が問題ということになる。現在のところ、福田氏の年代推定が正しいとすれば、土佐は一年程で安芸に移され、そこも一、二年で和泉に移されたのではないか、という推定が成り立つ。とすれば、遠方の土佐、安芸は三年程で、畿内に移されたということになるが、花園天皇の「近年」の語も気に懸かるところで、この問題は暫く保留にしておきたい。

永福門院の夢想

さて、流謫《るたく》の日々は急激に過ぎ去ってゆく。文保元年（一三一七）九月、為兼に最後まで絶大な信頼を寄せていた主君、伏見法皇が崩じた。翌年、花園天皇譲位

し、後醍醐天皇の登場となり、元亨元年（一三二一）十二月、天皇は父後宇多上皇から政務を譲られて親政を始めた。正中元年（一三二四）六月、後宇多法皇崩じ、九月、後醍醐天皇の討幕運動が発覚した（正中の変）。この頃為兼は和泉の（恐らく）配所に健在で、七十一歳に達していたが、京都では二条為世の孫、為定が勅命によって『続後拾遺集』を撰び、同年十二月に奏覧の手続きとなっていた。

花園上皇は、

今度朕の歌請《こ》ふの間、遣《つかは》すべきの由思ふの処

（『宸記』正中2・12・18）

と求めに応じて自作を呈出するつもりでいたところ、永福門院鏱子《しょうし》（伏見后）から次のような申し入れがあった。

永福門院御夢想に、先院《（伏見上皇）》の仰せに云く。今度勅撰不可説《ふかせつ》の事なり。何ぞ況《いは》んや先度続千載の時、《（後伏見・》両院《花園）》の事なり上皇・朕御歌入るの次第不可説。為兼申す旨あり。凡そ今度この辺の人、一首と雖《いへど》も歌を遣《つかは》さず。嘲弄《てうろう》の基《もとゐ》たるべきの故なりと云々。

これによると、皇后の夢枕に故伏見上皇が現われ、今度の勅撰は「けしからぬ」代物で、前回やはり為世が撰に当った『新千載集』も呈出の和歌が勝手に改竄《かいざん》され、散々の不首尾で、歌を呈出するなど

言われて目が覚めたというのである。また為兼の「此辺」つまり持明院宮廷の方々は、一首も出してはならぬという申し立て（夢の中のことか、事実この言があったか不明）にも言及している。

女院母子、出歌を拒む

以上の永福門院の夢想によって、結局伏見上皇の御歌は一切出さないことになり、花園天皇も「歌無し」と称して呈出せぬこととした。後醍醐天皇の中宮から、永福門院へ御歌を出すよう催促があったが、勿論中止となった。

そもそも二条派による御歌の改竄とは、永福門院の、

天津乙女袖翻《ひるが》へす夜な夜なの
　月を雲居に思ひやる哉《かな》

という歌の「袖翻す夜な夜なの」の部分を、「袖振る夜半の風寒み」と改めてしまったことを指す。「風寒し、これ何事哉《や》。不可説々々々」と流石《さすが》の女院も立腹し、実兼を以て再三当歌を引き上げるよう命じたが、為世は、

撰者代々の故実なり。意趣を改めずして言を直せり。

と称して応じなかった。この事を聞いた花園上皇は、

為世卿は歌の趣を知らず。詞と意分別すべからざるの段勿論歟。仍て意趣を直さざるの由存ずる歟。不便《ふびん》々々。

と軽蔑と憐憫の情さえ漏らしている。詞と意は不可分であり、詞を変えれば意が変わってしまうことを知らないのだ、と手厳しい。（以上『宸記』正中2・12・18）

伏見上皇はこの世に居ないが、未亡人の永福門院と次男の花園上皇は結束して、持明院統の歌の呈出を拒み通した。つまり配所で恨みを呑んでいる為兼の顔を立てたのである。ここに和歌が皇統のシンボル、すなわち〝王権の文学〟として現出していることを確認しないわけにはいかない。

3　花園院の追憶と顕彰

終焉の地、河内

為兼は、こうして、土佐→安芸→和泉と配地を転々とした挙句、最期を迎えたのは河内である。すなわち鎌倉末期の貴顕の逝去の記事を集めた『常楽記《じょうらくき》』という記録に、

元徳四年壬申（又ハ元弘二と云々、先帝御治天、又ハ正慶元年、新帝御治天）三月□京極大納言入道為兼卿逝去（河内国）

とあり、『宸記』元弘二年（一三三二）四月廿三日条に、

今日為基（京極）朝臣申して云く、大納言入道為兼法名静覚去（月）廿一日薨去の由、伝へ聞くと云々。

とあり、この年河内で死んだことが明らかである。晩年は猶子の為基を通じて花園上皇と連絡を取り合っており、『宸記』の同日条に、

詠歌一巻去年（先年の意）の此《ころ》、為基朝臣泉州に遣《つか》はし、これを見せしむ。

とあって、自作の添削を乞うており、為兼が「仏法と和歌と更に差別あるべからず」と申し上げたのはこの時のことだ。死んだ時、為兼は七十九歳、当時としては異例の長寿である。若年は病気がちであったのに対し、佐渡在島あたりから、頑健になったようである。

土佐・安芸の配所については、佐渡ほどの伝承や記録に乏しく、詳細は殆ど判明しない。しかし、やはり鎌倉時代一般の政治犯のつねとして、守護所の近傍に配置されたことは推測されるので、土佐の場合は国府のあった後免（現高知県南国市）の付近、安芸の場合は、武田氏の居城のあった銀山城付近（安佐郡、現広島市内）であろうか。和泉の場合は推測が難しいが、府中付近とすると、惣社のあったと推定される現和泉市（JR和泉府中駅近傍）の寺社に預けられたかと思われる。河内は、鎌倉末期

の守護所は丹南《たんなみ》（現大阪府松原市丹南付近）であることが判明している（『楠木合戦注文』）ので、その近傍であると推測することは可能であろう。従って、為兼が河内に移ってきた最晩年は、元弘争乱の戦争期に当っており、軍兵の出入など慌《あわ》ただしく、騒然たる雰囲気であったと思われる。

花園上皇の追憶

為兼逝去の報に接した花園上皇は、その日の日記に千七百余字を費やして為兼の人となりや和歌を回顧した追悼文を書き留めた。これは公家や天皇の日記としても全く異例のことで、歌道における上皇の為兼への傾倒ぶりがうかがえる。その追悼文の摘要は今迄に何度か本書で言及・引用してきたが、なお全体として上皇の追悼を辿ってみよう。まず上皇は、為兼の官歴・歌歴や失脚の因等に言及したあと、伏見天皇と為兼が立てた歌の本義を次のように称讃する。為兼が土佐配流に先立って上皇に大量の歌書を預けたことは既に触れたが、

彼《かの》時朕猶若年、和歌の道に於ては深くこれを知らず。頃年《けいねん》以来彼口伝《かのくでん》等を憶念《おくねん》し、又内外典の深義《しんぎ》これを思ふ。旧院（伏見）并に為兼卿立《たつ》る所の義、寔《まこと》にこれ正義なり。世人これを知らず。為世卿、俊成・定家卿の嫡流たり。此義《このぎ》に達せず。身已に不堪《ふかん》なり。仍て彼（為兼の）六義を嫉妬し、目《もく》して正義に非《あら》ざるの由を称す。天下の人大半彼（為世）に帰す。和歌の道是《これ》より漸《やうや》く廃《すた》る。

このように上皇は、勉学によって為兼を理解し、為世の不堪なるを覚《さと》り、世人が為世を信じたため、歌道衰微が始まったとする。次いで上皇は、和泉・河内の配所の為兼とかわした和歌・仏法に関する

質疑応答を回顧し、

　仏法と和歌と更に差別あるべからず

の話を得て大変喜んだ旨を記す。さらに上皇は、なぜ日記にここまで為兼のことを記すのか、理由を開陳している。

　此等の事記して無益《むやく》、而《しかれど》も和歌の道已に以て滅亡せんと欲す。後世、自然《じねん》これ(歌)を好むの人あらば、邪正弁じ難《がた》かるべし。内典の義を以てこれを知るべきの故、一端これを記す。但し儒釈の義を以てこれを校《けう》し難し。故人和歌に心を用ふるの所に於て、分明ならずんば、又此道の義と知るべからざるものなり。

　こうして、花園上皇は、自身の学問の蘊蓄《うんちく》を傾けて、為兼歌論の本質に迫《せま》ってゆく。

為兼の歌論を回想

　弘法大師の文筆眼心、并に詩人玉屑《ぎょくしょう》、よく奥義を述ぶ。又俊成卿抄《せう》する所の古来風体、尤も和歌の意を得《う》。彼書等に見ゆ。自《をのづか》ら察すべきなり。定家卿僻案抄また然るべきの物なり。古来風体は、太《はなは》だ以て深奥に至る物なり。人輙《たや》すく知測《ちそく》すべからざるもの耶《か》。

このように、君主が臣下の専門領域を、学問によって真摯に理解し得たことは史上稀有なことといえよう。ついで上皇は再び為兼の性格と非運に及び、

和歌の道たる、誠に天地《あめつち》を動かし鬼神を感ぜしむ。縦《たと》ひ他罪を得《う》と雖《いへど》も、豈《あ》に神助なからん哉。これ人の疑ふ所なり。朕以て不知道《ふちだう》の甚だしきと為《な》すなり。天才篤行の士、或は讒《ざん》に依り罪を獲《え》、或は不幸にして命を終ふ。豈《あ》に道の失と謂ふべけん哉。(中略)何ぞ一芸に依つて咎を忘れん。至愚の人この疑を致すなり。何ぞ況《いはん》や先院深く此義を好ましめ給ふ。豈に不幸と称すべけん哉。世人此道の正理を知らざるの故なり。この人已に亡ぶ。和歌弥《いよいよ》廃《すた》る乎。悲しい哉々々。

花園上皇は、為兼の失脚を惜しみながら、知る人ぞ知る、伏見上皇や自分の知遇に恵まれた為兼が「どうして不幸だったといえよう」と、結局は幸福な生涯だったのではないかと総括し、彼の死によって、歌道の荒廃を歎いている。ここまで上皇に言わしめた為兼たる者、以て瞑すべしといえよう。

為兼の政治力について

さて花園上皇は、為兼の歌才を称揚しつつも、その政治家としての能力には懐疑的で、次のようにいう。

御民《ぎょみん》（統治）の大体に暗し。是《ここ》を以て罪を得。

と、為兼は政治の才に欠けたと批判し、その故に失脚したと回顧する。上皇の学問と炯眼《けいがん》には服する者だが、私はこの点は少し見方を異にしている。為兼の政治力は、僧善空の排斥に関して幕府との折衝で見せたように、なかなかのものであり、或る程度人を見る目もあり、それによって伏見上皇に信認され、枢機に参じたものである。私は花園上皇が言う程、為兼の統治に問題があったとは思わない。永仁の闘乱の如きは、如何な練達の人でもこの調停や鎮圧は困難であり、為兼の政治力の欠如の故であったとは思われない。ただ惜しむらくは、彼に謙譲の精神が欠け、自らを恃む余りに小人の讒《ざん》を免れなかったのであると考える。

古来和歌は王権の文学であり、その道に生れたことが彼の運命を決定づけたといえよう。人麻呂にせよ赤人、貫之らにせよ、古来歌よみの名人は卑官の人であり、歌人は政治から遠ざかっていた。定家が「紅旗征戎吾事に非ず」と喝破したのはけだし至言である。それが、王権の文学を司る者の安全な地位であった。従って伏見天皇が、たとい為兼の能力を認めたにもせよ、これを政治に用いようとしたのは問題があったといえる。ここに為兼の悲劇の発端があり、彼の二度の失脚は運命づけられていたのではなかろうか。

晩年は、十余年に亘って田舎に籠居を余儀なくされた為兼であるが、伏見天皇・永福門院・花園天皇という最も高貴な人々の知遇と深い理解を得、その才と志は十二分に発揮されたのである。和泉・

河内での最晩年は、深い恨みや後悔はなかったに違いない。自らはその生涯に相当満足していたのではないかと思うのである。

花園院、為兼の遺志をつぐ

為兼の遺志は、「歌道の陵夷《りょうい》」と歎いた花園上皇によって引きつがれ、為兼没後十三年にしてはからずも最後の花を咲かせることになった。それが『風雅和歌集』の勅撰である。次にその経緯を簡単にふり返ることで、私のささやかな為兼伝の括《くく》りとしたい。

為兼が死んだ頃は、後醍醐上皇が隠岐へ流され、元弘建武の争乱も小康状態にあったが、程なく戦乱は畿内から全国へ派及していった。花園上皇自身も、その波に飜弄《ほんろう》されることから免れ得なかった。元弘三年（一三三三）四月、尊氏が丹波篠《しの》村で叛旗をひるがえして形勢は一変し、後伏見・花園両院と光厳天皇は六波羅探題の北条仲時らに擁せられ、近江番場まで東下したところで兵力尽き、仲時主従数百人は切腹して果てた。花園上皇らは討幕勢力に拉致されて帰京し、光厳は廃帝となり、上皇には屈辱と不遇の時代に入る。しかしそれも束の間、建武三年（一三三六）五月の湊川合戦で攻守入れ替り、重祚していた後醍醐天皇は山門へ逃亡、持明院統の治世が復活し、光厳上皇が院政を執り、八月、光明天皇が即位した。貞和元年（一三四五）、北朝で久しく中絶していた勅撰集撰集の沙汰が起った。『玉葉集』の撰集以来三十二年ぶりである。

貞和元年四月、勅撰の議あって、光厳上皇が諸人に和歌を詠進するよう沙汰があった。同上皇の治世であるので、命はつねに光厳上皇から発せられているが、事実上の総裁は花園上皇（当時法皇）であった。それは、同法皇が、この勅撰に強い意志を発揮したからである。この撰集は、『園太暦』貞

和元年四月十七日条に「今度御自撰たるの間、撰者を付すの儀あるべからざる歟」とあり、『拾芥抄』に、

萩原《（花園）》法皇これを自撰し御《たま》ふ。

とあるように、撰者を定められず、採択はすべて花園法皇が親《した》しく行なった。九条隆教の如きは、

勅撰集の事、已に御沙汰に及び候歟。撰者一人たるべからざる歟の由、粗《あらあ》ら奉《うけたま》はり及び候。若し然らば隆教人数に召し加へられ候の条、理運の由相《あひ》存じ候。招客《せうかく》の次《ついで》を以て、譜代の一流生涯を失はざるの様、御詞を加へらるべく候乎《か》。恐惶謹言

二月《（貞和二）》三日　　隆教状

謹上　前藤《（柳原資明）》中納言殿

（『京都博覧会社所蔵文書』）

と、自薦の状を上って撰者に入ろうとしたが、花園上皇の自撰の決意は固く、隆教の望みは斥けられた。

法皇、風雅集を親撰

貞和二年（一三四六）十月十一日、北朝の重臣洞院公賢《とういんきんかた》（『増鏡』の著者に擬せられている歴史家。また『拾芥抄』の著者）は、召によって宮中の御学問所で花園法皇と対面し、歌集の名称や序文について上申する所があった。

> 和歌の根元、鬼神も感じ、人民を和《なご》ます。政教を正《ただ》し、その徳一《いち》々述べ尽さる。更《さら》に言詞の覃《およ》ぶ所に非ず。頗る感涙を拭《ぬぐ》い了んぬ。頃《しばらく》して御前を退き了んぬ。

と公賢は法皇の歌論に服し、感涙を催した。しかし公賢は『風雅集』の称には反対で、

> 勅撰集の事、風雅集の由、思《おぼ》し食《め》し定むる旨、勅定あるなり。俗言耳に馴《な》ると雖も、新勅撰集、無難これに過ぐべからざる欤。

と再三面を冒して法皇に直言している。こうして撰集は大略進行し、十一月九日に至って持明院殿に於て竟宴《きょうえん》の儀が行なわれた。序文も法皇の親筆である。ただ現実には、序と「春上」一巻のみが完成していたにすぎず、すべての完成を待っていては何時になるやも知れず、かつ戦乱も予想されるため、

然れども近来、天下惣別太平の時分、得難きなり。仍て今度序和漢并びに春上一巻を以てこの宴を行はる。

とあわただしく実施されたものである。法皇の意気込みと思い入れは、巻頭の構成にあらわれた。それは、

巻頭、前大納言為兼の歌なり。（中略）今度為兼以後六首取るものなり第六番伏見院御詠なり。第七番に当り法皇御製・院（光厳）御製ありと云々。

（『園太暦』十一月八日条）

とあるように、巻頭に為兼の歌を掲げ、六番目に伏見上皇、次で花園上皇、光厳上皇の順であった。これを『和漢合符』は、

為兼卿の歌を以て、押巻となす。

と称している。このように、『風雅集』は為兼の歌論に則《のっと》り、忠実に花園上皇が親撰した歌集として和歌史上異彩を放つものである。京極歌壇の撰集として、『玉葉』『風雅』が併称せられ、俗に〝玉風時代〟とも呼ばれる所以《ゆえん》である。かくて花園上皇は、為兼没後十四年目にして彼の名誉を回復し、冤《えん》

を雪《すす》ごうと努力したのである。花園法皇が世を去ったのは、この竟宴のわずか二年後のことであった。

もう一つ、書き落とせないことがある。それは本書冒頭に掲げた、

沈み果つる入り日のきはに現れぬ
　霞める山のなほ奥の峰

の歌は、この『風雅集』に「題知らず」として採られた歌だということである。花園法皇の撰集のおかげで、この千古の絶唱というべき「沈み果つる」の歌が散佚せずに私達に遺されたのである。

第七章　為兼の再発見

京極家の断絶

『風雅集』の勅撰は、京極派最後の光芒といわれる。本書では、伏見天皇の嫡妻である永福門院について、殆んど言及できなかったが、土岐善麿の如きは、「京極派が生んだ最高の歌人」とまで称揚する。私の好きな歌一首を掲げれば、

山元《やまもと》の鳥の声より明け初《そ》めて
　花もむら〳〵色ぞ見えゆく

ともあれ、以後京極派に傑出した歌人現れず、一方二条派には頓阿・二条良基らが出現して活躍し、こうして京極派は忘却と埋没に消えてゆくことになる。一方、為兼の養子忠兼・為仲・為基・教兼らは四散し、京極家を継ぐ者がなく、いわば京極家は為兼一代で断絶してしまったといえる。忠兼は正

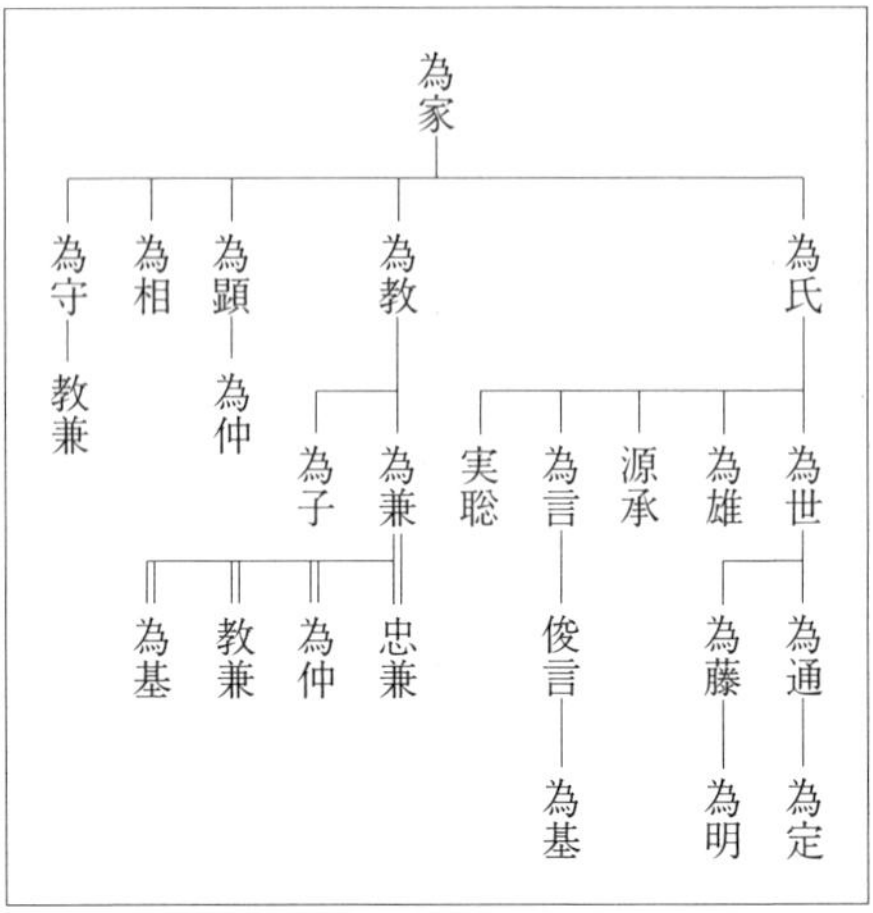

親町実明の子で、為兼土佐配流の時、捕えられたが赦されて辺土に籠居し、のち朝廷に復帰して元徳二年（一三三〇）従三位・権中納言に昇り、正平七年（一三五二）出家、延文五年（一三六〇）に六十四歳で没した。『風雅集』には校合等で編集に参与している。

宣長の為兼評

為兼の歌が忘れられると、その名は蔑視の対象となった。『本朝通鑑』の伏見院討幕説などはその典型で、為兼奸臣《かんしん》像が一人歩きする兆しも見える。また佐渡の時鳥の歌で述べたように、為兼の自詠が、後鳥羽上皇・順徳上皇・後陽成皇子の作などとされ、芸術家としては散々の評価であり伝わり方で、実に気の毒なほどである。為兼悪人説をいいことに、江戸中期の馬場《ばば》文耕《ぶんこう》ら随筆家は、為兼の歌を勝手に他人の作とし、言いたい放題、これでは為兼に対する冒瀆とすら言えよう。

小原幹雄氏は、「近世に於ける藤原為兼評」の代表として、本居宣長の為兼評を紹介されている（「本居宣長の藤原為兼評」『島根大学論集人文科学11号』）。宣長の為兼評というのも酷評にちかい。

此人の歌はなはだ異風にして、風体あし《(悪)》ゝ。そのころもつぱら此道おこなはれたり。

（『あしわけをぶね』）

また『玉葉』『風雅』二集をば、

此二集は伏見院御流為兼の風にて、（中略）此二集ほど風体のあしきはなし。かりそめにも学ぶことなかれ。

とこれまたコキ下ろす。小原氏によるとその理由は、

為兼は、新古今歌人には力量が及ばないのに、「新古今集」に学び、人に勝らんとして、一風変えて珍しく詠もうとする所にその悪風になった原因があるので、それは己れの分を守らない所にあると言う。

ということであり、要するに宣長は『新古今』に最高の価値を認め、為兼をその亜流として嫌った。

篤志家・北川真顔

近世に於ても、特殊の為兼讃仰家は存在した。現在、『為兼卿集』として伝わっている歌集を初めて出版した北川真顔（嘉兵衛）なる町人もその一人である。

彼の序文にいう。

やつがりはやく此卿の風体を好みて、玉葉風雅をつねにくりかへしながら、猶あかずして、此卿の御集世に伝はりてあるものならば、いかで見てしがなと神仏に申さぬばかりにねがひをりしに……

こうして真顔が入手した歌集は、文中に佐渡在島中に詠じた為兼の歌が散見したのを早合点し、全部を為兼の歌と解して『為兼卿集』と名付けたのであるが、それは実は誤りで、正徹など二条派の歌を多数含む私家集であった。ここでも、為兼の歌が誤られたり、はた他人の歌が為兼作として誤伝された痛ましい例を見ることができる。

しかし、谷亮平氏によると、真顔は為兼の価値を再発見した最も早い人物であるらしい（谷「京極為兼論」）。北川真顔は、京都で中院手跡本の『為兼卿集』を得て、出版したのは文政元年（一八一八）のことで、これに為兼の略伝を付した。今日からみても、立派な為兼研究の先駆といえる（詳細は谷前掲論文）。ただし真顔の如きはまさに篤志家の行為であって、横には拡がらなかった。近代に入って、子規らの短歌革新運動が起ったが、京極派や玉風の再評価には程遠かった。近代以降で為兼の価値を再発見したのは、意外にもプロレタリア系の歌人とも言うべき、土岐哀果《あいか》（善麿《ぜんまろ》）と釈超空《しゃくちょうくう》（折口信夫《しのぶ》）である。

土岐哀果と釈超空

土岐善麿は明治十八年（一八八五）浅草の真宗僧職の子として生れた。父は学僧土岐善静《ぜんじょう》で、柳営連歌最後の宗匠であり、哀果は父から作歌の手ほどきを受ける。早大英文科の学生時代、同級に若山牧水がおり、卒業後読売新聞社に入って社会部記者となるが、ここで石川啄木と知友となる。一方、杉村楚人冠《そじんかん》を通して堺利彦・大杉栄・荒畑寒村ら社会主義者とも親交を結ぶ。啄木の夭折後、遺歌集の出版に努力し、『啄木遺稿』『啄木全集』も彼に負う所が多い。大正二年（一九一三）に創刊した『生活と芸術』誌は、啄木の遺志を継いだものといわれ、多くの社会主義者が寄稿した。同誌に連載した「歌壇警語」をきっかけに斎藤茂吉や島木赤彦と表現法をめぐって論争するが、この体験が或いは延慶訴陳に於る為兼に関心を持つに至ったか。「生活詠」を標榜し、都市生活者としての顕著な作風を形成した。

喧《かしま》しく詈《ののし》る声を聞きながら
　　ただに一途に事をし遂《と》げき

この為兼研究中の歌など、凡そ京極派とは無縁の作風としか思われない。

折口との交流は、善麿の『作者別　万葉以後』の巻末解説に、折口が「短歌本質成立の時代」と題する力作の論文を書いたことが始まり（大正十五年という。土岐『新修　京極為兼』角川書店。巻末解説、篠弘「京極派の成立と京極歌風の構造」）というが、一方で釈超空歌集『海やまのあひだ』（大正十四年五月刊、改造社）の合評（大正十五年一月）に加わったことが機縁ともいう（三省堂刊『現代短歌大事典』篠弘執筆「土岐善麿」）。しかし奥付を見る限り、『作者別　万葉以後』の方が早いようで、これが契機との立場をとっておきたい。

折口信夫の玉風再評価

善麿は、『古今集』以降の歌人二十三名を撰び、最後に為兼・伏見天皇・永福門院の三人を入れた。京極派歌人が一般に知れ亘ることになった初例であろう。これを卓見と共鳴した折口信夫（釈超空）が、解説で、

土岐さんの此本が機縁になつて、歌の邪道、地獄の歌とまで、二条派及び其末流並びに伝説を信じて研究を怠つた耳食の学者たちから、久しく呪はれてゐた玉葉・風雅が、正しい鑑賞の下に置かれる様になつたことを欣ばずに居られない。

と激賞したのである。超空の、

葛の花踏みしだかれて色新らし
　この山道を行きし人あり

などは、なるほど京極派の歌風と通ずるものがあり、超空が為兼に注目したのも不思議ではない。そ

れにしても、啄木や社会主義者と交流のあった善麿の著作に、折口が解説を書くとは意外性の極みであるが、とまれもう少し、折口の為兼論に耳を傾けてみよう。折口は『玉葉・風雅』の特色を、（新古今の）情趣もこめた自然描写が、空想を払ひ去って、健やかに成長したのが、後の玉葉・風雅の歌の主流である。新古今は早く彼二集に行く筈であったのが逸れたのである。

と、万葉→新古今→玉風なる発展コースの到達点と位置付け、二条派を新古今からの逸脱・異端と見倣す。極めてユニークな見方であるが、この観点によって、玉風と為兼の再評価が可能になったのである。

折口の為兼評

次に折口の為兼評を紹介しよう。これまた特異な見方で、短歌研究史上、異彩を放っている。

民間の隠者歌の影響を受けたと共に、万葉の時代的の理会（解）としては、最よい程度に達してゐた様である。其上、新古今の早く忘れて過ぎた、真のはなやかで、正確な写生態度を会得してゐた。其を明らかに意識したのは、此頃の連歌の叙景態度からも来てゐよう。彼は其に止らないで、行きつまった歌の題材は、歌風はどうして展開していったものであらうか、かう言ふ悶えを常に抱へて居たらしい。彼は、先へ先へと進んでいった。彼は更に言語の象徴性を極端に伸し、描写性を振り捨てようとする試みから、新古今歌人に成功せなかった幽玄体を完成しようとした。彼の此企ての内的に進んだ処はよかった。

こうして、折口は、玉風を万葉叙景歌の完成と位置付ける。

我々の時代まで考へて来た所の短歌の本質と言ふものは、実は玉葉・風雅に、完成して居たとし、さらに、

万葉の細みは可なりの歪みは含んで居ても、かうして完成せられたのである。

（以上、『折口信夫全集』巻一、中央公論社）

とした。こうして折口は、善麿のまだ書かない為兼歌の本質も見透し、近代に於る玉風再評価の口火を切ったのである。

為兼再発見の功は善麿に帰せられるとしても、その真の意味を唱道したのは折口であった。とくに国文学研究者に与えた影響は甚大であった。久松潜一氏「永福門院」（『国語と国文学』六巻八号）は、昭和四年（一九二九）に発表されたもので、学者の京極派研究としては最初の業績であるが、その冒

頭で久松氏は次のように回顧する。

永福門院の御歌を数多く選んで居る玉葉・風雅集もまた従来余りに顧みられなかつたやうに思ふ。万葉・古今・新古今の名に被はれて玉葉・風雅は何等の特色のない歌集――他の多くの平凡な歌集と同じやうに――として文学史上にも埋没して居た。近頃世に出た土岐哀果氏の「万葉以後」が玉葉風雅時代の歌人として京極為兼と、伏見院と永福門院との歌を特に集められ、それに解説の論文をそへられた折口信夫氏また玉葉・風雅集の得たよき知己であった。

と、善麿『万葉以後』と折口の解説の功を特筆している。

京極派ルネサンス　しかし、為兼研究がアカデミズムの世界で勃興したのは昭和十年代（一九三五〜四四）である。私はこの現象を「京極派ルネサンス」と呼んでも差支えないと思う。試みに、石田吉貞博士がまとめられた為兼研究の参考文献（同博士前掲「京極為兼」巻末）によって、列挙してみると、

昭和4・10　「永福門院」久松潜一（『国語と国文学』）
10・4　「京極為兼の研究」小原幹雄（『国語・国文』）
11・11　「玉葉集に見える万葉集の歌」武智雅一（『文学』）
12・3　「入道大納言為兼卿集は果して誰の歌集か」岩佐正（『文学』）

・4「為兼集考証」谷亮平（『国学院雑誌』）
・12「為兼卿集の成立」次田香澄（『文学』）
13・5「歌論史上の為兼と花園院」次田香澄（『解釈と鑑賞』）
・7「藤原為兼の歌論の特質」実方清（『解釈と鑑賞』）
・12「中世に於ける純自然観照歌の発達」次田香澄（『国語と国文学』）
14・9「玉葉集論序説」谷宏（『国語と国文学』）
15・5・3「京極為兼論」谷亮平（『国学院雑誌』）
・11「為兼伝の考察」次田香澄（『国語と国文学』）
16・5「玉葉集の成立とその伝来」次田香澄（『文学』）
17・9「玉葉・風雅」谷宏（『国語と国文学』）
18・5『永福門院』佐々木治綱
・12『伏見天皇御製の研究』佐々木治綱

このように、昭和十年代に入っての為兼研究の興隆は、折口信夫の解説が漸く学界に浸透してきたことを物語ると共に、『史料大成』等の史料集の刊行によって、『伏見天皇宸記』『花園天皇宸記』などが一般に入手し易くなった影響もあるのかも知れない。

こうして久松潜一氏が「文学史上に埋没して居た」と歎いてよりわずかに九年後には、次田香澄氏が、中世歌論史に於て定家の正統を継ぐものは京極為兼であり、為兼の歌論は花園院によって祖述せられ発展せられた。

と宣言するまでに至っている。為兼ルネサンスというも宜《むべ》なりであろう。さらに終戦直後の昭和二十三年（一九四八）には、谷宏氏が、

為兼や玉葉風雅を中世短歌史の注意すべき事象として認める事は、もはや常識となってゐる。

（「玉葉風雅歌風」『国語と国文学』九月号）

と総括しているように、十年代の諸研究は急速に通説化し、学界に認められたと言えよう。

土岐善麿の為兼伝

さて、話は土岐善麿のその後に戻る。昭和十五年（一九四〇）に朝日新聞社を退職した彼は、その記念に出版した歌集『六月』が時局迎合派歌人の忌避に触れ、関係していた日本歌人協会は解散となる。その頃から彼は田安宗武の研究に打込み、その傍ら、『京極為兼』を執筆し、昭和十八年（一九四三）九月に脱稿した。しかし版元の春秋社が戦災に遭い、一切が焼失して刊行は烏有に帰した。本人も諦めていたところが、校正刷《ゲラ》一部が担当社員の手元に残っていたことが判明し、戦後それは善麿の許《もと》に届けられた。しかし今度は戦後の困難な事情が、刊行を許さなかった。

さて彼は知友の窪田空穂《うつぼ》の跡を襲って早大の講師となっていたが、その縁で空穂の門人の一青年と知り合った。その青年が西郊書房なる出版社を経営しており、乞われて少部数の刊行に踏み切った。こうして、善麿の初版本『京極為兼』は、四年ぶりに世に出ることになったのである。

ますらをの命を懸けてせし業も
　過ぎては空しわれの知る迄

これは戦時下に『京極為兼』を執筆していた頃の善麿が、為兼の無念を思いやって詠んだ一首である。学界へは折口の解説の方が流布したが、善麿には、再発見の端緒は自分だとの自負があったのであろう。二度に亘って配流に遭った為兼の生涯が数奇なだけでなく、その再発見・再評価に至る過程もドラマに満ちたものであった。

空爆の今ぞ迫るに暗き灯の
　下《もと》に書き継ぎ最後の章を　善麿

（『春野』）

参考文献

本書全般に関するもの

今谷明「京極為兼(上)(下)」(月刊『草思』二〇〇〇年七・八月号、のち今谷明『中世奇人列伝』草思社、二〇〇一年、にも収む)
石田吉貞「京極為兼」(久松潜一・実方清編『中世の歌人Ⅱ』(日本歌人講座4)弘文堂、一九六一年)
小原幹雄「京極為兼の研究」(『国語・国文』五巻四号、一九三五年)
小原幹雄「藤原為兼年譜考(正)(続)(続々)」(『島根大学論集人文科学』八～十一号、一九五八～六二年)
土岐善麿『京極為兼』(西郊書房、一九四七年)
土岐善麿『新修　京極為兼』(角川書店、一九六八年)
村田正志「京極為兼と玉葉和歌集の成立」(國學院大學編『古典の新研究』角川書店、一九五二年)

第一章　和歌の家

石田吉貞『藤原定家の研究』(文雅堂書店、一九五七年)
岩佐美代子「後嵯峨院大納言典侍考」(『和歌文学研究』二六号、一九七〇年)
久保田淳「為家と光俊」(久保田淳『中世和歌史の研究』明治書院、一九九三年)
玉井幸助「十六夜日記」(玉井幸助『日記文学の研究』塙書房、一九六五年)
久松潜一「藤原為家と阿仏尼」(久松潜一『中世和歌史論』塙書房、一九五九年)

福田秀一「鎌倉中期の反御子左派」「阿仏尼と為相」（福田秀一『中世和歌史の研究』角川書店、一九七二年）
村山修一『藤原定家』（吉川弘文館、一九六二年）
安井久善『藤原光俊の研究』（笠間書院、一九七三年）

第二章　登　龍

今谷明「王権の日本史⑬　両統の迭立」（『創造の世界』一〇五号、一九九八年）
玉井幸助「中務内侍日記」（玉井幸助『日記文学の研究』）
新田英治「鎌倉後期の政治過程」（新版岩波講座『日本歴史　中世2』岩波書店、一九七五年）
福田秀一「京極為兼」（『日本古典文学大辞典』岩波書店、一九八四年）
松田武夫「弘安本古今集に就いて」（『文学』一九三二年三月号）
三浦周行『鎌倉時代史』（日本時代史5）（早稲田大学出版部、一九二六年）

第三章　君臣水魚

酒井紀美『夢語り・夢解きの中世』（朝日新聞社、朝日選書、二〇〇一年）
ダイゴの会編「『親玄僧正日記』正応五年」（『内乱史研究』一四号、一九九三年）
橋本義彦「院評定制について」（『日本歴史』二六一号、一九七〇年、のち橋本義彦『平安貴族社会の研究』吉川弘文館、一九七六年、にも収む）
古田正男「鎌倉時代の記録所に就て」（『史潮』第八年ノ一、一九三八年）
森幸夫「平頼綱と公家政権」（『三浦古文化』五四号、一九九四年）

第四章　佐渡配流

今谷明「京極為兼の佐渡配流について」（『文学』隔月刊一巻六号、二〇〇〇年）
岩佐美代子『玉葉和歌集全注釈』（笠間書院、一九九六年）
田中圭一「京極為兼」（山本仁・本間寅雄監修『定本　佐渡流人史』郷土出版社、一九九六年）
田中聡「鎌倉時代の佐渡――本間氏の周辺」（本間雅彦他『日本の中の佐渡』両津市郷土博物館、二〇〇〇年）
次田香澄「為兼伝の考察」（『国語と国文学』一七巻一一号、一九四〇年）
永島福太郎『春日社家日記――鎌倉期社会の一断面』（高桐書院、一九四七年）
浜口博章「京極為兼と京極派歌人たち」（『和歌文学講座七』勉誠社、一九九四年）
福田秀一「京極為兼」（『国史大辞典』吉川弘文館、一九八四年）
本間嘉晴『日蓮と京極為兼』（佐渡考古歴史学会、一九八九年）
安田次郎「永仁の南都闘乱」（『お茶の水史学』三〇号、一九八七年）

第五章　玉葉集の独撰

宮内庁書陵部「『為兼為相等書状並案』解題　釈文」
篠弘「京極派の成立と、京極歌風の構造」（前掲土岐『新修　京極為兼』）
実方清「藤原為兼の歌論の特質」（『国文学解釈と鑑賞』三巻七号、一九三九年）
田中隆裕「『増鏡』と洞院公賢（前・後）――作者問題の再検討」（『二松学舎大学人文論叢』第二七・二九輯、一九八四年）
谷宏「玉葉・風雅――様式的取扱の可能性」（『国語と国文学』一九四二年九月号）
谷宏「京極派歌風の一問題」（『国語と国文学』一九四七年八月号）

谷宏「玉葉風雅歌風――其の基礎的な見方について」（『国語と国文学』一九四八年九月号）
谷亮平「京極為兼論㈠㈡」（『国学院雑誌』一六巻三・五号、一九四〇年）
次田香澄「中世に於ける純自然観照歌の発達」（『国語と国文学』一九三八年十二月号）
次田香澄「玉葉集の成立とその伝来」（『文学』九巻五号、一九四一年）
土岐善麿『京極為兼』（日本詩人選15）（筑摩書房、一九七一年）
福田秀一「延慶両卿訴陳状の成立に関する資料」（『国語と国文学』一九五七年一月号）
福田秀一「延慶両卿訴陳状の成立」（『国語と国文学』一九五七年七月号）
福田秀一「歌人叢考」（前掲福田『中世和歌史の研究』）

第六章　再び配所の月

神奈川県立金沢文庫編『絵本徒然草』（一九九九年）
次田香澄「歌論史上の為兼と花園院」（『国文学解釈と鑑賞』三巻五号、一九三八年）
久松潜一「永福門院」（『国語と国文学』一九二九年十月号）
福田秀一「為兼の書状二通」（岩波講座『日本文学史』四、月報、一九五九年）
本郷和人「外戚としての西園寺氏」（季刊『ぐんしょ』再刊五号、二〇〇一年）

第七章　為兼の再発見

伊藤整「大逆事件と啄木」（『群像』一九六八年一月）
小原幹雄「本居宣長の藤原為兼評――近世に於ける藤原為兼評」（『島根大学論集人文科学』一一号、一九六二年）
折口信夫「短歌本質成立の時代――万葉集以後の歌風の見わたし」（土岐善麿『作者別　万葉以後』アルス、一九

二六年）
篠弘「土岐善麿」（『現代短歌大事典』三省堂、二〇〇〇年）

あとがき

二度も配流の処分にあった為兼は、公卿としては他に類がない生涯であったといえよう。公家のみならず、広く僧侶、武家、庶民を含めて眺めても、恐らく希有な例であろう。まして東宮の和歌師範、当代一二を争う歌人であり、近年は鎌倉後期歌壇の最高峰と見られるに至った人物、また持明院皇統上の権臣として著名な公卿という性格が加わる。同じ歌人で曽祖父の定家が、伝記評論に恵まれているのに比し、為兼の場合は土岐善麿による簡単な評伝一冊のみというのは余りにその人物としては寂寥を感じる。

そこで、まず第一の疑問は、どうしてこれ程の人物が埋れていたのか、という点である。それはまず第一に為兼が二度目の配流によって京極家が断絶し、二条派の捲き返しによって花園上皇の『風雅集』親撰にも拘《かかわ》らず京極風の歌が顧みられなくなったことがあげられよう。第二は、為兼の人物や政務について、彼の性格のマイナス面、すなわち独善や専横の面のみが強調され、矮小な人物に仕立てあげられていったことが考えられる。その一つの証左は、佐渡在島中の〝時鳥《ほととぎす》の歌〟が、世阿弥による紹介も歪曲され、後鳥羽院や順徳院をはじめいわゆる貴種の作、他人の作として喧伝されたことであろう。こうして、室町・江戸の永い期間を通じて為兼の歌と人物は忘却の彼方に押《お》しやられてしまった。

近代に至って為兼再評価の先鞭をつけたのは歌人の土岐哀果（善麿）、釈超空（折口信夫）の両先覚である。ことに折口信夫の和歌史論（土岐著『作者別　万葉以後』の解説として書かれたもの）は、昭和に入って国文学界を強く動かし、昭和十年代すなわち戦中期に於て、〝為兼ルネサンス〟ともいうべき為兼研究・京極派研究の簇生《ぞくせい》をもたらした。そうして、為兼再発見を強く自負する土岐善麿は戦中の物乏しい時期に最初の為兼伝である『京極為兼』を執筆（公刊は戦後）したのである。

本書は評伝としての為兼伝の二番目ということになる。本来、このような歌人の伝記は、国文学関係者によって著されるのがふさわしいのだろうが、反面為兼は政治家であり、官人貴族としての為兼像はやはり歴史学畑の人が復元するのが筋であろう。しかしいずれかといえば中世後期（室町戦国）を土俵とする筆者が、鎌倉後期の政治過程を論及するのは烏滸《おこ》がましく、まして国文学畑のお歴々《れき〳〵》をさしおいて為兼伝を上梓するのは、それこそ〝僭上の沙汰〟であると恐れるが、「はしがき」に記した事情により、ともかくもこの形で出版することになった次第である。しかし悲しい哉浅学非才の身、至らぬ点は種々あろうかと思われ、大方の叱正を切望する者である。

※　※　※

著者が本書の執筆に踏み切ることになった動機に、『実躬卿記』や『公衡公記』『親玄僧正日記』等新しい根本史料が公刊され、為兼について近年多くの知見《ちけん》がもたらされたこと、および二度の配流の因について、通説と異なる見方を呈示出来るのではないかと考えたことがある。前者は本書で累述したから繰返さないとして、後者については、通説「春日社参」に於る驕慢僭上は、配流の一因ではあろうが、それのみに拘泥すると皮相な見方になろう。配流後為兼一族、周辺から多くの連累者が出たことで推測されるように、本来なら伏見院落飾の時点で政界を引退すべきであった為兼が、依然として政務容喙《ようかい》を続けたこと、それを誰よりも不快視していたのが、執政後伏見上皇であったという点である。以上のように、為兼人物像に直接つながる二度の配流の主因について、新しい見解が成立すること、通説は改訂・修正の余地があることを広く紹介したいと思い、敢えて拙著を世に問うことにしたのが微意である。

本書の内容の原型は、「はしがき」で触れたように、PR誌上の小伝であるが、それを数倍以上に引き伸ばさねばならず、一年以上は要すると思われた。今年の四月に、京都の定家邸趾、厭離庵等を訪れて以後書き始めたが、書く程に興が乗って我ながら呆《あき》れるばかり執筆が進み、その間佐渡旅行も含めて三カ月で脱稿してしまった。主要材料をPR誌の段階で集めていたこともあるが、著者の「これは一気に書いて了《しま》いたい」との思いがつのったことが主因である。曽祖父定家と為兼との性格のうち、私にどちらが似ているかと言えば、定家の方だと思うのだが、不思議に為兼に思い入れが生じたのは、やはり為兼が誤解され、真実が語られていないとの同情が心底にあったからかも知れない。ただ、為兼の冤《えん》を雪《そそ》ぐといった大袈裟な意向と受け取って頂くと困る。あくまで為兼研究の一里塚として、学界の片隅に置いてもらえれば、との微意を含んで頂くと幸いである。

本書で再三言及した「和歌は王権表徴の文学」なる句は、実は私の同僚で高名な国文学者である三谷邦明氏の持論である。それを借用したことを含め、種々初歩的なことを教えて頂いた御礼を申し述べたい。なお、ミネルヴァ書房編集部の田引勝二氏には種々お手を煩わせた。また原稿呈出が早かった効で、大変丁寧な校正やチェックをして頂けたのも有難い。最後に『親玄僧正日記』や森幸氏論文、本郷和人氏論文について教示して下さった著者のゼミ院生桜井大君、またPR誌『草思』連載当時から為兼伝の執筆を強く薦められ、著者を激励して下さったNTT出版の早山隆邦氏にも、この紙面を借りて篤く御礼を申上げたいと思う。

二〇〇二年九月　トルコ共和国イスタンブール新市街のホテルにて

今谷　明

京極為兼年譜

和暦	西暦	齢	関係事項	一般事項
建長 六	一二五四	1	大納言京極為教の息として出生。母は三善雅衡女。	
正嘉 二	一二五八	5	2・27従五位上に叙せらる。	
正元 元	一二五九	6	正・21侍従に任ず。	この年世上大飢饉、疫病死者多し（正嘉の飢饉）7・2父為教従三位右兵衛督。
文永 四	一二六七	14	正・5正五位下に叙せらる。	この年、蒙古の国書到来す。
五	一二六八	15	12・2右少将に任ず。	2・—蒙古の国書を拒絶。3・—北条時宗執権となる。
七	一二七〇	17	正・6叙従四位下。この頃祖父為家の中院山荘に同宿し歌学の習礼を受く。	
八	一二七一	18		9・—日蓮龍口の難。次いで佐渡配流。10・—蒙古使来朝。
九	一二七二	19	この秋、姉為子と共に嵯峨に同宿。三代集の伝授を受け、和歌につき問答す。	2・17後嵯峨上皇崩ず。亀山天皇親政始まる。

	十	一二七三	20		3・—元使趙良弼博多に至る。7・24為家、細川庄を為相に与う。
	十一	一二七四	21	この冬、大僧正道玄嵯峨を訪れ雪の歌会、為兼同席し為家歌の代筆。	正・26後宇多天皇践祚、亀山院政始まる。2・—日蓮赦免。10・—文永の役。
建治	元	一二七五	22	正・6従四位上、10・8任左近少将。	5・1祖父為家没。9・—時宗、元使杜世忠を斬る。11・5熈仁の立坊（立太子）決定（両統迭立始まる）。12・—高麗遠征計画。
	二	一二七六	23	8・19亀山院仙洞和歌会に列席。9・13五首歌合に参加、為兼の詠歌『新後撰集』に入る。	
弘安	元	一二七八	25	正・6正四位下。2・8土佐介兼任。4・11左中将。亀山上皇に百首献ず（弘安百首）。『続拾遺集』に二首入撰す（勅撰入撰の初め）。	
	二	一二七九	26	正・9亀山院の法勝寺臨幸に供奉。9・—後深草院の伏見臨幸に供奉。院の下問に応答。この冬、関東の阿仏尼と歌の贈答。この頃東宮熈仁に出仕か。	5・24父為教没。10・16阿仏尼鎌倉下向。
	三	一二八〇	27	5・—病床に伏し、僧良季の祈祷加持を受く。8・15内裏五首歌に参列。12・15東宮坊の雪見に参加。	

四	一二八一	28		6・—～閏7・—弘安の役。
五	一二八二	29	12・21春日神木帰座、為兼供奉。	10・13日蓮没。
六	一二八三	30	正・3亀山上皇、後深草仙洞に行幸、為兼供奉。4・20東宮、籠居中の為兼に歌を賜う。8・15内裏観月歌会に列席。	春、阿仏尼鎌倉で没。
七	一二八四	31	6・14万里小路仙洞で貢馬御覧、為兼勤仕。9・9亀山仙洞にて観菊歌会、参列。10・20亀山院高倉仙洞に移徙、為兼供奉す。12・9新日吉小五月会流鏑馬、為兼右奉行を勤む。	4・—北条時宗没。北条貞時執権となる。
八	一二八五	32	3・1准后貞子九十賀に賀歌を詠ず。また蹴鞠に二条為道と競技。8・15亀山院に三十首歌を上る。10・18亀山院の住吉社御幸に供奉。	11・17霜月騒動（安達泰盛一家伏誅）平頼綱実権を握る。
九	一二八六	33	5・20東宮凞仁の啄木秘曲伝受に奉仕。	9・14二条為氏没。
十	一二八七	34	5・12新日吉小五月会左奉行を勤む。12・25天皇北山第に行幸、和歌会に供奉。	9・15顕成の子僧某、謀反事件で処刑。10・21後宇多天皇譲位、伏見天皇践祚、後深草上皇の院政始まる。
正応元	一二八八	35	正・1元日節会奉仕。正・8後深草の法勝寺御幸に供奉。2・13天皇の北山第行幸に供奉。2・28天皇の内侍所参籠に捧剣供奉。3・15即位大礼に奉仕。	3・3胤仁（第一皇子）出生。3・15伏見天皇即位。8・20永福門院中宮となる。

			6・2永福門院入内、為兼御書勅使となる。6・6女院露顕の儀に奉仕。7・11蔵人頭に補せらる。8・10胤仁親王宣下の儀に参仕。8・27小除目を奉行す。10・18御禊行幸に供奉。11・22大嘗会に参仕。	
二	一二八九	36	正・5叙位を奉行す。正・11県召除目を奉行す。正・13参議に昇進す。天皇、日記に為兼の勤務を激賞。正・27政始に参仕。2・5大原野祭上卿代。3・23後深草鳥羽御幸に供奉。4・25立坊儀に参仕。4・29叙従三位。10・6久明親王元服儀に参仕。	4・25胤仁立坊。9・—亀山上皇出家。10・9天皇の庶弟久明親王将軍宣下。
三	一二九〇	37	正・1節会に奉仕。正・10禁中蹴鞠。正・11県召除目参仕。正・13兼讃岐権守。正・20内裏歌会参列。下講師を勤む。6・8兼右兵衛督。9・9後深草院天王寺臨幸に供奉。11・27兼右衛門督。12・8叙正三位。	2・11後深草上皇出家。3・10浅原為頼禁中に乱入自殺（正応の大逆事件）。3・26伏見天皇親政始まる。
四	一二九一	38	正・1関白家拝礼・小朝拝等に参列。正・3朝覲行幸に供奉。この頃、為兼関東に下向し、僧善空の朝政介入につき、幕府に善処を申入る。5・—幕府、為兼の請に応え、善空による欠所地を本主に返付す。7・29権中納言に昇る。	正・—～5・—僧善空の朝務介入につき諸人鎌倉に愁訴し、紛議起る。善空失脚す。
五	一二九二	39	正・3山門と南都の紛議、為兼事実上の伝奏として、	

			後深草上皇・関白・関東申次らの間を周旋す。正・17山門神輿入京。天皇一対にて御覧、為兼供奉す。正・19天皇為兼と夢見のことを語り合う。2・28為兼、在鎌倉の頼助僧正の座主転任を祝し、官符・拝堂以前辞退の先例を問う書状を発す。3・21東大寺寺訴につき別当と問答。7・28叙従二位。9・14東宮御乳父とあり（『勘仲記』）。11・3平野臨時祭の上卿を務む。この年、北条貞時勧進の三島社十首歌に「郭公」を詠む。	
永仁元	一二九三	40	3・14三条実躬、勅免に関する三条実重の異儀につき為兼と協議す。4・7将軍久明親王奉献の馬を為兼に下賜。4・23実躬、為兼に「諸人帰伏す」と日記に書く（『実躬卿記』）。5・9為兼の勅使伊勢発遣延期。7・8勅使となり伊勢に発足す。7・13勅使として伊勢に参宮。7・16為兼伊勢より帰参。8・15石清水放生会の上卿を務む。8・26宇都宮蓮瑜より勧賞せられしを夢見る。8・27永仁勅撰の議。為世・雅有・隆博らと撰者に任ぜらる。	3・—鎮西探題設置。4・26平禅門の乱。頼綱・資宗父子誅戮。6・—正応徳政軌道に乗り、「政道淳素」と称讃さる。11・17春日若宮祭に大乗院・一乗院両門徒合戦（永仁の南都闘乱はじまる）。12・—幕府、寺門警固（南都を制圧）。
二	一二九四	41	正・6叙正二位。正・16外記政に参仕。3・5勘解由小路兼仲、為兼の「権勢尤も然るべきか」と日記	7・—南都両門跡、六波羅で対決。9・—幕府、一乗院覚昭を

			に書く。3・9後深草の長講堂臨幸に供奉。3・27三条実躬、蔵人頭任官を逸し、為兼の所為なりと日記に憤懣をもらす（『実躬卿記』）。6・25東宮胤仁の講書始に参仕。8・4定家自筆本『古今集』に奥書を記す。この年、亀山上皇に五十首歌を召さる（『続千載集』巻六）。	流罪とする。一乗院衆徒、神木を木津に動座して越年。
三	一二九五	42	3・25左中将三条実躬、為兼邸を訪れ、蔵人頭任官を陳情す。8・5為兼小除目上卿を勤む。9・—為兼の詠歌を排撃する『野守鏡』が成立する（筆者は源有房か）。12・12先月の南都騒擾につき、為兼、天皇に事由を奏す。	3・—幕府二度目の裁許、九条家の覚意を一乗院に入室と決定。11・26後深草法皇、春日参籠より還御、大乗院衆徒社頭に乱入、神体を移座す。
四	一二九六	43	5・15権中納言を辞し籠居。	4・26幕府両使上洛し、南都の沙汰を奏す。9・16大乗院慈信・一乗院覚意共に更迭。
五	一二九七	44	この年持明院殿に当座歌合、為兼判者を勤む。	正・7一乗院衆徒、蔵人信忠の宿所を破却す。3・—永仁の徳政令。6・14幕府、一乗院領に地頭を設置。
六	一二九八	45	正・7六波羅に拘引さる（南都闘乱の咎）。東大寺八幡執行聖親・白毫寺妙智房も追捕。3・16佐渡配	7・22伏見天皇譲位、後伏見天皇践祚。伏見院政始まる。8・

			流のため京都を発足。越後名立を経て寺泊で風待ち。遊女初君と和歌の贈答（『玉葉集』）。佐渡佐和田の八幡宮を配所とする。	10後宇多上皇第一皇子邦治立坊。
正安 三	一三〇一	48		正・21後二条天皇践祚。後宇多上皇院政。8・24富仁親王立坊。11・23二条為世に撰集院宣下る。
乾元 元	一三〇二	49		8・—室町院領を両統で折半（幕府の調停）この年から翌年にかけて、両統間に融和・親善の風あり。
嘉元 元	一三〇三	50	閏4・—佐渡から召還さる。閏4・29持明院仙洞五十番歌合に参加。6・19後伏見院の諮問に答う。8・16伏見後伏見院の宇治御幸に供奉。8・28両院・永福門院に古今伝授。10・6佐渡で詠んだ鹿百首を春日社に奉納。12・18明日の勅撰奏覧に際し、万里小路仙洞に参り抗議。12・20北山第に到り『新後撰集』につき申立て。	
二	一三〇四	51		7・16後深草法皇崩ず。
三	一三〇五	52	5・12長講堂供花に参仕。8・2伏見後伏見両院の亀山殿臨幸に供奉。9・—亀山院追悼歌を詠む。	4・23北条宗方、連署時村を夜討す。5・4北条宗方誅殺。

徳治 二	一三〇七	54	9・18室町殿にて亀山院御仏供養、為兼参仕。12・3春日社に参籠。	9・15亀山法皇崩ず。
延慶 元	一三〇八	55	8・26花園天皇践祚儀に供奉。11・16即位大礼に参仕。	8・25後二条天皇崩ず。伏見院政始まる。9・19尊治親王立坊。
二	一三〇九	56	この年、永仁勅撰の再集の議おこる。	4・―院文殿に庭中・越訴を設置。
三	一三一〇	57	正・21為世の子為藤、京極邸を訪れ、為兼奏覧近きを答う（延慶の訴陳始まる）。正・24為世、伏見上皇に為兼独撰の不可を訴う。2・―為兼、院に陳状を捧ぐ。3・―為世重訴状を呈し、為兼も重陳状を出す。5・27為世、為兼の重陳状を駁し、三訴状（いわゆる延慶両卿訴陳状）を呈出。7・13為兼、三陳状を呈出。12・28権大納言に昇る。この年（春頃か）為兼関東に下向し、他阿真教に謁し念仏往生につき問答す。	
応長 元	一三一一	58	正・3天皇元服儀に参列。正・5天皇元服後宴に上寿者を勤む。5・3為兼に勅撰集独撰の院宣下る。8・―西園寺公衡の出家に詠歌。12・21権大納言を辞す。	10・26北条時貞卒す。高時九歳にして得宗となる。

正和元	一三一二	59	3・28『玉葉和歌集』完成し奏覧。8・23本座を聴さる。9・13玄輝門院の内裏御幸に為兼の私車を用いらる。12・―伏見上皇御領処分、為兼の当知行安堵を指示し、越前和田庄院追善料所とし為兼を代官とす。	
二	一三一三	60	3・9関東より帰洛す。5・24天皇の修法聴聞に陪聴。5・―院使として高野山に登山す。6・4為兼病み、天皇身を案ず。6・13蔵人頭俊言を以て天皇に上申す。10・2伏見上皇、加茂・北野・石清水社に参籠、為兼供奉す。10・17伏見上皇の出家に殉じ出家す。	10・17後伏見院政始まる。
四	一三一五	62	4・23御子左一門を率い春日社参。叔父実聡、興福寺権別当として種々馳走す。4・24蹴鞠・延年の会、為兼の出仕は臨幸に異ならずといい、驕慢僭上の噂広まる。12・28六波羅に拘引さる。養子忠兼・西南院実聡・内蔵頭俊言・為基らも連座。	
五	一三一六	63	正・12土佐配流と決し、京都を発足。直前に和歌文書九十余合を天皇に預託す。	7・―北条高時執権となる。
文保元	一三一七	64		4・―文保の和談。9・3伏見法皇崩ず。

二	一三一八	65	（この頃安芸に移るか？）	2・26花園天皇譲位、後醍醐天皇践祚（後宇多院政始まる）。10・30二条為世に撰集の院宣下る。
元応 元	一三一九	66	（この頃和泉に移るか？） 4・20西園寺実兼に書状を発し、先日の来訪を謝す。	正・27他阿真教寂。4・19『続千載集』奏覧。
元亨 元	一三二一	68		12・―後醍醐天皇親政始まる。
二	一三二二	69		9・10西園寺実兼没。
正中 元	一三二四	71		6・25後宇多法皇崩ず。9・―正中の変（天皇の倒幕計画発覚）
元弘 元	一三三一	78	この年花園上皇、為基を和泉の配所に派し、御製の評を請う。為兼合点を付し返却。	8・24天皇笠置遷幸（元弘の乱おこる）。9・20光厳天皇践祚（後伏見院政）。
正慶 元	一三三二	79	3・21河内の配所に没す。	3・7後醍醐上皇隠岐に配流。

（本欄は、小原幹雄「藤原為兼年譜考（正・続・続々）」に補訂を加えたものである）

刊行のことば

歴史を動かすものは人間であり、興趣に富んだ人間の動きを通じて、世の移り変わりを考えるのは、歴史に接する醍醐味である。

しかし過去の歴史学を顧みるとき、人間不在という批判さえ見られたように、歴史における人間のすがたが、必ずしも十分に描かれてきたとはいえない。二十一世紀を迎えた今、歴史の中の人物像を蘇生させようとの要請はいよいよ強く、またそのための条件もしだいに熟してきている。

この「ミネルヴァ日本評伝選」は、正確な史実に基づいて書かれるのはいうまでもないが、単に経歴の羅列にとどまらず、歴史を動かしてきたすぐれた個性をいきいきとよみがえらせたいと考える。そのためには、対象とした人物とじっくりと対話し、ときにはきびしく対決していくことも必要になるだろう。

今日の歴史学が直面している困難の一つに、研究の過度の細分化、瑣末化が挙げられる。それは緻密さを求めるが故に陥った弊害といえるが、その結果として、歴史の大きな見通しが失われ、歴史学を通しての社会への働きかけの途が閉ざされ、人々の歴史への関心を弱める危険性がある。今こそ歴史が何のためにあるのかという、基本的な課題に応える必要があろう。評伝という興味ある方法を通じて、解決の手がかりを見出せないだろうかというのも、この企画の一つのねらいである。

狭義の歴史学の研究者だけでなく、多くの分野ですぐれた業績をあげている著者たちを迎えて、従来見られなかった規模の大きな人物史の叢書として、「ミネルヴァ日本評伝選」の刊行を開始したい。

平成十五年（二〇〇三）九月

ミネルヴァ書房

《著者紹介》

今谷　明（いまたに・あきら）

1942年　生まれ。
1976年　京都大学大学院文学研究科博士課程単位取得（文学博士）。
　　　　京都大学助手，国立歴史民俗博物館助教授などを経て，
現　在　横浜市立大学教授（日本中世政治史専攻）。
著　書　『日本国王と土民』集英社，1992年。
　　　　『室町の王権』中公新書，1999年。
　　　　『戦国大名と天皇』講談社学術文庫，2001年。
　　　　『日本中世の謎に挑む』NTT 出版，2001年。
　　　　『中世奇人列伝』草思社，2001年。
　　　　『戦国時代の貴族』講談社学術文庫，2002年。
　　　　『王権と神祇』編著，思文閣，2002年。
　　　　『信長と天皇』講談社学術文庫，2002年。
　　　　『籤引き将軍足利義教』講談社選書メチエ，2003年，ほか多数。

ミネルヴァ日本評伝選

京《きょう》極《ごく》為《ため》兼《かね》

——忘られぬべき雲の上かは——

2003年9月10日　初版第1刷発行　〈検印省略〉

定価はカバーに
表示しています

著　者　今　谷　　明
発行者　杉　田　啓　三
印刷者　江　戸　宏　介

発行所　株式会社　ミネルヴァ書房

607-8494　京都市山科区日ノ岡堤谷町1
電話（075）581-5191（代表）
振替口座　01020-0-8076番

共同印刷工業・新生製本

ISBN4-623-03809-2

Printed in Japan

人名索引

あ 行

か 行

さ　行

た　行

な　行

は　行

ま 行

や 行

ら　行

わ　行

事項索引

さ　行

た　行